Carol Clewlow arbeitete über 20 Jahre als Journalistin und erntete 1988 mit ihrem ersten Roman »Keeping the Faith« höchste Anerkennung. »Anleitung zum Ehebruch« stand monatelang auf den oberen Plätzen der englischen Bestsellerlisten.

Dieses Buch wurde auf chlor- und säurefreiem Papier gedruckt.

Vollständige Taschenbuchausgabe Mai 1993
Droemersche Verlagsanstalt Th. Knaur Nachf., München

Titel der Originalausgabe »A Woman's Guide to Adultery«
Aus dem Englischen von Charlotte Franke
Originalverlag Michael Joseph
Umschlaggestaltung Manfred Waller, Reinbek
Umschlagillustration Marlene Neckermann/The Image Bank
Druck und Bindung Elsnerdruck, Berlin
Printed in Germany 5 4 3 2 1
ISBN 3-426-65011-8

Carol Clewlow

Anleitung zum Ehebruch

Roman

Knaur

»Sie tun's, sie tun's, sie tun's, sie tun's
immer wieder und wieder,
sie tun's, sie tun's, sie tun's, sie tun's,
die verheirateten Männer . . .«

Bonnie Tyler
»The World is full of (Married Men)«

1

Ich erzähle Ihnen jetzt einen Witz. Es ist ein alter Witz. Wie alle guten Witze. Wahrscheinlich kennen Sie ihn schon. Macht nichts. Ich erzähle ihn trotzdem.
Er handelt von Moses und den Zehn Geboten. Nachdem er von Gott die Zehn Gebote erhalten hat, steigt Moses vom Berg herunter. Unten, am Fuß des Berges, sieht er die Kinder Israels, die auf ihn warten. »Hört«, sagt er, »ich habe gute und schlechte Nachrichten. Zuerst die guten Nachrichten. Es sind nur zehn. Und jetzt die schlechte Nachricht. Ehebruch gibt es noch.«
Mir gefällt dieser Witz. Es ist ein Männerwitz, wie ihn sich Männer, in zu engen Smokingjacken und mit zu viel Schmuck, zu rauchigem Gelächter in verräucherten Clubzimmern erzählen. Er gefällt mir trotzdem. Er gefällt mir wegen seiner Ehrlichkeit, seiner Jungenhaftigkeit, wegen des leichten, aber alles durchdringenden Bedauerns, von dem, wie mir scheint, die Vorstellung von Ehebruch in den männlichen Köpfen begleitet wird. Es ist ein warmherziger Witz, wie alle guten Witze. Er bringt mich zum Lachen. Aber er bringt mich auch zum Weinen.
Der Ehebruch eignet sich gut für Witze, weil er ein trauriges Geschäft ist und weil die traurigsten Dinge im Leben häufig auch die komischsten sind. Schließlich ist das Leben eine Tragikomödie, ein Durcheinander von Lachen und Weinen, von Verrücktheiten und Verletzungen, ohne jede Trennung dazwischen.

»Ich weiß nie, wann du Spaß machst.«
»Ich mache immer Spaß. Nur, daß meine Späße alle ernst gemeint sind.«
Das habe ich mal zu Paul gesagt.

Und jetzt will ich Ihnen einen Frauenwitz über den Ehebruch erzählen. Um ehrlich zu sein, es ist kein richtiger Witz. Es ist eine komische Geschichte, die ich gern nach meinem fünften Glas Wein erzähle.
Es geht um den ersten verheirateten Mann, mit dem ich ins Bett gegangen bin.
»Ihr werdet es nicht glauben«, sage ich, »aber er hieß Romeo. Romeo heißen auf den Philippinen sehr viele.«

Er liebte mich auf einem dunklen Holzbett. Am Kopfende waren Früchte und Blumen eingeschnitzt, Schwarz vor dem Schneeweiß der Kissen, auf einem herrlichen Bett auf seiner Hazienda in den sanften, grünen Hügeln von Luzon.
Wir schliefen miteinander, aber es war viel zu hastig, irgendwie altmodisch und ohne jedes Vorspiel. Und doch wäre ich beinahe gekommen. Nicht, weil es gut war, sondern wegen der Schönheit, die ihn umgab, die weißen Leinentücher und das dunkle Bett und die violetten Farben der Nacht, die durch halb geschlossene Läden hereinfielen.
Die feuchte Schwärze seiner Haare, die dunklen Augen, die leuchteten wie Gold. Und so stieß ich, als er zu seinem Höhepunkt kam, einen Schrei aus, nur weil alles so schön war, und hörte den Schrei widerhallen, einsam und geheimnisvoll und nicht mehr zu mir gehörend.

Und als er dann gänzlich verhallt war, grub ich meine Nägel in die weiche, glänzende Honighaut seines Rükkens, so daß er, erschöpft, wie er war, auf der Stelle von mir abließ und wir, jeder für sich, auf die schneeweißen Laken und Kissen sanken.
»Kratz mich nicht«, sagte er scharf.

Ich erzähle meinen Freundinnen, was er sagte. »Er sagte: ›Kratz mich nicht‹«, und wir lachen, meine Freundinnen und ich, das feine, ungezügelte Lachen befreiter Frauen über die Verrücktheit eines ewig verheirateten Mannes.

Er sagte noch andere Dinge, mein Romeo.
Er sagte: »Ich bewundere dich, Rose.« Er sagte es so, daß mein Name zwischen seinen herrlich weißen Zähnen beinahe hervorrollte. »So ganz allein auf Reisen zu gehen. Du bist stark. Du kannst auf dich selbst aufpassen. Du bist nicht wie meine Frau.«
Und dann strich er mit seinem neugierigen, besitzergreifenden Finger um die Knospe meiner linken Brust. »Deine Brustwarze geht nach innen«, sagte er. »Du wirst Schwierigkeiten haben beim Stillen.«
Er sagte es an jenem Abend, bevor er in die Hauptstadt zurückfuhr, zu seinem Büro, seiner Frau und seinen Kindern.
Am nächsten Tag fuhr er und ließ mich in der Obhut von Luis, der jede Nacht vor meiner verschlossenen Schlafzimmertür saß, das Gewehr lehnte zwischen den gespreizten Knien leicht an seiner Schulter . . .
In den Nächten, wenn er zu viel trank oder sich nach dem Essen eine Zigarre erlaubte, machte mir Luis den Hof

und wurde ritterlich. Er saß da und bewachte mich eifersüchtig vor den Landarbeitern, die auf der Veranda Musik machten und dazu sangen, und wollte nicht zulassen, daß ich tanzte.
Manchmal wurde ich wütend und rebellisch und stand von meinem Stuhl auf. Dann stand er auch auf, stellte sich neben mich, nahm meine Hand und führte mich in die Mitte des musizierenden Kreises, legte steif die Arme um mich, hielt mich ein Stückchen von sich weg und wirbelte mich zu den Klängen des Akkordeons und der Gitarren und zu dem Rhythmus der Motten herum, die, vom Licht angezogen, schwer und dumpf gegen die Lampenschirme auf der Veranda klatschten.
Später, vor der verschlossenen Tür, erlaubte er es sich nicht, einzuschlafen.
»Es ist alles in Ordnung, Rose«, murmelte er und drückte seine Lippen fest gegen das Schlüsselloch.
»Ich bin hier, Rose«, sagte er zärtlich gegen die Messingbeschläge.
»Dir wird nichts passieren, Rose. Nicht, solange ich hier bin, Rose. Zuerst müssen sie an mir vorbei, Rose.«
»Ich danke dir, Luis«, erwiderte ich.
»Gute Nacht, Rose.«
»Gute Nacht, Luis.«

Er ließ Luis vor meiner Tür und sein Auto für mich dort zurück. Aber er rief niemals an. Die Tage vergingen, eine Woche verging, und dann zwei Wochen, und eines Tages packte ich meine Sachen und bat Luis, mich zum Bahnhof zu fahren.
Luis legte meine Tasche in das Netz über meinem Sitz

und streckte die Hand aus, förmlich und höflich, während er mich undurchdringlich und düster ansah. Ich weinte die ganze Zeit auf der Fahrt zurück in die Stadt, in dem langsam dahinratternden Zug.
Die Leute in dem Waggon versuchten, mich zu trösten. Sie brachten mir fremdartige Leckereien, Früchte und Plätzchen, legten sie mir auf den Schoß und lächelten erstaunt und neugierig in meine überströmenden Augen. Sie sprachen amerikanisches Englisch, einfach und ungekünstelt.
»Du bist so traurig«, sagten sie ernst. »Weinen ist nicht gut. Du mußt glücklich sein.«
Und als ich nicht aufhörte zu weinen, drängten sie sich zu kleinen, dunkel schimmernden Gruppen zusammen, starrten mich an, schüttelten die Köpfe und schnatterten in Tagalog.

Meine Freundinnen und ich, wir lachen über »Kratz mich nicht«. Manchmal sogar über die Brustwarze, die nach innen geht. Nicht aber über die Tränen. Denn von den Tränen, müssen Sie wissen, erzähle ich ihnen nichts. Ich erzähle ihnen nichts davon, wie aus dem ganzen Zug Menschen herbeigeströmt kamen, um mich weinen zu sehen, wie sie sich an den Türen und Fenstern drängten und dasaßen und auf ihren Sitzen plapperten wie prächtige bunte Papageien. Und ich erzähle ihnen auch nichts von Luis' Lippen am Schlüsselloch oder wie er mich sittsam und unbeholfen festhielt oder wie seine Hand beim Abschiednehmen höflich auf mein Herz deutete.

Ich erzähle es ihnen nicht, weil es nicht zu dem Witz gehört, zu meinem Witz, der vielleicht geschickt pointiert ist, aber eben auch nur das, mehr nicht, und der seine Grenzen hat, deutlich abgesteckt, aber ohne Wärme und unehrlich und leer und, schlimmer noch als alles andere, nicht gerade besonders komisch ist.

Ich weiß eigentlich gar nicht, warum ich diesen Witz erzähle, wenn er mich doch nicht zum Lachen bringt. Vielleicht erzähle ich ihn, weil er mich traurig macht. Denn ich glaube immer noch, daß die Vorstellung von Ehebruch in den weiblichen Köpfen mit Leid verbunden ist.

2

Meine Freundinnen. Wir tun alles gemeinsam, meine Freundinnen und ich. Wir gehen zusammen ins Theater, ins Kino, in Konzerte und Ausstellungen, in Restaurants, zu Autorennen und zu Vorlesungen. Jennifer und Helen gehen in den neuen Woody-Allen-Film, Rose und Jennifer schauspielern ein bißchen. Rose, Jo und Helen besuchen das Konzert für El Salvador.
Aber heute abend sind wir alle zum Essen bei Jennifer.

Diese Essen bei Jennifer, glaube ich, habe ich am liebsten. Denn Jennifers Haus ist wunderschön, genauso schön wie Jennifer selbst, so wohltuend für das Auge; da gibt es nichts Hartes oder Unsanftes oder irgendwie Unzulängliches.
Ja, Jennifers Haus ist sehr schön, aber es strahlt eine gewisse Trägheit aus, genau wie Jennifer. Denn ein Leben, das geschmackvoll und ruhig ist, kann auch langweilig sein. Das ist der Grund dafür, warum Jennifers Messingbett unter der Steppdecke nervös trommelt und warum ihre cremefarbenen Spitzenvorhänge im Schlaf unruhig zucken.
Und auch der Grund dafür, warum sich Jennifers Kaminfeuer hinter dem Eisengitter die Lippen leckt: Es weiß, daß Jennifers Haus, genau wie Jennifer, nur darauf wartet, mit einem Kuß geweckt zu werden.
Jennifer wird ihre köstlichen kalten Suppen machen.

Und selbstgemachte Quiche, leicht wie eine Feder, mit ganz besonderem, perfekt gedünstetem Gemüse. Sie wird uns Sorbet reichen, später verschiedenen feinen Käse und Obst, danach selbstgemachtes Konfekt, klein und dunkel, das auf der Zunge zergeht.
Wir werden essen, wir Frauen, in einem Kreis, rund um den großen schönen Tisch, dessen sorgfältig bearbeitetes Holz im Lampenlicht matt glänzt.
Wir werden ihre Speisen kosten und mit den Händen über ihre feine Leinendecke streichen. Wir werden aus ihren Kristallgläsern trinken und mit unseren Löffeln in ihren Porzellantäßchen rühren und uns fragen, warum David Jennifer nicht heiratet.

David sollte Jennifer heiraten. David könnte Jennifer heiraten. David würde Jennifer heiraten. Wenn es Francie nicht gäbe.
Francie: Ecken und Kanten, wo Jennifer weich und rund ist. Stachlig, wo Jennifer sanft und glatt ist. Ohne jeden Charme, während Jennifer liebenswürdig ist. Francie: nichts als schlechter Geschmack und abgeknabberte Fingernägel. Schwarzes Leder und hellblondes Haar. Polohemden und winzige Brüste, dicke schwarze Lidstriche und stockdünne Beine.
David sagt Jennifer, daß er Francie nicht mehr liebt. Er sagt, daß es nur noch Mitleid sei. Er sagt, daß er sie verlassen will. Aber Francie ist darüber außer sich.
David sagt Jennifer, daß zwischen ihm und Francie alles vorbei sei.
Francie erzählt Monica, daß im Augenblick alles etwas schwierig sei. Schuld daran sei Davids Arbeit, sagt sie.

Die ihn zum Wahnsinn treibt. Aber keine Sorge, sagt sie. Das geht vorbei.

Francie erzählt Monica, daß sie gerade eine schwierige Zeit durchmachen, das sei alles. Monica erzählt es Paul, und Paul erzählt es mir. Gerüchte, die mich völlig fertigmachen. Und wie soll ich es Jennifer beibringen?

David sagt noch andere Dinge zu Jennifer. Zum Beispiel sagt er, daß Liebe nichts mit Besitz zu tun hat. Er spricht es aus wie mit Großbuchstaben, und die meiste Zeit sagt er es in die Wolke ihrer Haare unter seinem Kinn.

Er legt seine Hand flach auf ihre Wange und berührt mit seinen langen, schmalen Fingern sanft die Haut rund um ihre Augen. Er sagt, sie müssen immer ehrlich zueinander sein, und er küßt sie auf den Mund, und sie dreht ihren Kopf vor Zärtlichkeit, aber manchmal auch vor Verwirrung, so daß sie ihn nach hinten auf seine Schulter legt, um sich zu beruhigen und darüber nachzusinnen, wie sie sich so geliebt und zugleich so betrogen fühlen kann.

Jennifer rettet Wale und Robben und Kreuzkröten und hat es ehrlich verdient, glücklich zu sein. All dies erzählte sie mir, während die Flammen ihres Kaminfeuers ihr wirres braunes Haar in einen goldenen Schimmer hüllen. Sie starrte über die Früchte und den Käse und die Kaffeetassen auf dem Teppich hinweg ins Feuer.

»Ich bin nicht wie du, Rose«, sagte sie und verdrehte die Augen so, daß sie im Schein der Flammen sanft und fast flehend aussahen.

»Ich bewundere dich, Rose«, sagte sie und seufzte und zog ihren weiten Rock über die Knie.

»Du bist nicht wie ich, Rose«, sagte sie und stieß mit ihren hübschen Lippen einen kleinen verächtlichen Laut aus. »Du würdest dich nie in diese Situation bringen. Nicht wegen eines Mannes.«
»Du bist anders als wir alle, Rose«, sagte sie. »Du bist so vernünftig, so unabhängig, so ...« Und sie machte eine Pause und suchte in den Flammen nach dem Wort, während ihre Zungenspitze nachdenklich zwischen ihren Lippen bebte, »... so selbständig, Rose.« – »Ehrlich. Ich glaube nicht, daß du überhaupt einen Mann brauchst.« – »Aber, sag mal, Rose«, sagte sie ernst und ein wenig atemlos von ihrem eigenen Mut, »fühlst du dich niemals einsam?«

Ich sagte ihr, was ich den Leuten immer erzähle: daß ich gerne Freunde habe, viele Freunde, manche davon Männer, manche davon sogar Liebhaber. Gelegentlich. Natürlich nicht in letzter Zeit. Aber wenn man älter wird, ist es ... anders ... nicht mehr ... so leicht. All dies erzählte ich ihr und war, wie immer, selbst erstaunt über den verteidigenden und schwankenden Tonfall meiner Stimme.
»Und natürlich habe ich auch noch meine Freundinnen«, sagte ich.
»Ja«, sagte sie, zögernd und mit leichtem Zweifel, und anschließend: »Ja, natürlich«, jetzt schon überzeugter, und sie holte tief Luft, langsam, als sammelte sie erst Mut, als wüßte sie, daß das Folgende einer Art Beichte gleichkäme.
»Aber das ist doch nicht dasselbe, oder? Ich meine, es ist doch nicht dasselbe mit ihnen. Ganz gleich, wie du es

betrachtest. Freundinnen. Wie sehr du sie auch magst. Wie sehr du sie auch liebst«, korrigierte sie sich, förmlich, wie jemand, der in einer fremden Sprache einen Fehler in der Syntax macht. »Das ist doch nicht dasselbe, nicht wahr? Wie mit einem Mann zusammenzusein, einem Mann, den man liebt.«

Sie wandte ihren Blick von mir ab, errötete, starrte ins Feuer, sehnsüchtig, ein bißchen beschämt.

Ich wurde, wie immer in solchen Augenblicken, ein bißchen steif, aber auch wiederum versöhnlich: die Äbtissin, die die Regeln des Konvents erklärt.

Aber sie war noch nicht zu Ende, und sie unterbrach mich, als wäre sie entschlossen, das Begonnene zu Ende zu führen.

»Manchmal langweile ich mich ein bißchen, wenn wir alle zusammen ausgehen«, sagte sie, und ihre Stimme war jetzt nicht mehr sanft, sondern herausfordernd und kühl, und, ganz plötzlich, sehr alt.

»Dieses ewige Gegacker. Wie eine Schar Hühner. Frauen ohne Männer. Manchmal finde ich, daß wir wirklich ein bißchen erbärmlich sind. Und dann denke ich, daß ich lieber hier sein möchte. Zu Hause, allein, bei David.«

Während ich mit meinen Freundinnen zusammensitze, rund um den Tisch, bei Jennifer, muß ich wieder daran denken, was sie gesagt hatte. Ich denke darüber nach, während das Licht ihrer Lampe auf unsere Gesichter fällt. Ich denke daran, ungetrübt vom Wein und schon ein bißchen müde vom vielen Reden. Und ich denke, daß ich gern weit weg wäre von hier, zu Hause, allein, bei Paul.

3

Gewöhnlich verwendet Jo ein Schimpfwort, wenn sie von Jennifer spricht.

»Sie ist wirklich eine dumme Kuh. Sich wegen diesem Bürschchen derart aufzuregen. Er hat es bestimmt nur auf ihr Geld abgesehen.« Freundlich, aber gebieterisch deutet sie mit dem Finger auf den Kellner, wie um ihren Worten Nachdruck zu verleihen.

»Der ist kein Bürschchen. Dazu ist er schon zu alt. Außerdem stellst du sie hin, als wäre sie irgendeine reiche Erbin. Immerhin handelt es sich nur um ein kleines Privatvermögen.«

»Genug, um ihn mit Drogen zu versorgen.«

»Das bißchen Dope, das er nimmt.«

»Er ist ein arroganter und ungebildeter Pinkel.«

»So übel finde ich ihn gar nicht.«

»Und ein miserabler Dichter dazu.«

Davids Gedichte sind düster und sehr männlich. Aus den abgehackten Zeilen schießen Obszönitäten wie aus einem Maschinengewehr. Manchmal veranstaltet er, zusammen mit Rockgruppen, Lesungen in einem grünen Drillichanzug.

»Man bezeichnet ihn als Postfeministen.«

»Was soviel wie Macho bedeutet. Deshalb sage ich ja, daß sie eine dumme Kuh ist.«

Es ist unmöglich, mit Jo still in der Ecke zu sitzen. Ihre Stimme ist nicht laut, aber durchdringend und voller

Selbstbewußtsein. Sie überrollt sämtliche umliegenden Tische und läßt die Paare, die sich mit vorgebeugten Köpfen gegenübersitzen, kurz und verstohlen aufblikken, bevor sie hastig wieder die Köpfe zusammenstekken, um nicht erschrocken oder überrascht auszusehen.

Sie nennen Jo die Feministin eines Mannes. Mit »sie« meine ich die Männer, mit denen sie zusammenarbeitet und mit denen sie manchmal auch schläft. Und ich weiß, was diese Männer damit meinen. In früheren Zeiten, jenen, denen sie noch immer angehören, den Zeiten bevor die kristallklaren Gewässer ihres Sozialismus von unserem verschwommenen Feminismus getrübt worden sind, wäre Jo die Frau eines Mannes gewesen. Jetzt stellen sie sich auf den Wandel ein und bezeichnen sie als die Feministin eines Mannes, diesen neuen Schlag von Frauen, die selbst erst lernen mußten, worauf sie ein Recht haben und das zu fordern, was ihnen die Welt bis dahin nur widerwillig gewährt hat.

Jo kann einen Kellner schneller auf ihre Seite bringen als jeder Mann, den ich kenne. Sie tut es auch jetzt wieder, hier, in diesem Restaurant.

Der kleine, etwas gedrungene junge Mann hat zwei Paaren den Rücken zugekehrt, die er eigentlich vor uns bedienen müßte, und kommt mit seinem Notizblock an unseren Tisch.

Er ahnt, daß Jo ihm Ärger machen kann, Ärger, den er vermeiden möchte, und stellt sich deshalb blind und taub gegenüber dem verärgerten Klopfen und Stöhnen der Leute, die mit der Speisekarte herumfuchteln.

Ich könnte mir vorstellen, daß er schwul ist, denn wann hat ein Mann schon jemals für eine Frau derart gut ausgesehen? Er muß viel Zeit darauf verwenden, damit seine Haut so braun ist, und für seine Haare, die ihm dunkel und üppig in die Stirn fallen. Beim Gehen schaukelt er ein wenig. Er erinnert mich an Luis.

Er weiß, sie wird gewinnen, falls es Ärger gibt, und deshalb schlägt er höflich eine Seite in seinem Block um, setzt ein kleines Lächeln auf, während sie ihn mit ihrer schneidenden, gnadenlosen weiblichen Höflichkeit herablassend behandelt.

Er ist daran gewöhnt, herablassend behandelt zu werden, und nimmt es als Teil seines Jobs hin. Was ihn aber irritiert, ist ihre sexuelle Ausstrahlung, die sie wie ein Heiligenschein umgibt und ihr nacktes Gesicht, ohne jedes Make- up, und den blonden Kopf mit dem Bürstenschnitt erhellt.

Während er schreibt, weicht er einen Schritt zurück, als habe er Angst, mit ihr in Berührung zu kommen. Er fühlt sich gestört. Vielleicht sogar beunruhigt. Trotzdem, oder vielleicht gerade deshalb, wird er uns zuvorkommender bedienen als alle anderen.

Ich habe nichts entgegnet – was ich vielleicht hätte tun sollen –, als Jo das von Jennifer sagte. Ich habe es nicht getan, weil ich Jo ein wenig fürchte. Die meisten Menschen fürchten Jo ein wenig. Die meisten Menschen, einschließlich ihrer Liebhaber.

Wenn wir zusammen sind, wir Frauen, dann sehe ich oft, wie ihre Finger mit einem Federhalter oder einer Gabel oder den Seiten ihres Programmheftes spielen. Ich sehe, wie ein Lächeln über ihre Lippen huscht und wieder verschwindet und wie ihre Lippen die Unterhaltung um sie herum ermuntern. Aber wenn ich ihr in die Augen sehe, erkenne ich, daß sie klar und leer sind, als habe sich ihre Persönlichkeit an irgendeinen geheimen Ort ganz hinten in ihrem Kopf zurückgezogen, so daß nur ihr Körper für die Welt um sie herum weiterlebt.

»Automatische Steuerung«, habe ich einmal zu ihr gesagt. »Du fliegst dein halbes Leben lang mit automatischer Steuerung.«

Eines Abends, als wir uns mit Whisky betranken, teilte sie mir mit, wenn sie einen Mann fände, der intelligenter wäre als sie, so würde sie ihn heiraten. Ich glaube, sie erwartet nicht, jemals zu heiraten. Ich weiß, daß sie Martin nicht heiraten wird. Sie wird ihn selbst dann nicht heiraten, wenn er ihretwegen Margaret und die Kinder verläßt, was er bestimmt tun würde, wenn sie ihn darum bäte. Aber das wird sie nicht tun. Denn auch wenn sie Martins zähen und geschundenen Körper eines Arbeiters mag und die Mittelklasseliebe, die sie ihm beigebracht hat, und sogar seine heftige, herbe Selbsterziehung, so ist es nur ein Spiel, im Bett und auch außerhalb: so zu tun, als wären sie gleich. Nur ein Spiel.

Wenn Martin sehr betrunken ist, was zur Zeit gar nicht so selten vorkommt, dann sagt er, daß er alles Jo verdanke. Er sagt: »Wie hat sie das nur geschafft?« Dabei stellt er sich diese Frage wie ein Ertrinkender, der sich selbst einen Rettungsring zuwirft.

»Sie hat mir dazu verholfen«, nuschelt er, voller Stolz, Bewunderung und Scham. »Die Leute wollten sie. Die Parteimitglieder wollten sie. Eigentlich hätte sie den Sitz bekommen müssen. Aber eine Frau wie sie? In einem Regierungssessel?«

Und dann zieht er mich noch ein Stückchen näher zu sich hin, während wir an der Bar stehen. Er legt den Arm um meine Schultern und hält mit der anderen Hand sein Glas fest.

»Sie hat verloren, und dann hat sie sich bei mir angehängt«, sagt er. »Und dann hat sie mich statt dessen gekriegt. Wie konnte sie nur?«

Und dann schüttelt er für gewöhnlich den Kopf und schaut auf, während sie unaufhörlich mit der Zunge schnalzt, Grimassen schneidet und sagt: »Um Himmels willen, Martin . . .«, oder: »Mach dich nicht lächerlich, Martin«, oder: »Halt den Mund, Martin«, oder durch eine andere kurze, scharfe Bemerkung gereizt ihre Mißbilligung zum Ausdruck bringt.

Es ist jetzt vier Jahre her, daß Martin gewählt wurde, vier Jahre, in denen seine Kinder älter geworden sind und seine Frau kühler und distanzierter.

Die Affäre zog sich unbemerkt dahin, wurde von Jos anderen Liebhabern und von der trostlosen Gestalt Margarets überschattet, die, alles mißachtend, noch immer an der Seite ihres Ehemanns als die gute Wahlkreisfrau auftrat, auf Festen und Vergnügungsveranstaltungen und den offiziellen Schulfeiern.

Arme Margaret?

Ich weiß nicht. Ich weiß nur, daß sie jetzt nicht mehr so attraktiv aussieht wie vor vier Jahren, als ich sie kennenlernte. Sie sieht jetzt müde aus, bedrückt, nicht dünner, im Gegenteil, sie hat zugenommen, an der Taille und um die Hüften, wo Frauen zunehmen, wenn sie nicht mehr die Jüngsten sind und zwischen den beiden Gegensätzen wie sexueller Anziehung und gutem Essen abwägen.

Arme Margaret?
Ich weiß nicht. Ich weiß nur, daß die Dauerwelle, die ihr Haar über Nacht zu lauter kleinen Löckchen gekräuselt hat, die ihr jetzt unordentlich bis über die Schultern hängen, für alle Eingeweihten ein Zeichen dafür sind, daß Margaret sich entweder keine neue Frisur leisten kann oder sich in einem Zustand absolut weiblicher Verzweiflung befindet, in dem es ihr völlig egal ist, wie ihre Haare aussehen.
Arme Margaret?
Ich weiß nicht. Ich weiß nur, was Jo sagt: »Weiß der Himmel, warum sie bei ihm bleibt.« Dabei zieht sie das »Weiß« in die Länge, während sie eine Zigarette aus der Packung nimmt und mit einem scharfen, wegwerfenden Fingerschnippen anzündet.
Sie liebt ihn eben, möchte ich gern sagen, trau' mich aber nicht, da ich sie besonders fürchte, wenn sie so scharf und verächtlich ist wie jetzt.
Und warum sollte sie ihn lieben? Warum sollte sie ihn noch nach vier Jahren zermürbendem Eheleben lieben? Vier durch den Ehebruch ihres Mannes gezeichnete Jahre. Vier Jahre, in denen sie auf seine Schritte lauschte, ihn aus den Augenwinkeln beobachtete. Vier Jahre der schleichenden, ekelerregenden Erkenntnis, die an ihr emporkroch, auf ihrer Schulter hockte und ihr schließlich ins Ohr flüsterte, daß ihr Mann mit einer anderen schlief.
Warum hätte sie ihn lieben sollen? Warum hätte sie nach allem nicht dennoch bei ihm bleiben sollen, wegen der Kinder zum Beispiel oder wegen des Hauses oder wegen des Wagens, wegen des Geldes oder wegen des An-

scheins oder auch einfach nur, weil es so bequemer war? Warum, genaugenommen, hätte sie es denn nicht vorziehen, warum ohne Martins Beachtung leben sollen? Sie, eine Katholikin mit drei Kindern am Rockzipfel, warum sollte sie nicht darüber glücklich sein, daß die Schlaferei endlich ein Ende hatte, ohne zu wissen, daß es mit Jo sehr viel delikater und schwelgerischer war und in Harmonie mit dem unendlich zarten Abklingen weiblichen Begehrens, als früher mit ihr, als er noch auf ihr gelegen hatte und ihr zuerst ihre Tochter und dann ihre beiden prächtigen Söhne gemacht hatte?
Warum sollte sie das nicht vorziehen?
Meinetwegen. Weil ich es will. Weil *ich* es vorziehe, daß sie ihn liebt, weil *ich* will, daß sie sich um ihn sorgt. Weil *ich* will, daß sie unglücklich ist und leidet.
Denn so, finde ich, sollten sich die Frauen, denen Unrecht geschehen ist, verhalten: auf eine Weise, die ihr Elend, die Art des Unrechts, das ihnen zugefügt wird, am deutlichsten zeigt.

Wissen Sie, die Wahrheit ist nämlich, daß ich, ganz persönlich, nichts von Ehebruch halte.

4

Ja, es ist wahr, daß ich gegen Ehebruch bin, jedenfalls gegen einen Ehebruch, wie Jo ihn praktiziert, kalt, unbeteiligt, abweisend. Ich finde, wenn es ihn schon geben muß, dann sollte er von Angst begleitet sein, von wirklich sichtbaren Schmerzen. Wie bei Helen.

Hier, sehen Sie. Das Briefpapier der Firma. Drei Namen, unten schräg gegen den Rand gestellt, wo sie früher nebeneinander aufgereiht waren, zusammen mit einem vierten, mit dem von Michael, Helens Ehemann.

Sie alberten und blödelten mit Michael im Keller herum, wo die Leute von der Presse- und der PR-Abteilung sich auf einen Gin Tonic trafen und ihren Sekretärinnen den Hof machten. Sie gaben ihm einen Becher, mit passender Inschrift, und mit vom Alkohol und von Schmeicheleien zu lauten Stimmen nannten sie ihn »die Opposition« und schrien quer durch die Bar: »Nimm dich in acht, Ray«, so daß Michael schwülstig etwas von »neuen Wegen« und »Zeit zum Neuanfang« palavern mußte, denn er wußte, daß sich niemand täuschen ließ.

So blieben die drei anderen Namen übrig, die von Ray, Helen und Sandra. Sandra. Die Frau von Ray. Sandra, die seit dem Tag, an dem sie zu ihm gekommen war, um ihm zu sagen, daß sie schwanger sei, nie mehr einen Fuß zwischen das graue und schwarze und silberne Chrom gesetzt hatte. Sandra, die ohne Vorankündigung in sein Büro kam und ihn dort mit Helen antraf und aus der Art, wie sie auseinanderfuhren, hastig, mit gesenktem Blick, völlig ohne Grund nach Papier und Bleistift und Ordnern griffen, erkannte, daß sie sich umarmt hatten.

Früher, in alten Zeiten, hätte sich Michael wahrscheinlich duellieren müssen. Töten oder getötet werden. Aber auch heute mußte er an seine Ehre denken. Mit Vierzig mußte er seinen gut dotierten und gesicherten Job bei Ray aufgeben. Er mußte seinen Namen vom unteren Rand des Briefbogens verschwinden lassen. Er mußte mit einem lässigen Winken in den zweitrangigen Sonnenuntergang davonschreiten, der all diejenigen erwartet, die keinen Ehrgeiz besitzen, nur mäßig talentiert sind und sich der Mitte des Lebens nähern.
Und außerdem mußte er das ziemlich teure, eigentlich viel zu große Haus eines leitenden Angestellten gegen eine frostige, enge Wohnung eintauschen. Und den Kühlschrank und die Waschmaschine für die Stereoanlage zurücklassen.
Und natürlich auch Andy.

Michael wußte, daß Helen und Ray ein Verhältnis hatten. Zuerst tat es weh. Aber er ertrug den Schmerz, betäubte ihn mit Alkohol, einem bestens dafür geeigneten Mittel. Und dann stellte er zu seiner Überraschung fest, daß er damit leben konnte. Wenn man ihm half und ihn ermutigte, konnte er es sogar vergessen. Wirklich, er konnte diese ganze Liebesaffäre vergessen, wenn er mit

Andy zum Angeln ging oder zum Fußball oder wenn er einfach nur abends einkaufen ging, wenn Helen noch arbeitete.
Bei dem Versuch, mit seinem Schmerz fertig zu werden, den der Verlust von Helens Liebe ihm bereitete, bei der Suche nach dem, was ihm im Leben am meisten bedeutete, stellte er fest, daß er Andy leidenschaftlich liebte, um so mehr, als er rein zufällig auf die Welt gekommen war. Gleich zu Anfang in den Zeiten ihrer ersten schwärmerischen Liebe, hatten sie sich bemüht, ein Kind zu bekommen, aber ohne Erfolg, aber schon bald war ihr Leben nach einem bestimmten Muster verlaufen. Es war ein angenehmes Muster, ein Muster, das jedem für sich und beiden gemeinsam gefiel, und wenn sie es auch nicht aussprachen, so dachten sie doch beide, daß nur ein Kind dieses Leben verändern könnte.
Als Helen dann sieben Jahre nach ihrer Heirat schwanger wurde, mußten sie erst ihr Gedächtnis bemühen, um herauszubekommen, wann sie miteinander geschlafen hatten. Und als sie sich endlich daran erinnerten, war es beiden eher peinlich und merkwürdig: ein eher langweiliges, unbefriedigendes Zusammensein an einem Sonntagnachmittag zur Teestunde, nach einem langen, ausgedehnten Mittagessen bei Ray und Sandra.
Ja, wenn er mit Andy zusammen war, konnte er Helen und Ray vergessen. Aber irgend etwas an Helen wollte nicht zulassen, daß er vergaß.
An einem geradezu widersinnig unangemessenen romantischen Wochenende, das sie einem Geschäftspartner verdankten, fernab von allem, bestand Helen darauf, ihm von ihrer Liebesaffäre zu erzählen, drängte sich ihm

geradezu auf während eines Streits, der aus dem Nichts heraus entstanden war, als sie das Schlafzimmer mit dem glänzenden Eichenholz und den buntbedruckten Stoffen betraten. Sie lag auf dem breiten Himmelbett, gegen die Kissen gelehnt, nippte an ihrem Champagner, den man ihnen aufs Zimmer gebracht hatte, und spielte mit einer langstieligen Rose, die sie aus einer Vase neben dem Bett gezogen hatte.

Sie starrte in die Luft, während sie sprach, schien sich nicht darum zu kümmern, daß sie ihm dabei den Boden unter den Füßen wegriß, daß sie das Leben, welches er geschaffen hatte, in ihre Hände nahm und zwischen den Fingern zerknüllte und wie Abfall wegwarf.

Sie drehte die Rose zwischen ihren Fingern und teilte ihm mit, es täte ihr leid. Sie sagte, sie hätten sich sehr bemüht, kein Verhältnis anzufangen. Dabei sahen ihn ihre Augen ernst an, wie mit der Bitte, ihr zu glauben. Sie hätten sich immer schon sehr nahe gestanden, weil sie sich so sehr für das Geschäft engagierten. Sie hatten gewußt, daß sie sich voneinander angezogen fühlten. Sie hatten sich bemüht, dem nicht nachzugeben.

»Aber du weißt ja, wie so was geht«, sagte sie.

Sie zählte die genauen Einzelheiten ihres Ehebruchs mit gleichgültiger, ausdrucksloser Stimme auf, als ließe das Zurückhalten von Gefühlen diese Aufzählung weniger peinlich, weniger schmerzhaft sein. Sie nannte sogar das Projekt, an dem sie arbeiteten. Ihre Stimme bekam einen flehenden Ton.

Sie versuchte Ray zum Mitverschwörer zu machen. Sie waren zusammen verreist. Sie hatten zuviel getrunken. Wie dumm von ihnen. Wie verzeihlich.

»Du weißt ja, wie das ist«, sagte sie.
Sie hatten sich bemüht, die Sache aufzuhalten. Natürlich hatten sie das! Seinetwegen. Wegen Sandra. Und natürlich wegen der Kinder. Aber offenbar waren sie dazu wohl nicht fähig gewesen. Es war zu stark gewesen. Zu wichtig. Zu einzigartig.
Mittlerweile war sie vom Champagner berauscht. Sie beging den Fehler und versuchte, ihm zu erklären, was es für sie bedeutet hatte. Wie es sich beim ersten Mal angefühlt hatte. Dabei bemühte sie alle Klischees und alle Phrasen. Sie sagte, es sei wie eine Heimkehr gewesen, wie etwas, auf das sie lange Zeit gewartet hatte. Sie sagte, es sei einfach anders gewesen. Und dann, als bemerkte sie erst jetzt ihren Fehler, stürzte sie den Rest Champagner hinunter, stellte die Flasche auf den Tisch neben dem Bett und wurde plötzlich schroff. Sie sagte, es täte ihr leid, aber sie brauchte Ray, und sie glaubte, daß sie sich gegenseitig brauchten.
»Ich brauche dich auch«, sagte Michael. Es war das erste, das er sagte. Vorher hatte er seinen Champagner ausgetrunken, sein Kopf schwirrte und Tränen stiegen ihm in die Augen.
»Ich brauche dich, und Andy braucht dich. Andy braucht uns beide«, sagte er raffiniert.
Bei diesen Worten blickte sie auf und sah ihn an, ihre Augen waren hart und mißtrauisch und böse. Sie wußte, was er sagen wollte. Sie wußte, daß er in seinem Herzen nachgeben würde, und sie wandte sich ab, weil sie es nicht hören wollte.
Und so gingen sie, verstört, wie sie waren, und auch hungrig von der Reise, zum Essen hinunter.

Beim Essen gab Michael sich erwachsen und liebenswürdig. Vielleicht war es seine beste Vorstellung, seine beste »Öffentlichkeitsarbeit«, die er je geboten hatte.

Aus einer geheimen Tasche zog er die verdeckte Karte seiner Extra-Weisheit und Erfahrung von sieben Jahren und war plötzlich nicht mehr der Ehemann, sondern ein alter Freund, jemand, der sich auf keine Seite schlug, der kein Messer zu wetzen hatte, dem man vertrauen konnte.

Er wählte den Wein aus, schlug mit übertriebenem Eifer das passende Gemüse vor, faltete ihre Serviette für sie auseinander, als wäre sie nur ein bißchen jung oder nur ein bißchen krank.

Als sie immer betrunkener wurde, begann er den Advocatus Diaboli zu spielen, tat so, als würde er ihn nur spielen, um der Wahrheit willen, um eine Lösung zu finden, die ihnen beiden gerecht würde, die beide so wenig wie möglich verletzen würde.

»Schadensbegrenzung«, sagte er mit einem freundlichen Lächeln und hob sein Glas zu einem flüchtigen, unverfänglichen Trinkspruch.

Als er sah, daß sie schon sehr betrunken war, zielte er auf ihre verwundbarste Stelle.

Er sagte, Ray würde sich niemals von seinen Söhnen trennen. Er sagte, ja, zugegeben, er wäre sicher, sie hätte recht, wenn sie glaubte, daß Ray sich mit Sandra langweilte. Natürlich langweile sich Ray mit Sandra. Jeder intelligente Mann würde sich mit Sandra langweilen. Aber Sandra hatte die Jungen. Und deshalb hatte sie Ray.

Ray, wiederholte er, fast leichthin, während er mit dem Löffel in dem Karamelpudding rührte, Ray würde sich niemals von den Jungen trennen.

Sie versuchte zurückzuschlagen, aber sie benahm sich wie ein Kind, das Schneebälle gegen eine Stahltür wirft, die beim Aufschlag mit einem klatschenden Geräusch hängenbleiben, sich fast sofort wieder auflösen, naß und matschig werden und schließlich in einem dünnen Strahl aus kaltem, grauen Wasser herabgleiten.
Sie versuchte es. Sie wiederholte Dinge, die sie zuvor schon gesagt hatte, etwa »Ich liebe Ray« und »Ray liebt mich«, als wären es irgendwelche Zaubersprüche oder Beschwörungsformeln. Aber am Ende wurde sie von der Entschiedenheit seiner Stimme besiegt, die irgendwie viel unerträglicher war als früher die Entschiedenheit ihrer eigenen Stimme.
Denn bei ihr war es eine trotzige Entschiedenheit gewesen. Sie hatte Dinge wie »Ray liebt mich, und ich liebe Ray« kategorisch und ohne Emotion ausgesprochen, in der Hoffnung, daß sie dadurch, wie sie es sagte, direkt und geradeaus, zur unumstößlichen Tatsache wurden, daß sie die Ereignisse irgendwie vorantreiben würden, zusammenbrechen und sich neu anordnen ließen zu einer ihr dienlichen Form.
Seine Bestimmtheit hingegen besaß den Anschein von Endgültigkeit. Seine Worte klangen tief und kräftig und durch feste Überzeugung verstärkt. Sic machten sie hilflos. Schlimmer noch, sie erinnerten sie an etwas, woran sie sich nicht erinnern wollte. Nämlich daran, daß sie keinen wirklichen Beweis dafür besaß, daß er unrecht hatte.
Sie erinnerten sie daran, daß Ray niemals gesagt hatte, daß er Sandra verlassen würde. Und so brachte Michael sie dazu, es noch einmal zu versuchen.

Nach dem Essen stieg sie auf der schönen breiten Treppe vor ihm die Stufen hinauf wie ein unartiges Kind, das vorzeitig ins Bett geschickt wird, zog die Füße nach und schleppte widerspenstig eine Hand auf dem Geländer hinter sich her.
Im Bett versuchte er ihr gegenseitiges Verständnis mit einem unschuldigen Kuß zu besiegeln, dem Kuß eines Freundes, aber sie deutete seine Handlung falsch, drehte sich mit einem Ruck von ihm weg und zog sich auf die äußerste andere Seite des schweren Eichenbetts zurück.

Sie versuchten es sechs Monate lang. Die Stimmung im Haus wurde mit jedem Tag düsterer und kälter. Unter Helens Augen lagen tiefe Schatten von all dem Elend um sie herum. Wenn Michael in ihrer Nähe war, wurde ihr das Atmen schwer, sie fuhr ihn an, wenn er mit ihr redete, oder, was noch schlimmer war, sie ging ins Schlafzimmer, verschloß die Tür und weinte stundenlang und weigerte sich, mit ihm zu reden.
Eines Nachts, als sie allein waren und Andy bei seinen Großeltern war, schrie sie ihm ins Gesicht: »Ich hab' ein Verhältnis. Verstehst du nicht? Ich liebe ihn. Ich liebe ihn. Warum gehst du nicht weg?«
Sie war betrunken, lag auf dem teuren, prallen Ledersofa, die Whiskyflasche und den Sodasiphon neben sich auf dem Teppich. Sie trug ihren Morgenmantel, obgleich es erst früher Abend war. Ihr Make-up floß mit ihren Tränen über ihr Gesicht. Sie sah alt aus.
Er sah sie an und sah auch sich selbst und empfand Mitleid für sie beide.
In dieser Nacht zog er ins Gästezimmer um, und am

nächsten Tag, als sie alle zusammen friedlich auf dem Sofa saßen, sagten sie es Andy.
Der Junge saß zwischen ihnen, sie hielten seine Hände, als sie ihm sagten, daß Daddy weggehen würde. Er sah eher verwirrt als bestürzt aus. Er runzelte die Stirn und fragte: »Warum? Liebst du Mami denn nicht mehr?« Sie waren erstaunt, daß eine solche unmögliche Frage möglich war. Und sie wußten keine Antwort darauf.
Michael legte die Arme um Andy und weinte in sein blondes Haar, und als er spürte, daß auch sein Haar naß wurde, wurde ihm bewußt, daß Helen das gleiche bei ihm tat. So standen sie zusammen, alle drei, eine lange Zeit, und hielten einander umschlungen wie drei Figuren einer Skulptur aus weichem, ungebranntem Ton.

Wissen Sie, als er Helen sagte, daß Ray sich niemals von Sandra trennen würde, war er sich absolut sicher, daß es die Wahrheit war.
Ray hatte Andy und ihn oft getroffen, wenn er mit Benjamin und Mark zum Fußball ging, und er hatte sein eigenes zärtliches Gefühl für seinen Sohn in den Augen des anderen Mannes gesehen.
Er sagte sich, daß er schließlich ein Vater war und daß nur er wissen konnte, was die Jungen Ray bedeuteten. Und dann hatte er zufällig herausgefunden, was Ray Sandra bedeutete.
Eines Nachts, als er betrunken und verbittert in seiner kalten, ungemütlichen Wohnung saß, rief er sie an. Er sah die nackten Wände und die spärliche Einrichtung, und ganz plötzlich brauchte er jemanden, zu dem er unfreundlich sein konnte. Und so rief er Sandra an.

Als sie sich meldete, klang ihre Stimme gleichgültig und kühl, wurde aber argwöhnisch und abweisend, als sie merkte, daß er es war. Er erkannte sofort, daß sie wußte, warum er anrief, daß sie wußte, was er zu sagen hatte, und daß sie es nicht hören wollte.

Wo Ray wäre, fragte er. Er wäre nicht da, sagte sie. Die ganze Nacht nicht. Auf einer Tagung.

»Mit Helen?« fragte Michael, seine Stimme klang hell vor Spott und von der Wirkung des Alkohols.

Am anderen Ende der Leitung wurde es still, und Michael schüttete seine ganze Verbitterung in diese Stille, versuchte, Sandra mit seinem eigenen Unglück anzuklagen, sie zu verbrennen. Er schloß die Augen und malte sich voller Vergnügen die Schrammen und Wunden aus, die er in ihr Gesicht gebrannt hatte.

Er nannte ihr die Zeiten und die Orte. Und als besonderen Spaß erzählte er ihr sogar von den Rechnungen, so wie Helen es getan hatte. »Während du zu Hause gesessen hast, Sandra«, sagte er. »Warum gehen wir jetzt nicht einfach aus und machen uns einen schönen Abend?«

Anschließend schämte er sich, schämte sich sehr. Mitten im Strom der Worte legte sie den Hörer auf, während er den Kopf hängen ließ und weinte, noch immer den Hörer in der Hand hielt und sich eine betrunkene Träne wegwischte.

Er versuchte sie später noch einmal anzurufen, um ihr zu sagen, wie leid es ihm täte, aber sie nahm nicht ab. Da wußte er, daß sie das Telefon leise gestellt hatte, und mußte noch mehr weinen.

Und doch passierte gar nichts.

Helen hat niemals darüber gesprochen, auch Ray nicht,

als er und Andy ihn und die Jungen beim Fußball trafen. Das bedeutete, Sandra hatte niemandem davon erzählt, was ihn noch mehr davon überzeugte, daß Ray Sandra niemals verlassen würde.
Dann erkannte er, daß Sandra es darum nicht erzählt hatte, weil sie glaubte, den Sturm überstehen zu können. Er sah, daß sie sich nichts anderes wünschte, als bei Ray zu bleiben, und daß sie dachte, es würde ihr gelingen, wenn sie schwieg, einen klaren Kopf behielt und ruhig weitermachte. Und Michael glaubte, daß sie recht hatte.

Einmal, als ich Michael mittags ganz unerwartet in einer Bar in der Nähe der Universität traf, erzählte er mir, was er getan hatte.
»Hilf dem Mittellosen, Rose«, sagte er. »Kauf dem Arbeitslosen etwas zu trinken.«
Er war betrunken und aggressiv, zog mich von den Leuten weg, mit denen ich zusammen war, und umklammerte meinen Arm.
Später, am Tisch in der Ecke, sagte er: »Es ist hoffnungslos, Rose. Ich schaffe es nicht allein. Dafür bin ich nicht gebaut. Ich bin kein Geschäftsmann. Ich bin ein Lohnschreiber. Du verstehst das. Wir sind beide Lohnschreiber. Als Lohnschreiber haben wir angefangen, und wir sind es noch immer. Wir hätten niemals ins PR-Geschäft gehen sollen. Keiner von uns beiden.«
»Ich gehe wieder zur Zeitung, Rose«, sagte er und drückte seine Zigarette aus. »Ich habe die Runde gemacht und versucht, einen Job zu bekommen. Ich habe Leuten einen Drink gekauft, die noch Kinder waren, als ich angefangen habe. Heute sind sie Redakteure. Chefreporter.«

»Ich habe gemerkt, daß ich alt bin, Rose.«

»Ich bin alt, Rose«, sagte er noch einmal und starrte noch immer auf die Zigarette. »Ich bin alt, und ich habe Angst.«

»Nein, Michael«, sagte ich. »Du bist betrunken, das ist ein Unterschied. Du wirst einen Job finden. So was dauert seine Zeit, das ist alles.«

Dann erzählte er mir alles von der Trennung und von dem Telefongespräch. Er wurde abwechselnd rührselig, beschämt und trotzig.

»Ich wette, Helen hat dir nie davon erzählt.« Er hob sein Bierglas an die Lippen.

»Nein. Sie hat mir nur gesagt, daß ihr euch trennt, mehr nicht.«

»Typisch Helen«, sagte er und beugte sich mit einem etwas boshaften Grinsen zu mir. »Introvertiert ... Heimlichtuerisch. Sie erzählt mir nie was von sich. Nicht mal ihren Freundinnen. Manchmal glaube ich fast, daß sie ein bißchen verrückt ist.«

»Unsinn.«

»Nein, wirklich, das ist doch nicht normal.« Er schüttelte den Kopf, sein Gesicht verzog sich zu einer betrunkenen selbstgefälligen Grimasse. »Sie erzählt dir nie was. Selbst wenn ihr etwas weh tut. Selbst wenn sie Kummer hat.« Er stellte das Glas auf den Tisch, während der Zorn seine Selbstgefälligkeit verdunkelte wie eine Wolke.

»Sie macht einfach so weiter, sie leidet und schweigt.«

Ich legte etwas Geld auf den Tisch für das Essen, aber als ich aufstand, packte er meine Hand und fegte dabei die Münzen vom Tisch.

»Er wird die Jungen niemals verlassen«, sagte er eindringlich und stand auch auf. »Ich habe es ihr gesagt, aber sie will es mir einfach nicht glauben. Vielleicht glaubt sie dir.«

»Das bezweifle ich«, sagte ich und entzog mich seinem Griff.

Er zuckte zurück, ohne mich aus den Augen zu lassen, und sein Gesicht bekam wieder den zornigen Ausdruck.

»Sie wird immer so weitermachen, Jahr für Jahr«, sagte er, »und auf ihn warten. Was für eine Närrin.«

Noch einmal hob er das leere Glas, wie um mir zuzuprosten, und seine Kleinjungenaugen schäumten über von dem Wunsch, etwas wirklich Böses zu tun.

»Frauen«, sagte er. »Wie dumm die sind. So verdammt dumm. Sie haben richtig Spaß daran, zu leiden.«

5

Ob es stimmt, was Michael sagte? Hat er recht? Leiden wir gern, wir Frauen?
Suchen wir uns unsere Liebhaber ganz bewußt danach aus, ob sie gebunden und belastend sind, damit sie uns Schmerzen zufügen, die so rein und köstlich und befriedigend sind, daß sie uns geradezu Spaß machen, Schmerzen, die aus dem Innersten des Herzens kommen, das vor Liebe zu zittern beginnt, sich dehnt und spannt und am Ende ganz langsam zerreißt? Ob das stimmt?

Ich bin nicht nur einfach unglücklich, während ich Jo an diesem Tisch gegenübersitze und mein Brötchen zwischen den Fingern zerkrümle, sondern ich bin auch überrascht, daß ich so unglücklich bin, und die Überraschung darüber, daß es ausgerechnet auf diese Weise passieren mußte, verleiht meinem Unglück eine besondere Schärfe. Ich stehe hinter mir selbst am Tisch, eine geisterhafte Begleiterin, beuge mich boshaft und ehrerbietig nach vorn und flüstere mir Jennifers Worte mit spöttisch-höhnischer Stimme ins Ohr.
»Du bist nicht wie sie, Rose«, sage ich. »Du würdest dich niemals in eine solche Situation bringen. Nicht wegen eines Mannes.«
Die Worte schrillen in meinem Kopf. Sie hüpfen in einem wilden Tanz auf und ab. Sie schubsen und stoßen gegen das Gefüge meiner Selbstbeherrschung.

Wenn ich den Mut gehabt hätte, zu Paul die einfachen Worte »Du nimmst mir meinen Frieden« zu sagen, dann hätte ich es tun sollen. Ich hätte versuchen sollen zu sagen: »Du zerstörst nicht nur, was ich bin, sondern auch, was ich immer zu sein glaubte, worauf sich mein ›Ich bin‹ gestützt hat.
Du zerstörst sogar, was ich einmal war.«

Ich saß in meinem einzigen guten Kostüm und mit meinem einzigen guten Prüfungszeugnis in der Aktentasche neben mir selbst vor seinem Arbeitszimmer. Ich war zu früh ... Wahrscheinlich sind Studentinnen im reiferen Alter immer zu früh ... Hinter der Tür klingelte unaufhörlich das Telefon, hoffnungsvoll und beharrlich.
Er kam zwanzig Minuten zu spät, ein Bild von einem zerstreuten Professor, unter den Armen ganze Bücherstöße, einige Blätter fielen zu Boden, während er den Schlüssel umdrehte, um mich in sein Büro zu lassen, seine Entschuldigungen gingen charmant in seiner herzlichen Begrüßung unter.
»Es tut mir so leid ... Rose, glauben Sie mir ... Ich habe das Gefühl, daß wir uns schon begegnet sind ... Sie sind eine Freundin von ...«
»... Jo ... ja ... Ich glaube, auf einer ihrer Partys ... Sie waren mit ...«
»Monica ... ja ... mit meiner Frau, Monica.«
Ich war von ihm, seiner Verspätung, seinem offenen, unverschämten Charme irritiert. Aber noch mehr war ich auf mich selbst wütend, darauf, daß mein kritischer und spöttischer Sinn verschwand angesichts dieses Charmes, dieses Urbilds eines gutaussehenden Akade-

mikers und seiner kuriosen, melancholisch-sehnsuchtsvollen Leidenschaft.

Aber in meinem tiefsten Inneren verdrängte ich dieses Gefühl von Irritation, denn ich war von seinem Zimmer geradezu entzückt, so entzückt natürlich, wie es nur eine fünfunddreißigjährige Frau sein kann, die darauf versessen ist, Vorlesungen über englische Literatur zu belegen. Die Bücher reichten bis zur Decke; genauso hatte ich es mir immer vorgestellt. Auf dem Parkettboden, vor einem ausgebeulten Sofa, das halb verborgen hinter Bergen von Akten, Büchern und Papieren stand, lag die fadenscheinige Imitation eines Perserteppichs. Unter dem Fenster summte leise ein Heizgebläse, während draußen, hinter der Scheibe, ein Baum einen Zweig freundlich gegen die Fensterscheibe drückte.

Er kochte mir Kaffee, während er entspannt und humorvoll über sich selbst redete, über das kleine Problem, dessentwegen er zu spät gekommen war. Er hatte seine Frau zum Zahnarzt bringen müssen. Ein Notfall. Solche Schmerzen. Wahrscheinlich ein Weisheitszahn. Der erst jetzt, mit über dreißig, herausgekommen war. Du liebe Zeit. Wie ungewöhnlich.

Ich schloß die Augen und lauschte seiner Stimme, während er, mit dem Rücken zu mir, dastand und den Kaffee einschenkte.

Ich glaube, es war seine Stimme, die mir mehr als alles andere gefiel.

Sie klang leicht und hell und vielschichtig, als wäre sie vollgepackt mit all den guten Dingen des Lebens, die ihn zu dem machten, was er war, mit seiner Privatschule, seinem Cambridge-Studium, seiner berühmten Familie.

Sie war genau und angenehm, ohne Verzerrungen, warm und freundlich, ohne anmaßend zu sein. Aber trotzdem war alles ein wenig kühl, ein wenig abwesend; bei einem anderen Mann hätte es bestimmt unangenehm gewirkt, anmaßend, bei ihm aber wirkte es wie Selbstverleugnung, als wollte er einen wissen lassen, daß er in Wirklichkeit ein wenig peinlich berührt wäre und sich, weil ihm nichts anderes übrigblieb, wohl oder übel dafür entschuldigen müßte.

Während ich so dasaß und mich von seiner schönen Stimme einhüllen ließ, drehte er sich plötzlich zu mir um und drückte mir einen Becher Kaffee in die Hand.

Warum wollte ich englische Literatur belegen? Welche Bücher hatte ich schon gelesen? Warum hatten sie mir gefallen? Wieviel wußte ich?

Ich stellte fest, daß ich nichts wußte. Nur ein paar gängige Namen kamen mir nervös über die Lippen und ein paar unzusammenhängende, halbverstandene Redewendungen über sie. Er ging dazwischen, kaum daß ich sie ausgesprochen hatte, und griff gleichzeitig lässig nach einer Packung französischer Zigaretten, die neben seinem Ellbogen auf dem Tisch lagen.

Während ich ihm zusah, wie er sich die Zigarette anzündete, hatte ich das Gefühl, daß die letzten Reserven meines Selbstvertrauens dahinschwanden. Ich spürte, wie ich vor Verlegenheit über meine Unkenntnis rot wurde. Ich wurde nervös. Ich stammelte und stotterte. Ich verschüttete meinen Kaffee. Und dann klingelte das Telefon, und er griff über den Tisch, um es abzuheben, drehte mir den Rücken zu und erlöste mich von meinen Qualen.

Von da an klingelte es, wie durch die Intervention einer höheren Gewalt, fast ununterbrochen, und jedesmal feuerte er in den kurzen Pausen dazwischen eine weitere seiner unmöglichen Fragen ab.
Ich nutzte die Situation, während seine Fragen auf mich niederprasselten, indem ich in die Luft starrte, als wählte ich meine Worte sorgfältig, runzelte die Stirn, öffnete den Mund, zog die letzten paar Sekunden in die Länge, bis das Telefon wieder klingelte, woraufhin ich voller Bedauern auf das Telefon sah und ihn mitleidig, aber bewundernd anblickte, während er abhob, die Augenbrauen hochzog und ein Gesicht schnitt.
Jetzt wurde ich nicht mehr von ihm examiniert, jetzt war er mein Verbündeter, dem ich mein mitfühlendes Verständnis für die endlosen Störungen und Verantwortlichkeiten im Arbeitsleben eines Erwachsenen entgegenbrachte.

Später, als wir uns schon besser kannten, mußten wir über dieses Interview lachen.
Er stellte erstaunt fest, wie wenige Fragen ich beantwortet hatte. Er hatte mich als nachdenklich in Erinnerung ... interessiert ... vielversprechend.
Angesichts des hoffnungslos unvollständigen Bildes von mir hatte er die Lücken selbst gefüllt, mich eingeblendet, mich wieder zu einem Ganzen gemacht. Und warum auch nicht? Tun wir das nicht alle?
Später tat ich das gleiche mit ihm und kam zu denselben Schlüssen: nachdenklich ... interessiert ... vielversprechend.

Als ich im darauffolgenden Herbst mit meinem Studium begann, fand ich heraus, warum sein Telefon unaufhörlich geklingelt hatte.
Er kontrollierte die Abteilung.
Wer sich nicht auskannte, betrachtete ihn als den Chef und nicht seinen älteren, pensionsreifen Vorgesetzten, der sich in einer kleinen Bürosuite hinter seiner Sekretärin versteckte und nur einmal im Jahr auftauchte, um eine Vorlesung über Milton zu halten, mit starr über die Köpfe seiner Studenten gerichtetem Blick, als würde ihn ihr Anblick zur Verzweiflung bringen.
Paul leitete die literarische Gesellschaft und gab die literarische Zeitschrift heraus. Gelegentlich inszenierte er für die Schauspielgruppe der Universität Theaterstücke. Er veranstaltete spannende Seminare – mit Wein – über Fernsehseifenopern, Thriller und Kitschromane.
Er war Mitglied des Komitees, das gemeinsam mit dem örtlichen Kunstverein für die literarischen Veranstaltungen der Stadt verantwortlich war. An den Abenden hielt er im Zentrum für Erwachsenenbildung Vorlesungen, und in den freien Stunden am Nachmittag schoß er kreuz und quer durch die Stadt, bis zu den Außenbezirken, um dort Schreibklassen für Frauen und junge Leute zu leiten, die arbeitslos waren.
»Manchmal glaube ich, daß dies die Dinge sind, die wirklich zählen, Rose«, sagte er nachdenklich, ernst, während er sich an mich lehnte und seine Augen vor Begeisterung funkelten, derselben Begeisterung, mit der er Nichtakademikern ihre geheimen Gedanken entlockte.
»Man kann damit in einem ganzen Saal voller Studenten

leichter durchkommen als bei diesen Leuten«, sagte er immer, während er sich zurücklehnte und nachdenklich Rauchringe in die Luft blies.
Während der ganzen Zeit endete der Strom der Studenten, die in seine Vorlesungen wollten, nie.
Sie kamen mit ihren Problemen, ihren Hoffnungen und Ängsten, mit ihren Mißerfolgen und ihren Erfolgen.
Sie kamen zu ihm, zitternd vor Wut nach Auseinandersetzungen mit anderen Dozenten, mit schwachen Nerven vor den Prüfungen, in Tränen aufgelöst nach Liebesaffären.
Er munterte sie auf und beruhigte sie. Er klopfte ihnen auf die Finger und wischte ihnen die Tränen ab. Er tätigte Telefonanrufe für sie und schrieb Briefe an ihre Eltern, an ihre zukünftigen Arbeitgeber, an ihre Ärzte, manchmal sogar an ihre Bankdirektoren.
Er lud zu einem Drink ein, wenn sie Ermutigung benötigten, in Pizzerias und indische Restaurants, wenn sie deprimiert waren. Er fuhr sie nach Partys heim, wenn sie betrunken waren, und er fuhr sie ins Krankenhaus, wenn sie krank waren.
Umgekehrt schickten sie ihm Briefe, die sich an seiner Anschlagtafel häuften. »Möchte mich nur bedanken . . .« – »Ohne Sie hätte ich nicht . . .« – »Ich weiß gar nicht, was ich ohne Sie getan hätte . . .«
»Heutzutage ist es nicht leicht, jung zu sein, Rose«, sagte er immer. »Damals in den Sechzigern hatten wir es viel leichter.«

Wann immer wir ihn trafen, war er begeistert, jungenhaft und fröhlich, mischte sich unter die Studenten, füllte ihre

Gläser, holte die Schüchternen aus den Ecken zu den Cliquen der Selbstbewußten.
Und dann, eines Tages, sahen wir einen anderen Paul.

Es war im zweiten Jahr. Als er seine Vorlesung über Joseph Conrad hielt, sein Spezialgebiet.
Es war Frühling, und die helle frühe Märzsonne schien gnadenlos durch die hohen Bogenfenster des Vortragssaals.
Er kam zehn Minuten zu spät zu seinem vormittäglichen Vortrag. Er sah kalkweiß aus und hatte blutunterlaufene Augen.
Sein freundliches, gutaussehendes Gesicht, sonst so offen und heiter, war verschlossen, grimmig und unfreundlich.
Er ließ seine Bücher vorn im Saal auf den Tisch fallen, mit einem Knall, der trotzig und zugleich besiegt klang.
Ohne ein Buch aufzuschlagen, begann er sofort zu sprechen, als wollte er die Aufgabe schnell hinter sich bringen, je eher, desto besser.
Er sprach ohne Überzeugung und Begeisterung, als handelte es sich um alte Gedanken, die er nur allzugut kannte und nun satt hatte. Und während er sprach, glitt sein verwirrter Blick über meinen Kopf und über die Köpfe der anderen, schon älteren Studentinnen hinweg, die in der ersten Reihe saßen, mit erhobenen Gesichtern, unerträglich nahe und unerträglich nackt mit dem heftigen Verlangen nach Wissen.
Es tat mir leid, ihn einem solchen Verlangen ausgesetzt zu sehen, schwach und krank, wie er war, und als spürte er mein Mitleid, senkte er den Blick und sah mich an.
Für einen Augenblick begegneten sich unsere Blicke, und

ich sah in seinen Augen die Bitte um Mitgefühl. Ich sah Verzweiflung und Unglück und völlige Erschöpfung. Aber was mich überraschte, war das, was danach kam, im letzten Bruchteil einer Sekunde, bevor er wieder wegsah.
Denn da entdeckte ich in seinen Augen Abneigung, Kälte, harsch und unmißverständlich.

Im dritten Jahr wurde er mein Studienleiter. Mein Tutor. Und Jennifers natürlich auch. Jennifer, die auf der Imitation des Perserteppichs saß, ihre bewundernswert spitzen Zehen ausstreckte und köstliche selbstgebackene Plätzchen in einer kleinen Plastikdose von zu Hause mitgebracht hatte.
Schon bald nachdem wir unsere Studienübungen begonnen hatten, gab Paul seinen billigen Instantkaffee auf und kaufte eine italienische Espressokanne. Jennifer kaufte auf dem Markt mehrere verschiedene Porzellantassen. Später brachte Paul gelegentlich eine Flasche Wein mit, und Jennifer ging wieder los und kam mit billigen Stielgläsern vom Markt zurück.
Die Übungsstunden begannen um drei und sollten eine Stunde dauern. Oft waren wir noch um fünf bei ihm. Manchmal gingen wir anschließend in eine Kneipe, gelegentlich sogar in ein Restaurant.
Jennifer saß auf dem Teppich vor dem Heizkörper, und ich machte es mir hinter ihr auf dem Sofa bequem. Paul saß in seinem schwarzen Regiesessel aus Leinen; das Telefon blieb stumm, der Stecker war herausgezogen: ein Ausdruck höchster Wertschätzung für uns.
Es herrschte eine lockere, angenehme Atmosphäre von

Sinnlichkeit, die nicht von uns selbst ausging, sondern von dem, was wir sagten, worin wir übereinstimmten und weswegen wir uns stritten, es war eine Sensibilität, die von dem sanften, melancholischen Gefühl gezählter Tage beherrscht war und die den älteren Studenten vorbehalten ist.

Wir redeten, lachten, und manchmal stritten wir uns. Einmal weinte Jennifer und mußte getröstet werden, als wir uns wegen D. H. Lawrence heftig in die Haare geraten waren.

Jennifer liebte Lawrence. Und wenn irgend jemand etwas gegen ihn sagte, tat ihr das auf eine merkwürdig persönliche Art weh. Wenn ich etwas gegen ihn sagte, sah sie mich mit ihren großen Augen an und sagte: »Aber Rose, wegen Lawrence bin ich doch hier. Wegen Lawrence bin ich doch überhaupt an der Uni«, als wäre es das letzte Wort zu diesem Thema, als wäre die Sache damit erledigt. Und tatsächlich war sie es dann meistens auch. Einmal jedoch hatte ich schon zuviel Wein getrunken und war nicht zu bremsen, auch nicht, als sich Jennifers Augen mit Tränen füllten.

Denn es machte mich wütend, wie Jennifer so verletzt und so unglücklich auf dem Teppich saß, genauso wie Paul, der in seinem Sessel lehnte, sich höflich aus einem begrenzt interessanten Streit heraushielt und sich statt dessen darauf konzentrierte, perfekt gönnerhaft Rauchringe in die Luft zu malen.

»Ich verstehe nicht, warum du ihn so magst, Jennifer«, sagte ich zu ihr. »Sag mir doch mal, was du an ihm findest.«

»Seine Prosa ist so wunderbar«, sagte sie, starrte mich an,

erhob den Blick, und ihre Stimme war von Bewunderung erfüllt.
»O ja, seine wunderbare Prosa. Wir wissen alle, daß seine Prosa wunderbar ist. Aber was er damit ausdrückt, ist durch und durch unangenehm.«
»Für dich, Rose, für dich«, sagte Jennifer, senkte diesmal den Blick und fuhr mit ihrem wunderbar halbmondförmigen Fingernagel über den Teppich.
»Für mich, Jennifer? Für jede normale Frau! Der Mann haßt doch Frauen. Ich verwende das Wort mit Bedacht. Er ist anstößig. Er wendet sich gegen alles, was wir sind. Siehst du das denn nicht? Der Phallus ist die einzige Quelle des Vergnügens, analer Sex ist das absolut Höchste und Masturbation ein strafbares Delikt.«
Ich sah, wie sie sich bewegte und den Mund aufmachte, um etwas zu sagen, deshalb sprach ich schnell weiter.
»Aber trotz allem ist der Mann noch immer nicht verschwunden. Noch immer nimmt er im öffentlichen Bewußtsein den Platz als Richter über die sexuelle Befreiung ein, als Hoherpriester der Liebe. Verdammt noch mal, seine sexuellen Vorlieben sind immer noch Maßstab, wie Sex zu sein hat, wie in diesem Land darüber geschrieben wird, und sie sorgen auch dafür, daß dieser ganze Unsinn gedruckt und vervielfältigt wird, den die Männer über die Frauen schreiben.«
»Jetzt machen Sie aber mal einen Punkt«, sagte Paul und beugte sich nach vorn, als spürte er, daß wir der Sache auf den Grund kamen. »Sie wollen doch wohl nicht sagen, daß noch kein Mann etwas Gutes über Frauen geschrieben hat? Bestimmt hat es schon Männer gegeben, die nur das Beste über Frauen geschrieben haben.«

»Ach, wirklich? Wer denn? Und woher wollen Sie das wissen? Woher, zum Teufel, wollen Sie wissen, was für ein Gefühl es ist, eine Frau zu sein?«
Dieser unangenehme Ausfall war verletzend, häßlich und völlig unangemessen, er blieb noch lange zitternd in der Luft hängen. Danach war Schweigen. Wir sahen einander nicht an, sondern starrten in unsere Weingläser. Allmählich verrauchte mein Zorn. Ich sah auf und stellte fest, daß Paul mich anstarrte, er sah betroffen und erstaunt aus, als befürchtete er, ich sei zu weit gegangen hinsichtlich meiner eigenen Sicherheit und meines eigenen Seelenfriedens.
»Sie sind so . . . überheblich«, sagte ich zu ihm und schüttelte den Kopf, irritiert und erregt über sein Interesse. Aber dann lächelte ich, da mir klar war, daß ich ihn sehr gern hatte. Ich berührte Jennifers Kopf mit der Hand, eine kleine, entschuldigende Geste, und sie lehnte den Kopf gegen mich zurück, und ihr kurzer Pferdeschwanz wippte auf und ab wie ein Zeichen der Vergebung.
»Ich weiß, was du meinst, Rose«, sagte sie. »Ich weiß, daß er mit seinen Ansichten über Sexualität nicht in unsere Zeit paßt. Aber was er geschrieben hat, Rose, ist außerordentlich ernst. Ein Mann, der sich aufrichtig bemüht, ein Gefühl für Sex zu gewinnen, auf seine eigene Weise, auf eine ganz besondere Art, wie es uns heute vielleicht vorkommen mag. Und natürlich kommt es einem heute auch altmodisch vor. Aber was heute neu ist, wird eines Tages auch wieder altmodisch sein. Dein Roman könnte eines Tages altmodisch sein, Rose.«
Freudig erregt sprang Paul von seinem Sitz auf und füllte Jennifers Glas.

»Rose«, sagte er, »wie wunderbar. Ich wußte ja gar nicht, daß Sie einen Roman geschrieben haben.«
»Ich schreibe ihn. Ich bin noch dabei. Ich werde ihn zu meinen Abschlußprüfungen einreichen.«
»Wunderbar«, sagte er noch einmal. »Männer kommen darin wohl nicht vor, schätze ich«, fügte er verschmitzt hinzu. »Wenn Männer nicht über Frauen schreiben können, dann ist es umgekehrt ganz bestimmt genauso.«
»Selbstverständlich«, sagte ich, sah ihn an und spürte plötzlich Traurigkeit. »Doch, es kommen auch Männer darin vor. Aber ich nehme an, daß Sie ihnen so begegnen werden, wie ich Miriam oder Ursula oder Constance Shatterly begegne. Mit äußerstem Mißtrauen. Die Schwierigkeit bei der Beschreibung männlicher Charaktere liegt darin, daß einem nur die eigenen Gefühle zur Verfügung stehen, nicht aber die der Männer. Daß man nicht weiß, was sie denken. Nur was man selbst glaubt, was sie denken.«
»Vielleicht gilt das für alle, Rose«, sagte Jennifer ruhig. Sie hob den Kopf und sah mich an. »Vielleicht ist das nicht nur bei Männern so.«
»Vielleicht trifft es auch auf deine Frauen zu.«

Es war in der Woche nachdem es geschneit hatte.
Manchmal passiert bei einem frühen, unerwarteten Schneefall etwas Wunderbares. Ein köstliches Gefühl von einem unvorhergesehenen Ereignis taucht wie aus dem Nichts auf. Ohne Vorwarnung werden Normen hinfällig. Erlöschen Zeitpläne. Das Gefühl breitet sich aus, Dinge könnten erlaubt sein, die normalerweise als völlig indiskutabel gelten.

Jennifer rief an, um zu sagen, daß ihr Auto nicht anspränge und sie später käme. Paul sagte ihr, daß sie sich keine Sorgen zu machen brauche. Und so waren wir beide ganz allein.
Wir beide also, und Lawrence. Er wollte einfach nicht weggehen. Er hing noch von der vergangenen Woche in der Luft, ein boshafter Voyeur, altmodisch vielleicht, aber merkwürdig ausdauernd angesichts des damals alles beherrschenden weiblichen Zorns.
»Einer Feministin ist es einfach nicht möglich, ihn zu akzeptieren. Wir haben es hier mit männlicher Vorherrschaft zu tun. Mit dem Kult des Maskulinen. Tatsächlich zeigen uns Dinge wie der Hite-Report etwa, daß es um die Sexualität absolut nicht so bestellt ist, wie Lawrence immer glaubte oder uns weismachen wollte. Wir wollen seine Erwartungen an unser Wollen nicht erfüllen. Für uns Frauen ist Lawrence etwa so hilfreich wie ein Loch im Kopf, Paul. Sie können ihn nicht einfach weiter so behandeln, als habe der Feminismus nie stattgefunden.«
»Ja, ich glaube, da ist was dran. Aber was mir Sorgen macht, ist, daß Sie in Wirklichkeit, glaube ich, im Hinblick auf Lawrence ziemliche Scheuklappen tragen. Sie sehen, was Sie sehen wollen. Bei ihm findet sich eine Zartheit, die Sie völlig ignorieren.«
»Ignorieren? Nein. Ich kann sie nur nicht sehen. Alles, was ich sehe, ist Herrschaft. Weibliche Befriedigung – fest und unzweifelhaft im Mann verankert. Das Weibliche – für alle Zeiten ein untergeordneter Faktor in einem sexuell faschistischen männlichen Regime.«
»Nein. Da kann ich nicht zustimmen. Sein Werk handelt nicht nur von Herrschaft für die eine oder die andere

Seite, sondern hat auch mit Sehnsucht zu tun nach der Verbindung von männlich und weiblich, nach einer Verschmelzung der Seelen. Das müssen Sie doch sehen.«

»Sehnsucht? Wie können Sie das nur glauben? Das Gegenteil ist der Fall. Es ist Entsetzen. Das müssen Sie doch sehen. Eine Vereinigung der Seelen kann er sich doch gar nicht wünschen, die für ihn doch nur damit enden kann, daß der Mann von der erstickenden Weiblichkeit der Frauen überwältigt und entmännlicht wird. Bestimmt liegt seine neurotische Angst um das Schicksal des armen alten John Thomas, der Lady Jane gegenübersteht, nur hierin begründet. Er sieht, wie sie wie eine Gottesanbeterin Luft holt und nur darauf wartet, ihn zu verschlingen. Ich bin überzeugt, er hatte das Gefühl, es gäbe im Hinblick auf sexuelle Beziehungen eine fundamentale Wahrheit, die nur ihm zu sehen vergönnt war, daß die Liebe ein Akt weiblicher Rache sei. Daß die Liebe es der Weiblichkeit ermöglicht, den Mann erst zu verschlingen und dann als einen Knaben wieder auszuspucken, der für alle Zeiten mit dem Brandmal des weiblichen Ungeheuers gezeichnet ist.«

Wie kann man wieder aufhören, wenn man einmal über diese Dinge spricht – zur Teestunde, an einem Donnerstag?

Muß man da nicht weiterreden, bei einem Drink, der ganz beiläufig angeboten wird, fast entschuldigend, in einem Ton, der den Gedanken an irgendwelche Folgen gar nicht erst aufkommen läßt. Indem man es auf den Schnee schiebt.

»Also, ich glaube nicht, daß es einen Sinn hat, in die Abendklasse zu gehen.«
»Niemand wird an einem Abend wie diesem aus dem Haus gehen.«

Und wie sollst du das wohlige Gefühl bekämpfen, das dich einhüllt, während du einen Drink in der Hand hältst und dir an der anderen Seite des Tischs ein attraktiver, interessanter Mann gegenübersitzt?
»Ich habe Hunger. Sie auch?«

Und was tut ihr, ihr beide, nach eurem zweiten Glas Wein in eurem italienischen Lieblingsrestaurant, wenn ihr anfangt, euch warm und nah zu fühlen und auf eine seltsame, unbeschreibliche Weise voneinander angezogen?
Ihr fangt an, über euch zu reden – das tut ihr. Ihr beide. Ihr packt die Gelegenheit beim Schopf, eine kleine unehrliche Stimme ganz hinten in eurem Kopf sagt euch: »Macht doch nichts, du kannst ja aufhören, wenn du willst. Und ihr müßt euch auch keine Sorgen machen, denn jeder braucht Nächte wie diese, und danach könnt ihr immer noch darüber lachen oder dem Wein die Schuld geben. Oder dem Schnee.«

»Natürlich liebe ich meine Arbeit. Ich meine, das Unterrichten bedeutet mir wirklich alles, vor allem das ganze Drumherum. Aber in letzter Zeit habe ich das Gefühl, daß ich auch noch etwas anderes brauche. Übrigens ist man an mich herangetreten, weil ich ein offenes Universitätsprogramm über Conrad machen soll. Ich hatte schon eine Sprechprobe. Offenbar hat ihnen meine Stimme gefallen.«

»O ja, Sie haben eine wunderbare Stimme.«

»Wollen Sie sich über mich lustig machen?«

»Nein, bestimmt nicht. Wirklich. Das ist mir gleich als erstes an Ihnen aufgefallen.«

»Und was werden Sie tun nach den Prüfungen?«

»Wieder arbeiten, schätze ich.«

»Und was ist mit dem Schreiben?«

»Na ja, ich habe bis jetzt nur diese eine Sache geschrieben, und ich weiß nicht, ob es was taugt.«

»Wenn Sie wollen, daß ich es lese, ich würde mich sehr freuen.«

»Wirklich? Also, um ehrlich zu sein, das würde mir sehr helfen. Es wäre wirklich schön, wenn Sie es lesen könnten. Allerdings – natürlich ist es mir unangenehm, daß es überhaupt jemand ansieht, meine ich.«

»Eine Frau, die schreibt, hat so was Tragisches und Unzufriedenes an sich.«

»Erzählen Sie mir nichts. Lawrence, nicht wahr? Lawrence.«

»Wer sonst? Also, was ist mit dem Roman? Männliche Charaktere, denen ich nicht trauen darf, stimmt's?«

»Und auch weibliche, wie Jennifer bemerkte.«

»Und keine lustvollen Sexszenen? Nichts von dem alten John-Thomas-und- Lady-Jane-Stoff, dem ich traue?«

»Ganz bestimmt nicht.«

»Warum sind Sie eigentlich nicht verheiratet, Rose?«

»Ich brauche keinen Ehemann.«

»Nicht?«

»Nein. Was ich brauche, ist eine Ehefrau. Eine Frau, die

die Wohnung sauber hält und für mich kocht. Eine Frau, die zu Hause bleibt und auf den Handwerker wartet, wenn die Waschmaschine kaputt ist; die das Auto zur Inspektion fährt, die sich daran erinnert, daß Katzenfutter und Klopapier gekauft werden müssen. Tatsächlich habe ich schon mehrere meiner Freundinnen gebeten, mich zu heiraten, aber aus dem einen oder anderen Grund haben sie alle abgelehnt. Ich glaube fast, Sie finden, daß wir uns zu ähnlich sind.«

Wir lachten, und dann fragte ich mitten hinein: »Und was ist mit Monica?«

Als ich die Worte ausgesprochen hatte, war ich selbst überrascht, und als sie verklungen waren, konnte ich kaum glauben, daß sie von mir stammten.

Sie brachten die Unterhaltung mit einem Schlag zum Erliegen, als riefe bei einem Wettreiten in funkelnder Ritterrüstung, Seite an Seite zu Pferde, mit fliegenden Hufen, geblähten Nüstern, irgendeine Stimme, die nicht uns gehörte, »Hallo, da« und brächte uns damit zum Anhalten, so daß wir jetzt stillstanden, schnaubend und stampfend und ein bißchen zornig.

»Ach, Monica«, sagte er. »Ja, Monica.«

Er starrte auf den Löffel mit dem Apfelstrudel, den er an den Mund führte, als könnten die Worte, die ihm fehlten, dort verborgen sein, zwischen den Schichten aus Teig und Creme.

»Ich kann nicht sagen, daß ich mit Monica unglücklich bin«, sagte er, »denn Monica macht mich nicht unglücklich. Ich kann nicht sagen, daß ich es nicht aushalte, mit Monica zusammenzuleben, denn es ist außerordentlich leicht, mit Monica zusammenzuleben. Ich kann auch

nicht wie ein Handelsreisender sagen, daß meine Frau mich nicht versteht, denn ich habe den Verdacht, daß sie mich sehr gut versteht. Ich kann nicht einmal sagen, daß ich meine Frau nicht liebe.«
»Aber . . . aber . . .« Er drehte sich zu mir und sah mich an, als wäre er sich ganz sicher, daß die Worte in meinem Gesicht geschrieben stünden.
»Aber irgend etwas fehlt Ihnen?«
»Ja.«
»Sie *lieben* Monica nicht mehr.«
Und da lag es zwischen uns auf dem Tisch, unser erstes Klischee, zwischen dem schwarzen Pfeffer und dem Salzstreuer versteckt, eingenistet in den Parmesankäse, starrte zu uns hoch, zu einem Paar an einem Tisch in der Ecke, Ursachen intellektualisierend, idealisierend und suchend, um zu erklären, warum es nicht einfach wie all die anderen Paare an den Tischen in den Restaurants überall in der Welt sein konnte, die genau wie sie gerade drauf und dran waren, sich auf diese höchst vorausschaubare, höchst unabenteuerliche, höchst unoriginelle und vorübergehende Reise zu begeben, die außereheliche Liebesaffäre.

Vielleicht hat uns dieses Klischee zur Vernunft gebracht. Vielleicht hat es uns aufgeweckt, denn nicht lange danach tauchten wir aus dem Wein und der Unterhaltung auf, sahen uns im Restaurant um und stellten fest, daß es außer den Kellnern, die sich um einen Tisch in der Ecke versammelten und mit ausholenden Gesten hitzig redeten, leer war.
Sie wehrten unsere Entschuldigungen ab, brachten die Rechnung und nahmen mit großem Entzücken ein üp-

piges Trinkgeld entgegen, winkten uns hinaus wie Liebende, umgaben uns irgendwie schützend mit ihrer Wärme und ihrer Höflichkeit, machten das, was später geschah, nicht direkt zu etwas Richtigem und Ordentlichem, aber zu etwas Unvermeidbarem.
Später, zu Hause, sagte er: »Ich muß jetzt gehen«, rührte sich aber nicht vom Fleck.
Ich wollte aufstehen und seinen Mantel vom Sofa nehmen. Ich wollte ungestüme und herzliche Dinge sagen, die Art Dinge, die man sagt, wenn man sich von einem Freund verabschiedet, etwa: »Bis nächste Woche« oder »Arbeite nicht so viel.«
Mehr als alles andere aber wollte ich sagen: »Schöne Grüße an Monica«, auch wenn es absurd gewesen wäre, denn ich kannte Monica ja gar nicht, trotzdem wollte ich es sagen, um den Anstand zu wahren.
Aber ich tat oder sagte nichts.
Statt dessen saß ich da und sah Paul an, der mich ansah, bis wir uns nicht länger so ansehen konnten, ohne daß etwas passierte, und so bewegte er sich wortlos nach vorn, nahm meine Hand und küßte mich.

Versuche dich daran zu erinnern, wie du es vom Sofa bis zum Schlafzimmer geschafft hast. Es gelingt dir fast nie. Versuche dich daran zu erinnern, wie du im Wohnzimmer die Lampen gelöscht, die Schlafzimmertür geschlossen und dich ausgezogen hast. Manche Dinge verschwinden aus der Erinnerung, warum, weiß ich nicht; es sind hinterher immer die Dinge, an die du dich gern erinnern würdest, wenn du jedes einzelne Detail dieser Liebesaffäre stückchenweise zusammenzusetzen versuchst.

Trotzdem kannst du dich an die erste Umarmung erinnern, nicht wahr, an den Augenblick, wo ihr euch in die Arme gesunken seid, euch gehalten habt wie Kinder, einen langen, vollkommenen Augenblick lang, einander eingeatmet habt, still und sehr friedlich, bis ihr aufgewacht seid wie aus einem tiefen Schlaf und zu zappeln begonnen habt, mit verdrehten Köpfen, nach Lippen und Augen und Brüsten suchend, als ihr nervös und verlegen und voller Aufregung das gesucht habt, worüber ein letztes Mal langsam und nachdenklich eure Finger hinweggeglitten sind, bevor ihr euch dem Ernst der Nacht hingegeben habt.

Und jetzt möchte ich Jo fragen, die hier am Tisch vor mir sitzt: Ist es also wahr? Ist es wahr, was Michael gesagt hat?
Ich möchte sie fragen, wie sie so dasitzt, mit nach vorn gebeugtem Kopf, während die Finger über ihre Stirn streichen und sie die Speisekarte studiert. Hat er recht? Ich möchte, daß sie spottet. Ich möchte, daß sie mir ein müdes, gelangweiltes Schulterzucken schenkt. Wen kümmert das schon? Das würde Michael sagen.
Statt dessen legt sie die Speisekarte flach auf den Tisch und sieht mich neugierig an.
»Nein, natürlich hat er nicht recht. Wir suchen sie nicht aus, weil sie verheiratet sind. Wir suchen sie aus, weil sie in dem ganzen Haufen die Besten sind, aber wenn sie die Besten sind, dann sind sie natürlich verheiratet.«
»Sie sind die Attraktivsten, die Vertrauensvollsten, die Entspanntesten und Unkompliziertesten, und sie können nur so sein, weil sie ihre Frau zu Hause haben, die Frau,

die ihr Ego streichelt und ihnen ein gutes Gefühl gibt und sie mit dem versorgt, was sie benötigen, um gut zu funktionieren.«

»Vergleich sie doch nur mal mit den männlichen Singles unseres Alters«, sagt sie. »Neurotische Halbkreaturen. Miserabel. Unfähig, für sich selbst zu sorgen. Die verzweifelt eine Frau brauchen.«

»Wirklich«, sagt sie. »Männer geben schreckliche Junggesellen ab.«

Sie nimmt die Speisekarte wieder und fährt fort, darin zu lesen.

»Aber wie auch immer, Rose«, sagt sie, »was kratzt es dich? Du bist doch viel zu gutmütig, um anderen Frauen die Männer wegzuschnappen. Zumindest hast du ja ohnehin keine Zeit für so was. Du büffelst und büffelst wie eine Achtzehnjährige. Du hättest doch niemals Zeit für eine Liebesaffäre.«

Und dann hebt sie wieder den Kopf, um dem Kellner zuzunicken, der augenblicklich neben ihr auftaucht und mit seinem Bleistift und dem Kohlepapier herumfummelt, das zwischen den Seiten seines Notizbuchs steckt. Sie beginnt mit ihm auf ihre freundlich-überlegene Art die Vorzüge von Karameltörtchen zu erörtern. Und so vergeht der Augenblick, in dem ich ihr hätte sagen können: »Du hast unrecht, Jo. Ich habe mich geändert. Ich habe ein Verhältnis, Jo. Mit deinem Bruder Paul. Und es tut weh, Jo, ich leide. Hilf mir, Jo. Hilf mir.«

»Ich nehme den Apfelstrudel«, sage ich.

6

»David erinnert mich an jemanden«, sagen die Leute, denken nach und runzeln die Stirn.
»D. H. Lawrence«, sage ich zu ihnen. »Er sieht aus wie D. H. Lawrence.«
Sie aber sagen: »Nein. Das kann es nicht sein. Ich weiß ja gar nicht, wie D. H. Lawrence aussieht.«

Aber sie wissen es, sie wissen es. Auch wenn es ihnen selbst vielleicht gar nicht klar ist. Denn Lawrence ist überall. Noch ein Buch über ihn. Noch ein Film. Noch eine Theorie. Noch ein Stück von seinem Leben.
Aber immer das gleiche Bild, egal zu welcher Zeit.
Das zarte Gesicht des jungen Schriftstellers, wie eine Gemme vor einem dunklen Hintergrund, das fast absurd kleine, feminine Ohr, die blasse Haut, die dunklen Augen, kühl und wachsam, die darauf warten, daß die Hand des Fotografen unter dem schwarzen Stoffzelt der alten Kamerabox hervorkommt.
Das Haar kurz und ordentlich und irgendwie schrecklich verwundbar, matt von einem zarten, natürlichen Film glänzend oder, wahrscheinlicher, von ein wenig Wasser, vor dem Eintreffen im Studio hastig aufgetragen.
Mutters Sohn mit einem Mellorschen Männerbart, struppig vom Ohr bis zum Kinn, aber in einem präzise geschnittenen puritanischen Vorsprung endend, dabei die Lippen verbergend, diese Lawrenceschen Lippen, die

Aufschluß geben über den Mann, ohne ein Lächeln, ein wenig gekräuselt – vielleicht vor Verlegenheit oder, wahrscheinlich, von der Anstrengung, die es kostet, das umfassende Wissen von Überlegenheit zurückzuhalten, von der Bestimmung als Priester, Prophet und Schlüsselbewahrer.
Wie außerordentlich ungewöhnlich, diese Arroganz, mit einer derartig hinterhältigen Schüchternheit getarnt, eine Schüchternheit, die Friedas Herz berührte. Eine Schüchternheit, die, wie ich weiß, Jennifers Herz berührt hat.

An dem Abend, als wir zu Davids Dichterlesung gingen, war es beißend kalt. Sein schmaler Körper schien sich in der olivfarbenen Hose und der Kampfjacke zu verkriechen, und mit seiner Drahtgestellbrille, die ihm ständig von der Nase rutschte, sah er aus wie ein Flüchtling aus den Sechzigern, wie einer jener hoffnungslos unzulänglichen jungen Männer, die dann später in ein hoffnungslos fremdes Land geschickt wurden, um einen hoffnungslosen, unmöglich zu gewinnenden Krieg zu führen.
Er las von einem Blatt Papier mit Eselsohren und schob die Brille mit seinen knochigen, feinnervigen Fingern zurück auf die Nase.
Seine Schüchternheit äußerte sich am deutlichsten in seiner Stimme, so daß die herbe, heftige Sprache durch die Art seines Vortrags längst nicht mehr so anstößig klang, sondern eher eindringlich oder rührend, wie die gespielte Tapferkeit eines kleinen und ziemlich liebenswerten Jungen.
Als ich Jennifer von der Seite ansah, merkte ich sofort, daß sie verliebt war.

Ihre vollkommen geschwungenen, vollen, runden Lippen waren ein wenig geöffnet, als sie sich nach vorn beugte, um seine Worte in sich aufzunehmen.
Sie saß ganz vorn auf der Stuhlkante, ihre Knie berührten fast den vor ihr stehenden Stuhl, und gelegentlich drehte sie sich um, um verspätete Besucher, die mit ihren Stühlen scharrten oder sich flüsternd unterhielten, anzustarren, oder sie hob die Hand, um eine übermütige Haarlocke zurückzuschieben, die ihr übers Ohr gerutscht war und sie möglicherweise daran hinderte, die volle Wirkung seiner Stimme erspüren zu können.

Eigentlich waren Jennifer und ich nicht gekommen, um David zu hören, sondern wegen des berühmten Romanciers, der im Rahmen dieses literarischen Programms eine Lesung hatte. Wahrscheinlich war ich nur zum Teil wegen Paul gegangen, denn unsere wunderbaren Seminarstunden hatten schon begonnen, und ich war schon ein bißchen verliebt.
Ich erinnere mich, daß ich außer mir war, als ich Monica entdeckte, die außerordentlich gut aussah. Ihre dunklen Haare bedeckten dicht und schwer ihren Kopf und verliehen ihr ein etwas Zigeunerhaftes, die goldenen Ohrringe glitzerten und hoben sich reizvoll von ihrer dunklen, olivfarbenen Haut ab.
Sie stand hinter dem Büchertisch, von ihren matt glänzenden Schultern fiel ein weicher, schwarzer Angorapulli, ihr weiter, geraffter Rock reichte bis zu den hohen Lederstiefeln.
Ich sah, wie der berühmte Romanschriftsteller ihr herzlich zulächelte, während er an Pauls rechter Seite durch

den Mittelgang ging, seine braune Hautfarbe, die gar nicht zur Jahreszeit paßte, ließ sein Gesicht noch vorteilhafter aussehen, sein teurer Regenmantel flatterte schwungvoll hinter ihm her.
Links von Paul schritt David auf langen, federnden Beinen auf das Podium zu, wo die beiden Künstler rechts und links vom Mikrofon Platz nahmen und Paul sie mit leichtfüßigem Humor vorstellte.
Der Romanschriftsteller, der seinen Regenmantel ausgezogen und achtlos über die Stuhllehne gelegt hatte, bestätigte seine bemerkenswerte Biographie mit einem Lächeln, das Selbsttadel wie Selbstbewußtsein gleichermaßen ausdrückte.
Er lächelte Paul und David an, das zufriedene Lächeln eines Mannes, der seine Talente kennt und auch weiß, daß sie von der Welt gewürdigt werden.
Ihm gegenüber, auch auf einem Klappstuhl, saß David; er hatte mit berechneter Lässigkeit die Beine übereinandergeschlagen und lächelte zurück.
Sein Lächeln war dünn, amüsiert und leutselig, bezog sich auf den Regenmantel wie die Bräune und drückte aus, daß bei ihm, dem Romanschriftsteller, derartige Frivolitäten angebracht seien. Er, der Dichter, bevorzuge strengere, puritanischere Stoffe.

Monica stand breit hinter den bunten Stapeln von Büchern des berühmten Romanschriftstellers, während links von ihr, hinter einem Stoß dünner, ziemlich langweilig aussehender Bände, eine dürre, hagere Gestalt stand, völlig in Schwarz und mit einem schweren Gürtel auf den schmalen Hüften.

Merkwürdige Schmuckstücke, Kreuze, Ringe und baumelnde Metallgegenstände, durchbohrten ihre Ohren, und an beiden Armen klirrten Dutzende schmaler Silberreifen, während sie sich ständig an den Bücherstößen zu schaffen machte und diese dabei jedesmal ein kleines Stückchen weiter zur Mitte des Tischs schob, näher zu dem dichtesten Gewimmel von Menschen, die Bücher kaufen wollten.
Francie.

Anders als bei dem berühmten Romanschriftsteller, dessen Käuferschlange durch den halben Saal reichte und der mit nach vorn gebeugtem Kopf dasaß und ein Buch nach dem anderen signierte, mit zusammengekniffenen Augen und eilig wie ein Prüfungskandidat, war Davids Schlange winzig.
An ihrem Ende stand Jennifer.
Als ich näherkam, stand sie an seinem Tisch und sah hinunter in seine Brille, in der sich das Licht spiegelte. Sie drehte den gerade signierten Band um, streichelte ihn mit ihren hübschen rosa Fingerspitzen, während sie mit weicher, ernster Stimme von seinem starken, elementaren Werk sprach.
Unterhalb von ihr nickte David langsam, aber nachdrücklich zustimmend, sein Zeigefinger rieb fest über seinen Nasenrücken, um die Brille an den richtigen Platz und damit Jennifers liebliche Erscheinung in sein Blickfeld zu bringen.
In diesem Augenblick sah ich zufällig zu Francie und entdeckte einen furchtbaren Schmerz in ihrem Gesicht. Sie stand hinter dem Tisch, ihre Hände lagen auf dem

grünen Übertuch, wie erstarrt blickte sie die beiden an. Ihr Gesicht war völlig unbewegt. Wie der Kopf einer Alabasterfigur, von einem großen Bildhauer herausgemeißelt, der seine übernatürliche Kunstfertigkeit an kalten, leblosen Steinen erlernt hat: warme, lebendige Linien menschlicher Leidenschaft und menschlichen Leidens. Und dann bewegte sich die Statue. Sie wandte ihren Blick ab, wie mir schien, als hätte sie sich plötzlich entschlossen, daß es sinnlos war, noch weiter hinzusehen und sich noch länger zu quälen.
Sie machte sich am Tisch zu schaffen, ordnete unnötigerweise den Stapel mit Davids Büchern, schob ihn mit einem entschlossenen, scharfen Ruck ein Stückchen weiter nach vorn und packte ihn dann, nachdem sie kurz mit Monica gesprochen hatte, in einen großen Karton, der offen auf dem Boden lag.

Nicht lange danach tauchte Davids Name auf einem Schild an der Tür eines leeren Zimmers gegenüber von Paul auf. Darunter gab ein maschinengeschriebenes Blatt den Studenten kurz Auskunft über den Werdegang ihres neuen Schriftsteller-Dozenten und nannte die Sprechstunden.
»Die Stunden liegen günstig«, sagte ich lachend zu Jennifer, als wir das Blatt lasen.
»Er braucht Zeit für seine eigene Arbeit, Rose«, sagte sie steif, und da wußte ich, daß sie verliebt war, denn früher hätte sie darüber gelacht und Witze gerissen.
Ein paar Tage später liefen wir ihm vor seinem Zimmer über den Weg. Uns den Rücken zukehrend, schloß er die Tür. Aus der durchlöcherten und durchgescheuerten

Leinentasche über seiner Schulter ragte eine frisch zusammengefaltete Zeitung.
Als er sich umdrehte, sah er Jennifer und schenkte ihr ein herzliches, aber etwas mattes Lächeln.
»Ich habe zwei Stunden lang dagesessen und Kreuzworträtsel gelöst«, sagte er.
»Abe kein leichtes, schätze ich«, sagte ich.
»Ach, du liebe Zeit«, sagte Jennifer, und ihr liebliches Gesicht nahm den Ausdruck köstlichster Verwirrung an.
»Ach, du liebe Zeit«, sagte sie und drückte bekümmert ihre Bücher gegen die Brust.
Ihre Augen starrten ihn brennend vor Verzweiflung an.
Und dann hellten sie sich auf.
»Warten Sie«, rief sie. »Rose arbeitet an einem Roman. Ich bin sicher, daß sie sich gern von Ihnen helfen ließe. Stimmt doch, Rose?«

Natürlich war es unmöglich, ihr böse zu sein. Es war sogar schon grob, nur verärgert zu sein. Sie war niedergeschlagen wie ein kleines Mädchen, das mit einem wunderbaren Plan herausgeplatzt war, nur um von den Erwachsenen zu hören, dieser Plan sei völlig ungeeignet und es halte besser den Mund.
»Es tut mir leid, Rose«, sagte sie, während sie nebeneinander zur Bibliothek gingen. »Ich konnte ja nicht wissen, daß es ein Geheimnis ist.«
»Es ist kein Geheimnis«, sagte ich gereizt. »Ich möchte nur nicht darüber reden, das ist alles.«
»Ich dachte nur, daß es mühsam sein muß, jeden Tag ganz allein an etwas zu arbeiten. Ich dachte, es würde dir helfen, wenn du es jemandem zeigen kannst.«

»Es ist noch nicht soweit, daß ich es jemandem zeigen möchte. Wer weiß, vielleicht ist es ja völliger Unsinn.«
»Aber nein. Ich bin sicher, das ist es nicht, Rose. Nicht, wenn du es schreibst. Wirklich, das ist es ganz sicher nicht.«
»Auf jeden Fall«, sagte sie, und ihre Stimme klang nicht mehr so kleinlaut, sondern wurde wieder mutiger, »eines Tages wirst du es ja doch jemandem zeigen müssen, weißt du, warum also nicht David?«

Und in diesem Augenblick fiel mir auf, wie sie den Namen »David« sagte.
Sie zögerte ein bißchen, bevor er über ihre Lippen kam, sie rollte ihn zwischen ihren winzigen weißen Zähnen hervor, als probierte sie zuvor seinen Klang.
Und er klang wunderbar, wie sie ihn aussprach.
Aus ihrem Mund klang er unendlich schöner als die Summe seiner Buchstaben. Sie zog die Lippen flach, zog sie in einem langen »Aaa« zurück, brachte die beiden »D« am Anfang und am Ende sehr sanft und zart hervor, als spräche sie zu sich selbst, wie in einem privaten Gebet, fing das »V« in der Mitte mit der Innenseite ihrer Lippen auf, wie ein in Erstaunen und Entzücken versunkenes Kind.

Danach begegnete man David überall dort, wo sie auch war, in der Studentenfachschaft, wo wir unseren Kaffee tranken, oder im Foyer der Bibliothek, wenn sie, die Arme voller Bücher, hereinkam, oder er stand neben ihrem Auto, wenn sie gerade in ihrer Handtasche nach den Schlüsseln kramte.

Dann, eines Abends, kam ich unangemeldet bei ihr vorbei, um mir ein Buch auszuleihen. Da lag er, lang ausgestreckt auf dem Sofa, und las, ein Glas Wein in der rechten Hand und seine alten Turnschuhe neben sich auf dem Boden.
Jennifer war etwas nervös, als sie mir die Tür aufmachte und mich ein wenig zu überschwenglich zu einem Drink überredete.
»Um ehrlich zu sein«, sagte sie überflüssigerweise, »David ist hier.«
Er blickte vom Sofa auf, während wir beide an der Tür standen, und lächelte, dieses kühle, überlegene, schweigende Lächeln, das er, wie ich später feststellte, sämtlichen Freundinnen von Jennifer schenkte, dieses Lächeln aus den Tiefen des Sofas oder, später, vom Tisch, den sie für ihn zum Erkerfenster rückte, oder manchmal von der Küche aus, wo er vor dem Grill stand und atemberaubend komplizierte Curry-Gerichte zusammenstellte, wonach Spülbecken und Tropfbrett immer mit Pfannen, Schüsseln und Küchenutensilien übersät waren, dieses Lächeln des verlorenen Sohnes, frisch herausgeputzt und geschmückt, den Duft des gemästeten Kalbs in der Nase, dieses »Hallo«-Lächeln, das er seinen verbannten, verärgerten, langgedienten Schwestern schenkte.

Ja, David sagte, sie müßten immer ehrlich zueinander sein, er und Jennifer, und deshalb hat er ihr auch gleich zu Beginn von Francie erzählt.
Er hat es ihr auf eine Art erzählt, die es ihr als Privileg erscheinen ließ, auserwählt zu sein, um seinen Schmerz mit ihm zu teilen.

Anschließend schlug er seine schlanken Dichterhände vors Gesicht und nahm wie völlig erschöpft seine Brille ab, rieb seine Augen, kniff sie dann fest zu, um sie sogleich wieder zu öffnen und ihr tief in die Augen zu sehen, um ihr all sein Leid und sein Unglück zu zeigen, das hinter diesen runden Linsen versammelt war.

»Ach, Rose«, sagt sie. Ihre samtweiche Haut um die wunderschönen Mandelaugen ist vom Weinen gerötet und schlaff. »Er war so müde und durcheinander. Ich bin nur froh, daß er wenigstens mich hat zum Reden.«

Sie rief mich an. Sie sagte, sie wollte eine neue Suppe ausprobieren oder so. Aber als ich ankam und David nirgendwo zu sehen war, wußte ich, daß sie reden wollte. Jetzt sitzt sie auf ihrem Lieblingsplatz vor dem Kamin und nippt an ihrem Weinglas wie ein Überlebender einer Katastrophe, schöpft Kraft, bevor sie ihre Geschichte erzählt.

»Es war so dumm von mir, mich aufzuregen, Rose«, sagt sie.

»Wir hatten einen schrecklichen Streit, aber jetzt sehe ich ein, daß er recht hatte. Er hat niemals auch nur das geringste vor mir geheimgehalten. Er hat mir von Francie erzählt, gleich zu Beginn. Und ich weiß, daß es keinen Grund gibt, eifersüchtig zu sein. Francie ist sein Problem. Er muß selbst mit ihr fertig werden. Und solange er das nicht kann, muß ich es akzeptieren.«

»Ich muß eben damit fertig werden, Rose«, sagt sie, ihre Stimme ist jetzt wieder fester und kräftiger und hat etwas unsympathisch Selbstzufriedenes.

»Ich muß einfach, als Reifere. Natürlich stört es mich, wenn er nachts nach Hause zu Francie geht, aber das darf ich mir nicht anmerken lassen. Ich muß mich wie eine Erwachsene benehmen.« Sie sieht mich, um Zustimmung bettelnd, mit ihren Kleinmädchenaugen an.
»Um ehrlich zu sein«, fährt sie fort und senkt ihre Stimme, um ihren Worten Gewicht zu geben, »ich glaube, er hat eine schreckliche Zeit mit Francie. Ich meine, das ist doch eine schrecklich traurige Sache, wenn eine Beziehung zu Ende geht, aber es bleibt einem gar nichts anderes übrig, als es zu akzeptieren. Und genau das ist ja das Problem.« Sie stößt einen tiefen Seufzer aus, damit man ja nicht übersieht, wie ungeheuer schwer das alles für sie ist.
»Daß Francie es einfach nicht akzeptieren will. Niemand hat das Recht, sich an jemanden zu klammern, der einen nicht mehr liebt. Das muß sie doch einsehen.«
Ich merke mit Erstaunen, daß ihre Stimme gekünstelt und einschüchternd klingt. Sie dreht ihr Weinglas zwischen den Fingern und verzieht mißbilligend die Lippen.
»David sagt, sie sei völlig unlogisch.« Ihre Stimme ist jetzt voller Ehrfurcht, gemischt mit Entsetzen, als spräche sie von etwas Unaussprechlichem.
»Manchmal steht sie mitten im Zimmer und weint. Sie zittert und weint. Manchmal schreit sie sogar. Ich meine, es ist so schrecklich für ihn. Mit so jemandem kann man einfach nichts anfangen. Es ist alles so unvernünftig.«
Nun klingt ihre Stimme völlig kalt. Kalt und geschwätzig. Die schönen Augen sind wieder ganz klar, die häßliche Röte und die Fältchen sind völlig verschwunden.
Ich spüre plötzlich eine starke Verärgerung.

»Nein, das ist es nicht«, sage ich. »Du irrst dich. Es ist überhaupt nicht unvernünftig. Und ganz bestimmt ist es nicht unlogisch. Nur ein Mann käme auf die Idee, es unlogisch zu nennen, wenn jemand mitten im Zimmer steht und weint und schreit, nachdem der Mensch, den er liebt, ihm gesagt hat, er wolle ihn verlassen, ohne jeden Grund oder jede Logik.«

Überrascht stelle ich Genugtuung fest, als ich sehe, daß sie bei meinem unfreundlichen Ton zusammenzuckt.

»Ein solches Benehmen mag vielleicht ärgerlich sein«, sage ich und halte der Vortragenden einen Vortrag. »Es kann sogar beunruhigend sein. Man kann sich sogar darüber streiten, ob es übertrieben ist. Aber ganz bestimmt ist es nicht unlogisch.«

»Na ja«, sagt Jennifer, zweifelnd und krampfhaft darum bemüht, sich nicht zurechtweisen zu lassen. »Vielleicht hast du ja recht. Trotzdem«, sie streckt ihr hübsches kleines Kinn nach vorn, »man kann sich nicht an jemanden klammern, der einen nicht liebt. Ich meine, schließlich sind sie doch nicht mal verheiratet oder so.«

»Was hat das denn damit zu tun?«

Ich höre meine eigene Stimme, die streitsüchtig und erstaunlich unfreundlich ist.

»Und noch etwas. Eigentlich verstehe ich dieses ganze Gerede darüber, daß man erwachsen und reif sein soll, nicht so recht. Ehrlich, ich halte das für einen ziemlichen Scheiß. Und wie ich die Dinge sehe, wäre es doch völlig in Ordnung, wenn du auch mitten im Zimmer stehen und schreien und brüllen würdest. Denn schließlich liebst du David, aber der will sich absolut nicht von Francie trennen.«

»O nein, das könnte ich nicht«, sagt sie schnell. »Sei nicht albern. Dann würde ich mich ja ganz genauso benehmen wie sie. Ich meine, schließlich kommt er doch zu mir, um von all dem wegzukommen.«
»Da haben wir's. Der entscheidende Test. Die Leitregel: Halt schön still, und tanz nicht aus der Reihe, dann läuft alles leicht und zuckersüß und glatt. Nörgle nicht, und mach ihm keinen Ärger, weil du sonst ganz genauso bist wie seine Frau oder, in deinem Fall, wie seine Lebensgefährtin. Was sind wir denn, Jennifer, eine Horde Affen, die Versteck spielen?«

Zu spät merke ich, daß ich einen Fehler gemacht habe.
»›Wir‹, Rose? ›Wir‹?« sagt sie, und ihre Augen starren mich voller Verblüffung an.
»Ja, ›wir‹, Jennifer, ›wir‹«, sage ich resigniert. »Ich habe auch ein Verhältnis, Jennifer. Mit meinem Tutor, Paul.«
»Ach Rose«, sagt sie und klatscht voller Entzücken in die Hände, all der Schmerz und die Verwirrung sind augenblicklich aus ihrem Gesicht verschwunden. »Das ist ja wunderbar. Ich habe mir immer, wenn ich euch in den Stunden zugehört habe, gedacht, daß ihr wie füreinander geschaffen seid.«
»Jennifer«, sage ich wie betäubt und mehr als wütend über ihre Freude. »Paul ist verheiratet.«
»O ja, natürlich, ich weiß, ich weiß«, sagt sie besänftigend. »Aber er ist nicht glücklich verheiratet, nicht wahr? Ich meine, das wissen wir doch, oder? Man sieht sie doch nie zusammen, oder?«
Sie spricht schnell weiter und gestikuliert dabei, als wollte sie das Leben anderer Menschen beiseite schieben.

»Schließlich hast du doch nichts kaputtgemacht, oder? Zwischen ihnen kann es schon vorher nicht mehr gestimmt haben, bevor du auftauchtest. Das ist wie bei David und mir. Ich meine, Francie tut mir leid, natürlich tut sie mir leid. Aber es ist doch nicht meine Schuld. So ist das nun mal. Das gleiche gilt für dich und Monica. Es ist bei uns beiden genau dasselbe.«

Ich merke meinen Widerwillen, als sie uns so begeistert und leichtfertig in einen Topf wirft.

Ich will nicht mit ihr über einen Kamm geschoren werden, nicht auf diese Art. Ich weiß, ich will in ihren scharfen, selbstzufriedenen Sätzen nicht das »Du« für ihr »Ich« spielen.

Aber sie ist noch nicht fertig.

»Stell dir vor, Rose, ausgerechnet du. Und ich habe immer gedacht, daß du anders bist als wir alle.«

Und dann sieht sie mich an, ihre Augen sind ein ganzes Kaleidoskop von Neugier und Überraschung. Und noch etwas anderes. Aber was ist es? Was ist es? Ja, jetzt weiß ich es. Wieso habe ich es nicht gleich gesehen? Es ist Vergnügen. Pures, unmißverständliches Vergnügen. Eine Perle des Vergnügens, die zwischen Neugier und Überraschung liegt, umhüllt von den erstickenden Falten schwesterlicher Zuneigung, die aus diesen klaren, entschiedenen mädchenhaften Augen scheint, Vergnügen darüber, daß Rose ein Verhältnis hat und daß sie jetzt nicht mehr etwas Besonderes ist, jedenfalls nicht in dieser Hinsicht, die wichtiger ist als alles andere, sondern daß sie ganz genauso ist wie alle anderen auch.

»Ich freue mich so sehr für dich, Rose«, sagt sie.

7

Ehe-Bruch, *der,* Pl. -brüche, freiwilliger Sexualverkehr zwischen einem verheirateten Mann oder einer verheirateten Frau und einem Partner, welche einander nicht die legalen Ehepartner sind (lat. *adulterium*).

Diese offizielle Version sagt im Grunde nicht viel aus. Gibt einem nicht wirklich einen Eindruck davon, worum es dabei geht. Falls Sie jedoch wirklich interessiert sind: Das lateinische »adulterare« bedeutet »mit einem minderwertigen Material verunreinigen«. Das gefällt mir. Besonders als Frau gefällt es mir.

Wie ich schon sagte, ich halte nichts von Ehebruch. Noch immer nicht, obgleich ich ja jetzt selbst dazu gehöre.
Ich folge einem Gebot, wissen Sie, nicht zehn.
Auf meiner Tafel aus Stein steht geschrieben: »Du sollst eine andere Frau nicht unglücklich machen.« Und natürlich verletzt der Ehebruch in seinem Wesen genau dieses Gebot. Mein inneres Gefühl, das Gefühl, das meine Seele überflutet, bis ich mich erhole und mich daran erinnere, daß wir dringend den Geist der Entspannung brauchen, sagt mir, dies ist kein glücklicher Ort für Frauen und die Schuld für dieses Unglück liegt allein bei den Männern. Unter diesen Umständen ist jedes Unglück, das eine Frau einer anderen Frau zufügt, im strengsten Sinne des Wortes überflüssig, absurd und absolut unnötig.

Eine Frau, die Ehebruch begeht, gehört gesteinigt. Von anderen Frauen.

Und trotzdem. Und trotzdem. Und trotzdem habe ich, als sich unsere Lippen berührten, nicht, wie schon so oft zuvor, gesagt: »Das war schön. Danke. Ich muß gestehen, daß ich dich unheimlich attraktiv finde und sehr gern mit dir schlafen würde, aber die Tatsache, daß du verheiratet bist, macht es mir unmöglich.«

Überraschenderweise wollen sie manchmal gar nichts anderes als diese einfache, unkomplizierte Bestätigung, daß die langen Jahre der Ehe ihre Anziehungskraft auf das andere Geschlecht noch nicht völlig ausgelöscht haben.

Eigentlich wollen sie nichts anderes als diesen kleinen Klaps auf ihr Ego, diesen kleinsten aller kleinen Häppchen nebenher, und, um ganz ehrlich zu sein: Darin bin ich eine geborene Hure mit dem begnadeten Talent, schon im voraus zu ahnen, wie mager diese Portion häufig sein kann, um schon zu genügen.

Und doch. Und doch. Und doch habe ich nicht bewundernd gelächelt, bedauernd, wie ich es mir in solchen Fällen zur Gewohnheit gemacht habe, und vielleicht noch hinzugefügt: »Aber natürlich mag ich dich trotzdem sehr gern und würde gern mit dir befreundet sein«, und möglichst mit »manchmal glaube ich sogar, daß Freunde wichtiger sind als Liebhaber«, geendet und dabei leicht und fröhlich und etwas melancholisch gelächelt.

Und warum habe ich nichts von all dem gesagt oder getan?

Darum: Als seine Lippen meine Lippen berührt haben, mein Gesicht, immer wieder und wieder, langsam, von der Stirn bis zum Kinn, habe ich in meinem Kopf ein leises, aber deutliches Klicken gehört, dem ein betäubendes Schwirren folgte.
Und danach, als seine Lippen weich auf meinem Gesicht lagen, kam es mir so vor, als stünden all meine früheren Vorstellungen über Ehebruch auf meinen geschlossenen Lidern, flackernd wie bei einem altmodischen Schwarzweißfilm, albern und zuckend und schnell, wie sie sich in einer endlos wispernden schlangenhaften Bewegung abspulten und zu Boden glitten.

Später, nachdem wir zum ersten Mal zusammen geschlafen hatten und beieinanderlagen, mein Gesicht auf seiner Brust, seine Haut an meinen Haaren, zwei Figuren, in Stein gehauen, wie auf einer Grabstätte, sagte er: »Weißt du, Rose, eine Ehe ist etwas anderes. Du kannst das nicht verstehen, wenn du noch nicht verheiratet warst«, sagte er, und ich weiß noch, wie seine Wichtigtuerei an mir zu nagen begann, aber ich verspürte keinen Zorn und nahm es ihm nicht übel, denn schließlich war ich schon verliebt in ihn, und was bedeutet schon das bißchen Wichtigtuerei bei einem Menschen, den du liebst.
»Weißt du«, sagte er, »Monica und ich, wir sind nicht unglücklich. Davon kann gar nicht die Rede sein. Im Grunde kommen wir sehr gut miteinander aus. Wir können ganz gut im selben Haus leben.«
»Ein jeder von euch geht eben seinen eigenen Weg.« Möglicherweise klang in meiner Stimme ein hoffnungsvoller Ton.

»Nein. Überhaupt nicht.«
Er starrte gegen die Decke. Seine Augen waren weit geöffnet, und er hatte den gleichen übertrieben konzentrierten Ausdruck von Konzentration im Gesicht wie in dem Augenblick, wenn er seinen Studenten einen schwierigen metaphysischen Gedanken oder eine außerordentlich feine Nuance zu erklären versuchte.
»Nein. Es stimmt, wir gehen nicht sehr oft zusammen aus, aber wir sind eben beide sehr beschäftigt. Aber wenn wir zusammen zu Hause sind, dann scheint das Eheleben von neuem zu beginnen, zu einem zurückzukehren, einen zu umschließen wie ein Laken oder ein Umhang.«
»Wie lange seid ihr schon verheiratet?«
»Neun Jahre. Und davor haben wir schon fünf Jahre zusammengelebt.«
»Das ist eine lange Zeit.«
»Ja, nicht wahr?«
»Aber Kinder habt ihr keine?«
»Nein.«
»Und warum nicht?«
»Das hat sich so ergeben.«
»Hättest du gern Kinder?«
»Ich weiß nicht recht. Das ist schwer zu sagen, wenn man nie welche gehabt hat. Eigentlich habe ich aufgehört, darüber nachzudenken.«
»Und Monica?«
»Wahrscheinlich. Ja. ich denke schon. Sie hätte gern welche.«
»Hattest du viele Liebesaffären?«
»Ich weiß nicht. Was heißt ›viele‹?«
»Sei ehrlich, und dreh mir nicht das Wort im Mund um.«

»Ich weiß nicht. Ein halbes Dutzend oder so.«
»Oder so? Oder so?«
»Ich hab' sie nicht gezählt.«
»Du hast. Jeder zählt mit.«
»Na schön. Sieben.«
»Das heißt ›viel‹.«
»Tatsächlich? Das finde ich nicht. In vierzehn Jahren?«
»Die ersten fünf Jahre zählst du auch? Bevor ihr geheiratet habt?«
»Du meinst, ich manipuliere die Zahlen?«
»Ja, das finde ich. Und zwar schamlos. Wann hattest du dein erstes Verhältnis?«
»O Gott. Daran kann ich mich nicht mehr erinnern.«
»Kannst du doch.«
»Oh . . . Ich weiß nicht . . . Ein paar Jahre nach unserer Heirat.«
»Zwei Jahre?«
»Wenn du meinst.«
»Zwei Jahre weniger neun ist sieben. Sieben Geliebte in sieben Jahren. Bin ich das diesjährige Modell?«

»Und Monica, was ist mit ihr?«
»Was soll mit ihr sein?«
»Hatte sie Affären?«
»Affären, nein. Eine Affäre, ja. Eine.«
Dann nannte er den Namen, und ich riß vor Überraschung die Augen auf. Ich drehte mich um, so daß ich ihm den Rücken zuwandte, stützte mich auf den Ellbogen.
»Der! Aber er war doch hier. Das ist noch gar nicht so lange her. An dem Abend, an dem Jennifer David ken-

nengelernt hat. Du hast ihn doch selbst auf dem Podium vorgestellt.«
Ich spürte einen scharfen Stich, ein beunruhigendes Bohren, ich fühlte, daß die Stimmung verdorben war. Und noch etwas anderes wußte ich, als ich mir das Gesicht, das gut aussah, den forschen Gang und das breite Lächeln, das er Monica schenkte, vergegenwärtigte, daß es nicht weniger kompliziert war als Eifersucht.
»Na ja. Du wunderst dich. Aber er war hier, weißt du. An der Universität. Das habe ich gesagt. In meiner Einführung.«
»Ja, natürlich, das hatte ich ganz vergessen. Und was, sagtest du, tut er?«
»Schriftsteller. Er hat einen Lehrauftrag. Übrigens nicht gerade besonders gut. Er hatte nicht viel Glück bei den Studenten.«
Seine Stimme klang jetzt vertraulich und klatschsüchtig und selbstzufrieden.
»Und was passierte dann?«
»Sie lernten sich auf einer Party kennen. Ich war auch dort. Monica und ich unterhielten uns mit ihm, und später sah ich dann, wie sie miteinander sprachen. Hab' mir nichts dabei gedacht, aber damals hat es angefangen. Danach ist er dann immer in den Buchladen gegangen. Es gibt dort eine kleine Cafeteria, weißt du?«
»Ja, ich weiß.«
»Auf jeden Fall entwickelte sich daraus eine richtiggehende Liebesaffäre. Es gab ein romantisches Wochenende auf dem Land, als ich dachte, sie sei bei einer Freundin . . .«

»Freundinnen sind sehr nützlich.«
»Und dann war plötzlich alles vorbei.«
»Warum?«
»Ich weiß nicht. Anscheinend war er verrückt nach ihr. Wollte, daß sie mit ihm durchbrennt. Damals sahen die Dinge noch gut für ihn aus. Sein zweiter Roman war angenommen worden. Aber aus irgendeinem Grund sagte sie nein.«
Er klang merkwürdig unberührt, als machte es ihm Spaß, die Geschichte zu erzählen. Als wäre er ziemlich stolz auf sie, daß sie eine solche Liebesaffäre gehabt hatte, noch dazu mit derart beachtlichem Erfolg. Ich bemerkte in seiner Stimme denselben Hauch von Eitelkeit und Zurückhaltung, mit dem ich ihn schon einmal über einen Studenten mit hervorragenden Prüfungsergebnissen hatte sprechen hören.
»Aus irgendeinem Grund? Weißt du denn nicht, warum sie nein gesagt hat?«
»Nein, eigentlich nicht. Natürlich haben wir darüber gesprochen, aber genau weiß ich es noch immer nicht. Manchmal wird alles nur noch verwirrender, wenn man darüber redet. Und Monica kann schon ziemlich verwirrend sein.«
»Jedenfalls hast du von der Sache erfahren?«
»Ja. Aber nicht damals. Erst sehr viel später. Eigentlich erst vor kurzem. Im vergangenen Jahr. Ich war einen Monat lang auf Vortragsreisen in den Staaten, und ich hatte unterwegs . . . jemanden . . . kennengelernt. Sie rief mich an, als ich wieder zu Hause war, und Monica nahm den Hörer ab. Wir bekamen Streit. Wir hatten beide getrunken. Sie schrie und tobte, sagte, sie hätte mich

begleiten sollen. Ich hatte sie noch nie so gesehen. Normalerweise bleibt sie ruhig, ganz gleich, was geschieht.«
»War das in der Nacht vor deiner Conrad-Lesung?«
»Ja, das stimmt. Woher weißt du das?«
»Du hast so furchtbar ausgesehen. Es ist allen aufgefallen.«
»O ja, das kann ich mir vorstellen. Großer Gott, wie ich euch an diesem Morgen gehaßt habe.« Er strich mir mit der Hand zärtlich und entschuldigend durch das Haar, aber obgleich er lächelte, während er sprach, klang seine Stimme, als wäre die Erinnerung daran noch ganz frisch und noch immer ein wenig schmerzhaft.
»Wie ihr so dagesessen seid. Intelligente, eifrige junge Frauen, in der ersten Reihe. Und ihr saht aus, als wolltet ihr mich verschlingen. Mit euren Notizblöcken und Stiften. Ihr habt mich angesehen, als wüßte ich auf alles eine Antwort. Ihr habt jedes Wort von mir verschlungen. Habt mich aufgesogen, hineingeschlürft. O Gott, wie ich euch gehaßt habe.«
Er griff zum Nachttisch, nach der Packung Zigaretten, die er, als er sich ausgezogen hatte, aus der Tasche gezogen und dorthin gelegt hatte, genauso wie der junge Mann, den ich vor vielen Jahren kannte und an den ich mich noch erinnere, der einen kleinen Wecker aus seiner Jacke gezogen und neben das Bett gestellt hatte, aus Angst, am nächsten Morgen zu verschlafen.
Er zündete sich eine Zigarette an, legte das Streichholz sorgsam in einen Aschenbecher, den er in seiner Umsicht ebenfalls mit ins Schlafzimmer gebracht hatte.
»Im übrigen«, sagte er verschmitzt, »hat er einen Roman darüber geschrieben.«

»Ja, genau«, sagte er, »der dritte Roman, wenn ich mich recht erinnere. Er handelt von der Liebesaffäre.« Gutgelaunt nannte er den Titel, und seine Mundwinkel verzogen sich verschmitzt zu der für ihn typischen Selbstmißbilligung.
»Lieber Himmel. Macht dir das nichts aus? Bist du gar nicht verärgert oder peinlich berührt? Wenn ein Fremder sich in seinem Roman über deine Frau ausläßt?«
»So sehe ich das aber nicht. Zufällig ist es nämlich ein sehr guter Roman, und, was das betrifft, ein sehr ehrliches Porträt von Monica. Ich glaube, ich muß seine schriftstellerische Integrität respektieren. Und ich muß auch akzeptieren, daß für einen Schriftsteller alles und jedes eine Beute ist.«
»Wirklich«, sagte er und drehte sich zur Seite, um die Asche von seiner Zigarette zu streifen, »Tschechow hat Trigorin das so wunderbar ausdrücken lassen.«

Später sagte ich, was ich schon die ganze Nacht hatte sagen wollen: »Warum bleibt ihr noch zusammen?« Ich fragte nicht nur so, sondern weil ich es wirklich gerne wissen wollte, glaubte, seine Antwort könne Aufschluß geben über eine Lebensart, die mir fremd war und von der ich nichts wußte.
Aber er sagte nur: »Eigentlich weiß ich das gar nicht«, und ich war enttäuscht, und danach: »Es ist so, wie ich dir schon gesagt habe, es ist anders, wenn man verheiratet ist«, und ähnliche vage Dinge, etwa: »Ich weiß nicht, ob man das überhaupt erklären kann. Zuneigung, Gewohnheit, Trägheit. Wer will das sagen?«
Und dann sagte er: »Sie ist nicht wie du, weißt du, Rose.

Man möchte glauben, sie sei eine vollblütige Feministin, die absolut perfekte unabhängige Frau, besonders weil sei ihr eigenes Geschäft und auch sonst alles hat. Aber sie ist sehr leicht zu verwunden.«
»Sie ist nicht wie du, Rose«, sagte er.

»Sie ist nicht wie du, Rose«, sagte er später, viel später, und lachte, lachte und küßte mich und spottete ein wenig, so wie Liebende es tun, die lachen und küssen und spotten, nachdem sie zusammen waren, die sich in ihrer eigenen Gemeinheit gefallen.
»Monica würde beim ersten Zusammensein niemals so viele impertinente Fragen stellen.«
Und dann wurde er wieder ernst.
»Sie besitzt nicht dein ... Selbstvertrauen«, sagte er, »deine Selbstsicherheit. Irgendwie kann ich mir Monica nicht allein und für sich vorstellen. Ich weiß, daß sie mich auf eine merkwürdige Art braucht. Daß sie ohne mich nicht zurechtkäme.«

Das erstaunlichste dabei war, daß ich darüber überhaupt nicht wütend war. Ich suhlte mich darin, so wie ich mich vorher in seiner Liebe gesuhlt hatte, rollte meinen Körper behutsam auf seinen und fühlte jeden Zentimeter unserer Haut, als sie sich mit dem weichen, süß duftenden Schweiß der Liebe vermischte.
»Du bist so sinnlich, Rose«, sagte er, seine Stimme fast lautlos in dem Schweigen, seine Augen schwarz in der Dunkelheit.
Wer würde sich nicht stark, furchtlos und in Sicherheit fühlen, wenn ihn liebende Arme umschlingen? Und wer

würde in diesem Augenblick nicht die neugefundene Verantwortung begeistert umarmen, die aus dieser Liebe kommt? Wer würde unter solchen Umständen der Herausforderung widerstehen, die gütigste, großmütigste, gerechteste und mit den besten Grundsätzen ausgestattete Ehebrecherin der Geschichte zu werden?

»Paul«, sagte ich und knipste schnell die Nachttischlampe an, damit er meine Augen sehen konnte, warm, weiblich und voller Anteilnahme. »Ich weiß, daß du dich um Monica sorgst. Und ich sorge mich auch. Auch wenn ich weiß, daß es verrückt klingt.

Vielleicht ist es wahr. Vielleicht bin ich . . . irgendwie stärker . . . als Monica. Vielleicht mußte ich das sein. Ich weiß nicht.

Tatsache ist, ich will dich haben. Ich will dich lieben. Ich glaube, wir beide wollen einander. Aber ich weiß, daß wir wegen Monica vorsichtig sein müssen. Und damit werde ich schon fertig. Ich möchte sie genausowenig verletzen wie du. Da ich selbst eine Frau bin, wäre es mir sogar zuwider, ihr weh zu tun. Ich müßte mich selbst hassen.

Ich weiß, daß wir an Monica denken müssen, was auch geschieht.«

Er küßte mich, mein Alchimist, gab mir einen langen Kuß, einen dankbaren Kuß, einen Kuß, der das stählerne Fundament meiner unangebrachten Selbstbewunderung dahinschmelzen und durch das alte, aber vertraute Flußbett der Liebe sprudeln ließ, um es in das Gold des ungerechtfertigten, unbegründeten Selbstvertrauens der Narren zu verwandeln.

Ja, ich hatte soviel Vertrauen, soviel Glauben an mich selbst, war so ruhig, furchtlos, unbekümmert und sorgte mich nicht um die Zukunft.
Denn wovor hätte ich mich fürchten sollen, ich, die allein lebt, unabhängig ist, für ihre Selbständigkeit und Selbstsicherheit bekannt ist, ich, die niemanden braucht, die nicht ist wie Monica?

8

Ja, Paul ist auf Conrad spezialisiert.
Er stellt Prüfungsfragen wie: »›Aber die Ehre, Monsieur ... die Ehre ... Die ist real.‹ Führen Sie aus, was Conrad unter Ehre verstand.«
Ja, Paul stellt Prüfungsfragen über die Ehre, aber ich glaube nicht, daß er darunter dasselbe versteht wie ich.

Er sagt: »Natürlich ist die Ehre heute eine in Ungnade gefallene Ethik. Sie gehört zu dem Macho in unseren Köpfen, zu der Mafia, zu Sizilien, zu Südamerika.«
Er sagt: »Scham ist die äußere Manifestation von Ehre. Um sie zu fühlen, muß man wissen, daß alle denselben Code verwenden.«
»Ehre«, sagt er, »hat mit Ansehen zu tun.«

Eines Nachts blieb er bis zum Morgen, weil Monica verreist war.
Über dem Fluß lag Nebel, so dick wie Baumwolle. Die ganze Nacht gingen die Nebelhörner, eine fremde, andere Welt nahm ihren Lauf, während wir uns liebten.
Gegen Morgen ertönte ein besonders lautes Nebelhorn und weckte mich aus dem unruhigen Schlaf, der all diejenigen befällt, die mit jemandem ein Bett teilen, aber daran gewöhnt sind, allein zu schlafen.
Ich schlüpfte unter der Decke hervor und lief zum Fenster.

Die Dämmerung durchdrang mit hellen, weißen Strahlen den Nebel. Sie fielen auf Öltanker, die ohne Form und Geräusche im dichten Nebel vorbeiglitten, die Lichter an ihrem hohen weißen Heck blitzten wie Diamanten an einem Mieder aus Tüll.

»Schau, Paul, schau doch, Paul«, rief ich. Er wachte auf und sprang mit einem Satz aus dem Bett, sein Gesicht war verwirrt und ein bißchen verstimmt.

»Da ist dein Conrad«, rief ich. »Sieh doch nur. Sieh es dir an. Vergiß deine Theorie. Vergiß deine Symbole und deine Allegorien. Es ist nur ein Schiff, das in der Morgendämmerung durch den Nebel zieht. Was für ein Wunder. Was für ein Geheimnis. Das allein genügt, siehst du das denn nicht?«

Er schüttelte den Kopf und fuhr sich mit der Hand durch das Haar, als bemühte er sich noch immer, wach zu werden, und dann stützte er sich auf die Hände, um aus dem Fenster zu sehen. Als der Tanker wieder verschwunden war, legte er sich in die Kissen zurück.

»Rose«, sagte er, runzelte die Stirn und lächelte, fast ein wenig traurig, wie ich fand: »Du siehst die Dinge eben anders als ich.«

Manchmal reichen schon die einfachsten Worte aus.
Die Wahrheit ist, ich war noch nie so glücklich gewesen.

Ich erinnere mich noch an das erste Mal, Sie auch? Als die Welt ganz plötzlich zu Farbe und Leben erwachte. Der Tag, an dem er dich fragte, ob du mit ihm im Park spazierengehst oder mit ihm auf seinem Motorrad eine Spritztour machen willst. Nun, genauso war es.

Ich fühlte mich geliebt. Ich fühlte mich gewollt.
Was könnte den Tag heller und schöner machen?

Ich fing an, ihn anzurufen, um zu hören, wie seine liebevolle Stimme meinen Namen umschmeichelte.
»Rose«, sagte er dann, »wie geht es dir?«, obgleich er wußte, wie es mir ging, denn in der Nacht zuvor hatte er mich ziemlich gründlich erforscht.

Ich gewöhnte mir an, ihn unangemeldet zu besuchen, genoß die Art und Weise, wie sein Gesicht aufleuchtete, wenn ich das Zimmer betrat, und wie seine Hände die Jacke von der Rückenlehne zogen, in einer schnellen, leichten und erwartungsvollen Bewegung.
Ich fragte: »Gehen wir schnell auf einen Drink?« Was, wie jeder weiß, in der Sprache der Liebenden soviel bedeutet wie: »Laß uns zusammen ins Bett gehen, nachdem wir zuerst wie üblich die Formalitäten eines Weins oder eines Essens hinter uns gebracht hatten, um uns nicht gleich unseren unzüchtigen Absichten hinzugeben.«

Ich machte geheime Plätze ausfindig, romantische Plätze, an denen wir aßen und tranken, wo das Essen und der Wein ihn von den Dingen ablenken würden, die er glaubte noch tun zu müssen.
Dabei stieß ich auf das hübsche Lokal mit dem Fliesenboden und den viereckigen Säulen, den Palmen und dem Pianisten mit seinen traurigen Augen, die niemanden wahrzunehmen schienen, der auf dem Rosenholzflügel in einer Ecke spielte.

»Falls er noch ›As Time Goes By‹ spielen sollte, bestellen wir noch eine Flasche Wein.«
»Warum drehen wir nicht an unserem Glück und bitten ihn einfach darum?«
»Er sieht aber aus, als wolle er nicht gestört werden.«
»Ist es dein Lieblingslied?«
»Mein Lieblingsfilm. Am Ende muß ich immer weinen.«
»Das ist ja phantastisch. Du bist wirklich der ›neue Mann‹, nicht wahr? Du schämst dich nicht, wegen eines Films zu weinen.«
»Nein. Ich schäme mich überhaupt nicht. Ich war schon immer der Meinung, daß Männer mehr weinen sollten.«
»Warum tun sie es dann nicht?«
»Ich schätze, weil es noch immer nicht üblich ist.«
»Oder weil sie nichts zum Weinen finden?«

Vielleicht lag es am Wein. Vielleicht auch an der Musik. Jedenfalls sagte er: »Komm mit mir nach Paris.«
Wir waren schon bei der zweiten Flasche, ich hatte sein Glas nachgefüllt, und es war schön, als ich meine Hand anschließend auf den Tisch legte und an seine Hand schmiegte, Rücken an Rücken, wie Geliebte im Schlaf, erschöpft von der Liebe.
»Ich muß dort einen Vortrag halten«, sagte er.
»Es wird dir guttun.« Er nahm meine Hand und drückte meine Fingernägel gegen seinen Handballen.
»Das verschafft dir eine kleine Pause. Du arbeitest zuviel«, sagte er und zwinkerte väterlich mit den Augen.
»Gutes Essen, guter Wein und . . .«
»O ja, gern«, sagte ich. »Ich komme mit.«

Aber auch wenn wir viel dazugewonnen haben, so geht doch etwas verloren.
Hier, mitten in all meinem Glück, schwindet etwas dahin, schwindet dahin, während wir uns lieben, in der kurzen Zeit, in den wenigen Stunden, die normalerweise nicht vorgesehen sind für diesen Zweck, am frühen Abend zum Beispiel, vor seinem Unterricht, oder mittags oder, einmal, mitten am Nachmittag, als ich eigentlich eine Vorlesung über zeitgenössische weibliche Schriftsteller anhören sollte.
Und bei meinem Bemühen, diesem Etwas einen Namen zu geben, habe ich zu meiner Überraschung festgestellt, daß es auch eine Antwort auf »Ehre« enthält.
Ja, auch wenn es vielleicht merkwürdig erscheint, so bin ich jetzt überzeugt, daß es meine Ehre ist, die, ein wenig angeschlagen und entmutigt, in milder Verwirrung an den Bettüchern zerrt, während der übrige Teil von mir auf den Ellbogen gestützt mit geübtem und selbstsicherem Lächeln zusieht, wie er sich wieder anzieht, mir den Rücken zukehrt und durch die Schlafzimmertür nach draußen verschwindet.

Ja, Paul stellt Prüfungsfragen nach der Ehre, aber ich glaube nicht, daß er dieses Wort genauso versteht wie ich. Und ich frage mich jetzt auch, ob Helen es wohl versteht, die damit beschäftigt ist, ihre Zitronenscheibe gegen das hohe, dünne Teeglas zu drücken, hier, in diesem Lokal, an demselben Tisch, an dem ich mit Paul gesessen habe, und mit dem Pianisten, der wie damals in seiner Ecke vor sich hinklimpert, traurig und einsam, aber voller Würde.

Was, wenn ich jetzt zu ihr sagen würde: »Helen, wie ist es bei dieser Affäre mit Ray eigentlich um deine Ehre bestellt?« Würde sie voller Mißfallen den Kopf heben und mich lange und wütend anstarren?
Würde sie sich nervös und ausweichend umsehen, als hätte ich eine obszöne Bemerkung gemacht, eine unangebrachte, abwegige Bemerkung? Würde sie sagen: »Wirklich, Rose«, und das »wirklich« mißbilligend aussprechen, und einen Augenblick später, verlegen über ihre überempfindliche Reaktion, ihr Glas mit dem Silbergriff an die Lippen heben, um Zeit zu gewinnen und ihre Selbstbeherrschung wiederzuerlangen? Würde sie mir dann wieder in die Augen sehen und mit einem kleinen abweisenden Lächeln sagen: »Also wirklich, Rose, kommt dir das nicht selbst absurd vor?«
Ja, ich glaube, das würde sie tun. Ich glaube, sie würde all diese Dinge tun. Und daher glaube ich, daß ich Helen gegenüber lieber nicht von Ehre spreche. Zumal, sie hat ohnehin anderes im Kopf.
»Ich kann es nicht glauben. Wir sind erst seit wenigen Monaten auseinander.«
»Fast sechs Monate jetzt, Helen.«
»Er hätte warten sollen. Das hätte sich gehört.«
»Du meinst, so 'ne Art offizielle Trauer?«
»Das finde ich nicht komisch, Rose. Er ist zwanzig Jahre älter als sie. Er ist jetzt vierzig.«
»Na und, wenn sie aber glücklich sind?«
»Es ist lächerlich. Vor einigen Wochen hat er sich drei Abende in der Woche zum Narren gemacht, indem er sich im Haus zu schaffen gemacht hat, um uns wieder zusammenzubringen, und jetzt will er mich dazu bringen,

mich scheiden zu lassen und das Haus zu verkaufen, damit er wieder *heiraten* kann.«

»Das ist wahre Liebe.«

»Natürlich ist er pleite. Er verdient ja nichts an diesem kleinen Blatt, an dem er arbeitet.«

Arme Helen. Jemand hat ihr ihre Ehre genommen, aber es ist nicht Ray. Es ist Michael.

Ich sehe jetzt, daß ihr an Michaels Ehre etwas lag. Sie wollte, daß er ein Duell austrägt. Sie wollte, daß er ein eigenes Geschäft anfängt, das langsam, aber beständig wächst, bis es irgendwann zu einer Herausforderung für Ray wird. Sie wollte eine Schlacht in den Geschäftsbüchern. Aber das wird nie geschehen. Und jetzt hat er sie beschämt. Einfach deshalb, weil er nichts auf die Beine gestellt hat. Arme Helen.

»Was macht das schon, solange er glücklich ist?«

»O ja, glücklich ist er. Das schon. Soll das ein Witz sein? Er ist wild auf Feuerwehrautos wie ein Nachwuchsreporter. Er stolziert mit einer kleinen geraubten Jungfrau im Arm herum.«

»Helen«, sage ich, weil ich fühle, etwas dagegen sagen zu müssen. »Wir sind alle mal geraubte Jungfrauen gewesen, weißt du?«

»Du weißt ja nicht, wie es ist. O Gott, wie sie ihn bewundert. Sie begleitete ihn, als er Andy abholte, was ich absolut nicht gut finde. Sie trottete mit ihm durch die Straßen, kippte andauernd vom Rinnstein, weil sie die ganze Zeit immer nur ihn ansah.«

»Und wie fand Andy sie?«

»Was hat das denn damit zu tun?«

»Nichts. Ich frage nur, das ist alles.«

»Also, um ehrlich zu sein, er sagte, er fände sie ganz nett.« Sie sagt dieses Wort nur widerwillig und gießt noch heißes Wasser in die Teekanne. Der Klavierspieler geht langsam und zögernd in eine andere Melodie, als verließe er die vorige nur ungern.

»Helen«, sage ich und verschränke meine Arme, »warum sollte Michael nicht mit einer anderen glücklich sein? Du liebst ihn doch nicht, jedenfalls nicht als Liebhaber. Du hast ihn seit Jahren nicht mehr geliebt. Du kannst ihm doch jetzt keine Szene machen.«

»Warum verteidigst du ihn?«

»Ich verteidige ihn nicht. Wenn ich jemanden verteidigen würde, dann höchstens dich. Ich würde mich immer auf die Seite der Frau stellen, gegen den Mann. So bin ich eben.«

Es sollte ein Witz sein, aber sie lacht nicht. Sie sieht nicht einmal auf. Daher versuche ich es noch einmal. Freundlich.

»Warum sollte Michael sich nicht verlieben und glücklich sein? Selbst wenn sie jung ist. Selbst wenn es nicht lange hält. Das ist nicht viel anders, als würde er es aufgeben, dich zurückhaben zu wollen. Ich freue mich für ihn. Denn du willst ihn ja nicht zurückhaben. Er geht dir auf die Nerven. Du liebst ihn nicht, Helen. Es wirft dich nur um, daß er sich in eine andere verliebt hat, Helen. Aber du liebst ihn nicht. Jedenfalls mußtest du Michael um jeden Preis loswerden.«

Ich sehe, wie ihr Körper starr wird, als ich diese Worte sage. Sie hebt den Kopf und starrt in die Ferne, als habe irgend etwas ihre Aufmerksamkeit erweckt und unsere Unterhaltung nebensächlich gemacht.

»Was willst du damit sagen?« fragt sie langsam, ihre Finger sind verkrampft und weiß, »›um jeden Preis‹?« Ich starre auf die Finger und erkenne jetzt, daß es zu spät ist für hastige Halbwahrheiten, zu spät, um das Gesagte rückgängig zu machen oder nach Ausflüchten zu suchen.
»Ich meine, egal was die Zukunft bringt. Für dich und Ray.«
»Und was, glaubst du, wird sie bringen?« Sie spricht die Worte ruhig und sehr präzise aus, mit einem frostigen Lächeln.
»Ich glaube, daß Ray die Jungen nicht verlassen wird, und damit erzähle ich dir nichts, was du nicht bereits weißt. Ich glaube, er betet sie an, und außerdem glaube ich, daß das Leben mit Sandra gar nicht so schlecht ist für ihn.«

Ihre Augen sind jetzt groß, aber leer, weit entfernt, so daß ich das Gefühl habe, mit einer Fremden zu sprechen, deren Gesicht weit oben, über mir ist und das mir hinter grauen Festungsmauern verzweifelt zugewendet ist.
»Ich bin sicher, daß Ray dich liebt. Ich bin mir dessen ganz sicher. Aber was Ray neben den Jungen mehr als alles andere liebt, ist das Geschäft. Und ich glaube, das ist auch der Hauptgrund für euer Verhältnis. Schließlich hat er dich doch voll und ganz dort, nicht wahr? Die Frau, die er liebt, sitzt gleich nebenan, neben seinem Büro, acht Stunden täglich oder, in deinem Fall, eher zehn. Und sie tut genau das, was er an einer Frau am liebsten mag. Sie arbeitet. – Worüber unterhaltet ihr euch eigentlich im Bett, Helen? Ich wette, ihr redet über die Arbeit!«

Lassen Sie mich von Ray erzählen.
Ray ist prächtig.
Eigentlich eher mutig, und wer ihn nicht mag, bezeichnet ihn als vulgär.
Jennifer zum Beispiel.
»Wirklich, Rose, ich meine, ein *strahlend blauer Rolls-Royce*.«
Ihre Mutter hätte ihn einen Schmarotzer genannt.

Ray trägt ein dickes goldenes Armband mit einem eingearbeiteten großen R. Es ist viel zu groß für sein ziemlich schmales Handgelenk und rutscht ihm ständig auf den Handrücken, als wollte es unbedingt gesehen werden, als wollte es unbedingt, daß sich nur ja niemand von dem dezenten dunklen Anzug und dem teuren maßgeschneiderten Hemd täuschen ließ.
Ray hat dickes schwarzes Haar, das auch ohne Pomade glänzt und ihm auch, wenn es in irgendeinem teuren Unisex-Salon geschnitten ist, in die olivfarbene Stirn fällt. Er ist dünn und schmalgliedrig, und auch wenn er ganz still dasteht, scheint er in Bewegung, wie jemand, der sich ständig neben sich hat, geduckt und ein wenig hin- und herpendelnd, durch die Zähne pfeifend und unaufhörlich Kaugummi kauend.
Denn ein Teil von Ray scheint beständig mit den fünfziger Jahren verbunden zu sein. Alle seine teuren Anzüge werden wie durch ein Wunder an den Beinen schmaler, und blickt man zu seinen Füßen, dann ist es immer eine Überraschung, dort weiche italienische Lederschuhe zu sehen, anstatt glänzende spitze Schuhe, die man dort eigentlich erwarten würde.

Rays Eltern wohnen noch immer in einer Sozialwohnung, und sein Bruder sitzt noch immer im Gefängnis. Er weiß, wer wann welche Schallplatte aufgenommen hat. Wenn man will, singt er es einem sogar vor. Er kann dir alle Kinos in der Umgebung aufzählen, die früher Doppelsitze hatten.
Er hat den starken Willen, erfolgreich zu sein, und wird von schamlosem Ehrgeiz getrieben, der ihn auch dazu bringt, auf die Dinge, die er liebt, stolz zu sein, sein Geschäft, sein Armband und sein zehn Jahre alter, strahlend blauer Rolls-Royce.
Ray ist kein Journalist. Er kann nicht annähernd so gut und schnell schreiben wie Michael. Aber er hat Dutzende von Ideen, kennt sich mit Verträgen aus und kann mit einer geradezu atemberaubenden Geschwindigkeit ein Geschäft abschließen. Und er kann Leute zum Essen ausführen und sie, während sie essen, dazu überreden, Dinge zu tun, von denen sie überzeugt waren, daß sie sie niemals tun würden.
Zu all diesen Dingen wäre Michael nicht in der Lage.
Ray kann zwar nicht selbst schreiben, nein, aber er kann Leute, die es können, kaufen. Und er kann sie besser managen als jeder andere.
Ray greift in seine Tasche und reicht dir ein ganzes Bündel Geldscheine über den Tisch, wenn du ihn darum bittest, ungezählt, und deine Sorgen wegen der Rückzahlung wischt er mit einer lässigen Handbewegung weg. Trotzdem hortet auch er sein Geld wie ein Geizhals. Gehaltserhöhungen stimmt er nur höchst widerwillig zu, als verstieße er durch seine Zustimmung gegen ein heiliges persönliches Prinzip.

Seine Angestellten müssen mit dem Hut in der Hand vor ihn hintreten und um mehr Geld betteln. Sie müssen nervös und verlegen und wie betäubt vor ihm sitzen und ihm herzerweichende Fragen stellen, etwa: »Ist Ihnen meine Arbeit denn nicht mehr wert?« Woraufhin er eine ehrlich betrübte Miene aufsetzt und quasi entschuldigend sagt: »Aber ich wußte ja gar nicht, daß Sie nicht zufrieden sind«, oder: »Warum sind Sie denn nicht schon früher zu mir gekommen?« Und dann nennt er eine Summe, ohne jedoch allzu großzügig zu sein, die den Angestellten aber sprachlos macht vor Dankbarkeit, so demütig und verlegen wegen ihrer Kühnheit, daß sie mit gesenktem Blick hinausgehen und das helle amüsierte Glitzern in Rays Augen gar nicht sehen können, während er ihre Hände ergreift und sagt: »Vergessen Sie nicht, Sie können jederzeit zu mir kommen . . . jederzeit, wenn Sie etwas auf dem Herzen haben.«
Ja, Ray ist ein Gauner. Aber er ist sehr klug. Und wie so viele Menschen, die klug sind, spielt er gern den Naiven. Er gibt sich gern für dümmer, als er in Wirklichkeit ist. Zum Beispiel hatte er die Angewohnheit, Michael auf die Schulter zu klopfen und allen zu erzählen, er, Michael, sei der Kopf der Firma. Einmal tat er dies, mit ziemlicher Dreistigkeit, mit zwinkernden Augen und zuckenden Lippen, als sie an der Bar standen, nachdem Michael, der Direktor, weggegangen war wie ein kleiner Buchhalter, der um eine Gehaltserhöhung gebeten hatte.
Ja, Ray liebte es, Michael auf die Schulter zu klopfen und uns zu erzählen, daß wir alles Michael zu verdanken hätten. Aber es gab niemanden, der sich dadurch täuschen ließ.

Genauso wie bei Michaels Kündigung. Die konnte auch niemanden täuschen.

Helen hebt ihre Tasche vom Boden auf, ihre teure Ledertasche mit den Innentaschen für alles und jedes, ihre Schlüssel und ihr Portemonnaie und ihr Scheckbuch. Der Pianist spielt mit gesenktem Blick »As Time Goes By«, während der Kaffee oben auf dem Flügel kalt wird. Vielleicht ist die Musik schuld an allem.
»Es tut mir leid, Helen«, sage ich. »Es tut mir leid, wenn ich dir weh getan habe. Tatsache ist, ich weiß, wie du dich fühlst. Ich habe selbst ein Verhältnis mit Paul. Meinem Tutor. Mit Jos Bruder Paul.«
Sie wickelt sich einen weichen Mohair-Schal um den Hals. Jetzt steht sie stocksteif neben dem Tisch. Und mir wird klar, daß ich, von alldem, was ich gesagt habe, dieses eine nicht hätte sagen sollen.
Ich sehe, daß Helen vor allem nicht will, daß ich wie sie eine Liebesaffäre habe. Sie hat, das was ich vorher gesagt habe, überhaupt nur akzeptiert, weil es von jemandem kam, der nicht wie sie ist, der aufgrund seiner Tugendhaftigkeit vertrauenswürdig ist, dem man nichts nachsagen kann, der stark blieb, während sie nachgab.
Was ich gesagt habe, hat sie zwar verletzt, aber in gewisser Hinsicht wollte sie es hören. Sie wollte, daß die Tatsachen auf den Tisch gelegt wurden. Sie wollte hören, was sie nicht hätte tun sollen, selbst wenn sie ganz sicher war, daß sie es weiterhin tun würde.
Sie hat mir vertraut, hat mich reden lassen, und jetzt fühlt sie sich verraten.
Sie läuft vom Tisch weg, schnell nehme ich meinen

Mantel und meine Tasche und laufe ihr nach, fast muß ich rennen, um sie einzuholen, während sie mit weit ausholenden Schritten zwischen den Tischen zur Tür und hinaus auf die Straße eilt.
Nur mit kleinen Sprüngen gelingt es mir, neben ihr zu bleiben, und trotz dieser etwas merkwürdigen Fortbewegungsweise bestehe ich darauf, ihr von Paul zu erzählen, wie es begonnen hat, wie es weitergeht, wo wir uns treffen, um zusammen zu schlafen. »Auf diese Weise habe ich auch dieses Lokal hier gefunden«, sage ich.
Ich weiß, daß sie nichts davon hören will. Am liebsten würde sie sich die Ohren zuhalten. Sie beschleunigt ihre Schritte noch mehr, so daß ich völlig außer Atem gerate, während ich ihr die Zeiten und die Orte und all die albernen frevlerischen Einzelheiten berichte.
»Wir fahren nach Paris, Helen«, sage ich.
Als wir uns dem Wagen nähern, greift sie in ihre Handtasche nach dem Schlüssel, aber er ist nicht, wo er sein sollte, und sie wühlt verzweifelt in dem Labyrinth der Innentaschen.
»Natürlich habe ich wegen Monica ein ziemlich schlechtes Gewissen. Ich muß immerzu an sie denken. Sie tut mir leid. Ich schätze, dir geht es mit Sandra genauso. Es verdirbt einem den ganzen Spaß, daß sie verheiratet sind, findest du nicht?«
Neben dem Wagen dreht sie sich zu mir um, während sie noch immer nach den Schlüsseln sucht.
»Es ist unsere Ehre, Helen«, sage ich und packe sie am Arm. »Ich habe versucht herauszufinden, was nach meinem Gefühl dabei verlorengegangen ist, und ich glaube, es ist unsere Ehre.«

Sie hat den Schlüssel gefunden und versucht wütend, aber erfolglos, ihn ins Schloß zu stecken, wobei sie den Lack an der Tür zerkratzt.
Immer wieder kratzt der Schlüssel über den Lack, während sie in blinder Hast, mit dem einzigen Wunsch, von mir wegzukommen, herumfuchtelt, bis sie die Tür schließlich aufbekommt, sich von mir befreien und in den Wagen steigen kann.
In der Dunkelheit sehe ich, wie sie heftig atmend hinter dem Fenster sitzt und den Schlüssel ins Zündschloß steckt. Diese kleine Pause beruhigt sie. Als sie dann das Licht einschaltet, sehe ich, daß ihre Panik sich gelegt hat.
Sie startet den Wagen und fährt langsam aus der Parklücke. In einer dicken Wolke kommen die Auspuffgase, als sie aufs Gas drückt, während das Auto noch neben mir steht. Sie kurbelt das Fenster herunter; das Licht der Straßenlaterne fällt direkt in ihr Gesicht.
»Wenigstens haben sie keine Kinder, Rose«, sagt sie und beugt sich ein wenig nach vorn. »Du hast Glück. Wenn er dich liebt, besteht kein Grund, daß er sich nicht von Monica trennen sollte.«

Ich weiß, daß wir zu dritt ins Kino gehen werden, vielleicht sogar zu viert. Vielleicht gehen Helen, Jennifer und Jo auch gemeinsam ins Theater oder vielleicht Helen, Jennifer und Rose. Aber niemals Helen und Rose allein. Denn Helen mag sich nicht mit mir im Ehebruch verbunden wissen, genausowenig wie ich mit Jennifer in Verbindung gebracht werden will.
Helen will nicht im Kino neben mir sitzen, will ihren Kummer in der Dunkelheit des Kinosaals nicht neben

meinem wissen. Helen will mir im Restaurant nicht am Tisch gegenübersitzen und ihren eigenen Kummer in meinen Augen wiederentdecken müssen.
Helen will sich nicht auf ein atembeklemmendes Mädchengespräch mit mir einlassen, Vertraulichkeiten austauschen über die Tage, an denen er es nicht geschafft hat, zu ihr zu kommen, über die Nächte, in denen er ausgeblieben ist.
Nein, Helen will nicht, daß unsere Freundschaft auf einem ständigen intimen Austausch der Schlingen und Pfeile ehebrecherischer Liebe gründet.

Eigentlich habe ich über Michael und seine neue Liebe schon alles gewußt, bevor sie es mir erzählt hat. Ich traf ihn zufällig an jenem Nachmittag in dem Lokal, als ich mit Paul dort war.
Ich kam schon ein bißchen beschwipst von der Toilette, als er hinter einer Säule hervortrat.
»Nur Liebende und alte Damen gehen nachmittags in eine Teestube, Michael«, rief ich fröhlich.
»Ich gehöre zur ersten Gruppe, und du?« fragte er, während er kurz zu einem jungen Mädchen sah.
»Ich bin mit einer alten Dame da«, sagte ich und war plötzlich froh, daß Paul hinter einer Palme versteckt saß.
»Tatsächlich, kenne ich sie?« fragte Michael.
»Nein, das glaube ich nicht«, sagte ich, wollte schnell weitergehen und versuchte, mich an ihm vorbeizudrükken.
»Du wirst ja ganz rot, Rose, du wirst rot«, sagte er mit der Stimme eines betrunkenen, witzereißenden älteren Mannes, die ich nicht ausstehen konnte.

»Wer ist denn bloß diese alte Dame, deretwegen du so rot wirst? Erzähl mir bloß nicht, daß sie verheiratet ist, Rose, und daß du deshalb rot wirst! Doch nicht etwa auch du, Rose.«

»Du bist umwerfend komisch, Michael«, preßte ich durch meine Lippen, auf denen ein steifes Lächeln lag.

»Doch nicht auch etwa du, Rose«, wiederholte er. »Also auch du, stimmt's? Zuerst meine liebe Frau Helen, dann Jo und jetzt du.«

»Du hast Jennifer vergessen«, sagte ich, während das Lächeln von meinem Gesicht verschwand.

»Und Jennifer auch«, sagte er gedehnt und wich in gespieltem Erstaunen zurück.

»In gewisser Hinsicht ja«, sagte ich.

»Du meine Güte«, sagte Michael und rückte auf die Seite, um mich vorbeizulassen. »Ihr müßt euch ja viel zu erzählen haben. Ihr solltet einen Club gründen, ihr Frauen. Eine Vereinigung weiblicher Ehebrecherinnen. Mit Ausflügen und Treffen und so. Ihr solltet ein Handbuch herausgeben.«

Und in diesem Augenblick geschah es, dieses erste, winzige Erbeben der Realität, dieses kurze Vorübergehen, diese momentane Verdunklung der Sonne.

Es trübte einen Augenblick lang die verzierende Pracht des Art-deco-Spiegels, nahm von den Palmen in den Töpfen den Glanz; das Klavier gab plötzlich nur noch ein leeres Klimpern her, und aus einer Melodie wurde eine Handvoll Noten. Aber dann war plötzlich alles wieder hell und melodisch, und da ich mir all das nicht erklären konnte, verdrängte ich es aus meinen Gedanken.

Und erst später, als es wieder passierte, als ich wieder dieses Versinken spürte, entdeckte ich ein Stückchen von dem, was verlorengegangen war, bückte mich, um es aufzuheben, und stellte fest, daß es die Ehre war.

Und war überrascht, nicht daß ich sie verloren haben sollte, sondern daß ich sie überhaupt je besessen hatte, um sie verlieren zu können, und daß ausgerechnet Michael mir zum ersten Mal das Gefühl ihres Verlustes vermittelt hatte.

Ja, ich war erstaunt, daß Michael mich so merkwürdig beschämt haben soll. Michael, bei dem ich den absurden Verlust meines guten Rufs spürte, Michael, bei dem ich die ersten Spiegelungen meiner verlorenen Ehre nicht erkannt hatte, Michael, von dem ich mit Sicherheit weiß, daß für ihn ganz andere Regeln gelten als für mich.

9

»Also auch du«, sagte Michael. »Erst meine liebe Frau Helen, dann Jo und jetzt auch noch du.«

Es tut mir leid, daß Michael über Jo und Martin Bescheid weiß.
Natürlich ist Martin indiskret. Zum Beispiel folgen ihr seine Blicke viel zu auffällig, wenn sie durchs Zimmer geht. Aber Jos Zuneigung ist in der Öffentlichkeit immer liebenswert und natürlich, wie zwischen einem loyalen Mitglied der Partei und ihrem Abgeordneten, so daß ich immer geglaubt hatte, Außenstehende ließen sich dadurch hinters Licht führen.
Aber nach allem, was ich von Michael weiß, dürfte ich eigentlich nicht überrascht sein. Der Skandal, die kleinen Leckerbissen und Verzierungen im Dasein anderer Menschen waren für Michael Fleisch und Saft des Lebens.
Schließlich war er früher einmal das, was man einen guten Reporter nennt, der sich mit unschuldigem und begeistertem Appetit von dem bescheidenen Mahl ernährt, das die Hochzeit zweier Menschen oftmals ist.

Schon von weitem kann ich sehen, daß etwas nicht stimmt. Sie beeilt sich, was sie sonst nie tut. Selbst, wenn sie schnell läuft, scheint sie noch zu tänzeln, mit weit ausschreitenden langen Beinen und leicht wippenden birnenförmigen Brüsten.

Aber jetzt ist sie in Eile, die Hände in den Taschen ihrer Windjacke, schiebt sie sich mit heftigen, gereizten Bewegungen zwischen den unentschlossenen, mit Tüten beladenen Menschen hindurch, die spätabends ihre Einkäufe erledigen, ihre Lippen zu Flüchen geformt.
»Hör zu, laß uns das Kino streichen. Das macht dir doch nichts aus?«
Dieses »Das macht dir doch nichts aus?« ist rein rhetorisch gemeint. Eine Formsache. Jetzt, in der Ecke eines grellen und völlig unpassenden Pubs ganz in der Nähe, wartet sie, daß ich als erste einen Schluck aus meinem Glas nehme, und schiebt mit ihrem dünnen, nervösen Finger einen kleinen Teller mit Erdnüssen auf dem Tisch hin und her.
»Margaret hat Martin eröffnet, daß sie sich scheiden lassen will. Sie weiß Bescheid über uns.« Sie holt eine Packung Zigaretten hervor und wirft sie achtlos auf den Tisch.
»Wirklich«, sagt sie, »das kommt so ungelegen.«

Jo hat nie eine Handtasche bei sich.
Scheckbuch, Kreditkarte, Portemonnaie und Zigaretten hat sie, wie ein Mann, überall an ihrem Körper in vielen verschiedenen Taschen.
Bei der Arbeit trägt sie eine kleine ausgebeulte Aktentasche mit sich herum, ähnlich wie die ihres Bruders, die sie beide von ihrem Vater zum Abschluß ihres Studiums bekommen hatten.

Margaret dagegen hat immer eine Handtasche bei sich, als hinge auf irgendeine Weise ihr Leben davon ab.

Als ich sie von ihrer Schulter baumeln sehe, spüre ich, wie sich meine Augen mit Tränen füllen.
Die Handtasche einer Frau hat etwas so Verwundbares, die Art und Weise, wie sie diese an sich drückt, als verlöre sie mit ihr auch die eigene Identität, als wäre alles, was sie ist, darin aufbewahrt.
Eine gestohlene Handtasche, die, weggeworfen und gähnend offen, auf dem Boden oder in einer Hecke liegt, die kleinen persönlichen Dinge, die sie enthalten hatte, ringsum verstreut, ist der sichtbare Beweis eines kleinen Verbrechens.
Sie so daliegen zu sehen, als Überlebende, während jemand anderer gerade gestorben ist, ist unerträglich.

Margarets Schultertasche aus spanischem Leder ist weich und ausgebeult, sie hat sie mit Martin zusammen gekauft, an irgendeinem Festtag, noch bevor die Kinder da waren. Sie ist jetzt abgewetzt, genauso abgewetzt wie Jos Aktentasche. Ein Schulterriemen ist geflickt, mit groben Stichen zusammengenäht, ein Stück Faden hängt lose herunter.
An den Nähten bläht sie sich nach außen, unter dem Druck ganzer Papierstöße, die eine Frau und Mutter ansammelt: Terminkarten, Rechnungen, bezahlte und unbezahlte, Bibliothekskarten, Abschnitte aus der Reinigung, die Autoversicherung, sorgfältig ausgeschnittene Coupons, stets vom nächsten Kauf und daher nie benutzt, Listen mit Lebensmitteln und Weihnachtskarten, mit Dingen, die erledigt werden müssen, Termine von Friedensgruppen und Treffen und Elternversammlungen, Zeitungsausschnitte, Bestellkartenabschnitte von

der Bluse, die sie nie abgeholt hat, alte Fotos, das Bild, das Danny für sie gemalt hat, seine erste große Arbeit mit dem Titel »Mummy weint«.

Eines Tages kann Margaret ein Rezept, das sie erst wenige Minuten zuvor in die Tasche gesteckt hat, nicht wiederfinden.

Sie läßt den Kopf aufs Lenkrad sinken und heult los, das Heulen eines besiegten Tieres, was die Kinder auf dem Rücksitz ganz still macht.

Ihr Leben ist, ohne eine Spur zu hinterlassen, in ihrer eigenen Handtasche verschwunden, untergegangen zwischen dem Durcheinander aus Verfügungen, Instruktionen, Erinnerungen und Mahnungen an das Leben anderer Leute.

»Ich weiß gar nicht, was in sie gefahren ist«, sagte er zu mir, sein Gesicht war eine Studie väterlicher Entrüstung. »Sie hat Danny zu Tode erschreckt.«

»Ich habe mich über sie lustig gemacht«, gibt er jetzt großmütig zu. »Ich sagte zu ihr: Ich bin nicht überrascht, daß du es da drin nicht gefunden hast. Ich sagte: ›Ich hoffe, daß wir eines Tages auf einer einsamen Insel stranden. Dann werden wir alles, was wir brauchen, bei uns haben, solange du deine Handtasche bei dir hast. Wir werden alles haben‹, sagte ich, ›inklusive den Plattenspieler mit acht Schallplatten.‹«

Er lächelte, als er sich daran erinnerte.

»Du bist ein richtiger Arsch, Martin«, sagte ich.

Jo hat in einer ihrer Taschen Zigaretten, aber niemals ein Feuerzeug. Trotzdem kauft sie nur selten Streichhölzer.

Wenn Jo einen Barkeeper um Streichhölzer bittet, greift er stets hinter sich, wirft ihr eine Schachtel zu und schüttelt den Kopf, wenn sie ihm Geld geben will.
Aber häufig macht sie es auch wie jetzt. Sie wendet sich an den Mann, der neben ihr sitzt und raucht, und nimmt einfach seine Streichhölzer, die auf dem Tisch liegen, und sagt: »Darf ich?«, während sie bereits ein Streichholz aus der Schachtel zieht und es mit ihren kräftigen, sinnlichen Fingern anzündet.
»Verdammt«, sagt sie. »Warum muß das ausgerechnet jetzt passieren?«
»Warum denn nicht jetzt? Warum ist es jetzt so besonders schlimm?«
»Ich bin für einen Sitz nominiert. Ich bin für *den* Sitz nominiert. Ich kann es kaum glauben. Ich kann nicht glauben, daß ich soviel Glück habe.«
Ihr Gesicht hat den schlaffen Ausdruck von gereiztem Überdruß verloren, den sie die meiste Zeit aufsetzt. Statt dessen ist es belebt und gespannt. Sie beugt sich vor, zieht an ihrer Zigarette.
»Diesmal müssen sie ihn mir geben. Diesmal haben sie keine Möglichkeit, sich zu drücken. Niemand, niemand ist für diesen Sitz besser geeignet als ich«, sagt sie und spricht das Wort fast triumphierend aus.
»Mein Gott. Deine Heimatstadt. Wieso?«
»Er geht in Pension.«
Sie nennt seinen Namen, schnippt ihn mit dem Streichholz in den Aschenbecher.
»Die übliche Geschichte. Ein fauler Rechter, der den linken Flügel für seine Schwierigkeiten verantwortlich macht. Man hat ihm nahegelegt, seinen Sitz noch vor der

Wahl abzugeben, um zu vermeiden, daß er abgewählt wird. Er hat einen guten Grund. Seine Frau ist krank. Ich bekam einen Anruf, und man teilte mir mit, daß ich auf der kleinen Liste stehe. Ich muß einfach die Favoritin sein. Alle setzen jetzt auf den Wahltermin Juni. Folglich werden sie ihn so bald wie möglich ansetzen. Ende der Woche fahre ich hin, um bei meinen Leuten zu sein und die Lage der Dinge zu prüfen.«

»Ist es ein sicherer Sitz?«

»Bevor er ihn hatte, war er das, aber im Lauf der Jahre hat er Stimmen verloren.«

»Und wer läßt sich bei der Wahl noch aufstellen?«

»Ein Stadtrat von dort, trübe wie stehendes Wasser. Ein streitbarer Sozialarbeiter und ein Rechtsanwalt aus London, viel zu gerissen zu seinem eigenen Besten.«

»Alles Männer.«

»Alles Männer.«

»Du bist also die Frau zum Vorzeigen.«

»Nein«, sagt sie. »Nein«, wütend drückt sie die Zigarette nur halb geraucht aus. »Diesmal nicht. Diesmal bin ich nicht nur zum Vorzeigen da.«

»Hör zu«, sagt sie, als würde sie mir etwas aufsagen, was sie schon lang genug eingeübt hat: »Meine Zeugnisse sind einwandfrei. Niemand ist besser geeignet als ich, Streitereien zwischen den Rechten und den Linken zu schlichten. Das habe ich hier auch getan, verdammt. Und diesmal ist der Sitz nicht gesponsert. Diesmal wird die Gewerkschaft keinen eigenen aufstellen. Außerdem bin ich dort zu Hause. Ich bin da unten geboren und aufgewachsen. Ich war bei den Jungsozialisten. Und natürlich ist da auch noch mein Vater.«

Vielleicht kennt man Jo nicht, aber man kennt ihren Vater. Ein Sozialist alter Schule. Ein freundlicher Akademiker mit einer beispielhaften Kriegskarriere. Lernte Jos Mutter in der Résistance in Frankreich kennen. Nichts gegen ihn einzuwenden. Nicht einmal von den Rechten. Geachtet. Bewundert. Tritt im Fernsehen auf. Schreibt für die *Times*.

»Ich meine, das muß doch helfen, wenn der alte Herr neben mir steht und mit seinem Spazierstock winkt. Es läuft alles wunderbar. Das einzige Haar in der Suppe ist Margaret.«
»Einen Skandal kannst du jetzt am wenigsten gebrauchen, stimmt's?«
»Was ich brauche, ist ein lupenreines Privatleben, eine lupenreine Fassade, um meine lupenreinen Empfehlungen zu untermauern.«
»Leb wohl, Martin.«
»Genau.«
»Aber wird das genügen?«
»Da bin ich ganz sicher. Margaret will keine Scheidung. Sie will ihm nur angst machen. Sie will ihn zurückhaben. Wahnsinnsfrau. Das ist die reinste Erpressung. Das fing an, als Martin dumm genug war, ihr etwas von der Wahl zu erzählen. Ich habe ihm gesagt«, erklärt sie und greift nach einer neuen Zigarette und wieder nach den Streichhölzern, »daß alles von ihm abhängt. Er muß zusehen, wie er die Sache wieder hinbiegt. Er muß den glücklichen Ehemann spielen und sie davon überzeugen, daß er es auch so meint. Ich habe ihm gesagt, daß es auch um seinen Sitz geht. Die kleine Mehrheit, die er hat, würde

spurlos in dem schwarzen Loch einer schmutzigen Scheidung verschwinden.«
»Wie hat sie es erfahren, das von dir und Martin?«
»Sie ist nicht dumm. Sie muß es geahnt haben. Ich habe mich schon immer gewundert. Weiß der Himmel, warum sie bei ihm geblieben ist. Und dann kam er eines Nachts zurück, besoffen, wie gewöhnlich, und hat ihr eine tränenreiche Beichte hingelegt. Großer Gott, ich kann ihn direkt hören!«
Auf ihrem Gesicht erscheint ein widerwilliger Zug, während sie wütend mit dem Finger die Zigarette ausdrückt.
»Und was ist mit Martin?«
»Was soll mit ihm sein?«
»Ich meine, was denkt er darüber?«
»Der!« Ihre Stimme trieft vor Hohn.
»Das ist doch völlig egal, was der denkt. Im Augenblick ist er nicht mal fähig, ein halbes Dutzend Wörter aneinanderzureihen. Gerade eben hat er sich noch an meiner Schulter ausgeheult, behauptet natürlich, daß alles vorbei sei und daß er es mit Margaret noch mal probieren wolle, und im nächsten Augenblick träumt er schon wieder von tollen Nächten in London, wenn ich gewählt bin. Ehrlich, von mir aus kann Margaret ihn haben. Ich habe sowieso die Nase von ihm voll. So gut ist er nun auch wieder nicht im Bett, daß man seinetwegen einen Sitz im Parlament verlieren müßte.«

Der Mann am Nebentisch will seine Streichhölzer zurückhaben. Sie wirft sie ihm auf den Tisch und lächelt, mechanisch und geistesabwesend. Der Wurf zieht ihn mehr an als das Lächeln.

Er ist Mitte Vierzig, ein Geschäftsmann, ist mit Arbeitskollegen hier, um etwas zu trinken. Er ist schweigsamer als die anderen. Hält sich für was Besseres. Intelligenter, angenehmer, nicht so unfrei. Er ist verheiratet und liebt seine Frau, hat aber Angst, vor der Zeit alt zu werden. Er findet Jo anziehend. Er ist ihr nicht gewachsen und weiß das auch, aber nach mehreren Drinks fühlt er sich stark genug, sich die Abfuhr, die er mit ziemlicher Sicherheit von ihr bekommen wird, einzuholen.
Er rückt ein bißchen näher, als sie sagt: »Komm, laß uns aus diesem Scheißladen verschwinden. Ich muß Martin noch treffen.«
Seltsamerweise macht sie ihre ordinäre Ausdrucksweise nur noch anziehender für ihn. Er würde sie am liebsten dabehalten. Er zerbricht sich den Kopf, was er wohl sagen könnte. Aber ihre heftig-robuste Art, mit der sie ihre Münzen und Geldscheine vom Tisch nimmt und in die Tasche steckt, ohne auch nur hinzusehen, bringt ihn zum Schweigen, noch bevor er die Worte formuliert hat. Ich bemerke, wie seine Augen in den Spiegel an der Wand sehen, der über den Köpfen seiner Kollegen hängt. Er sieht sich, ohne besondere Merkmale, mit rotblonden Haaren und beginnender Glatze. Einen Moment lang bleibt sein Blick daran hängen, dann wendet er seine Aufmerksamkeit, fast ein wenig dankbar, wieder seinen Kollegen zu.

»In Wirklichkeit verabscheust du Martin, nicht wahr?« sage ich, als wir im Wagen sitzen.
Meine Worte machen sie wütend. »Wirklich, Rose«, sagt sie. »Du mußt immer alles vereinfachen: Margaret liebt

Martin, und ich verabscheue ihn. Sie ist die Madonna in dem Stück, ich die Teufelin. Bei dir ist immer alles schwarz oder weiß.«

»Aber es stimmt doch. Du verabscheust ihn.«

»Nein.« Sie leugnet es nicht. Es ist nur ein Wort, langgezogen, nachdenklich, während sie denkt, was sie wirklich meint.

»Eigentlich mag ich ihn ganz gern. Es stimmt, daß er mich manchmal langweilt, aber das tun schließlich alle Männer. Männer sind im wesentlichen ziemlich langweilig. Selbst die klügsten und besten. Das gehört zu ihrem Wesen. Wenn du sie magst, dann mußt du es in Kauf nehmen.«

»Meinst du, es stimmt, daß Feministinnen gerne die Ehe brechen?«

»Ich bin keine Ehebrecherin.« Ihre Antwort kommt erstaunlich scharf.

»Eine Ehebrecherin macht Ehebruch mit jemand anderem als ihrem Mann. Ich habe keinen Mann. Folglich kann ich auch keine Ehebrecherin sein.«

»Ziemlich theoretisch, findest du nicht?«

»Überhaupt nicht. Ich habe keinen Partner. Ich bin unschuldig. Schließlich ist es nicht meine Schuld, wenn der Mann, mit dem ich ins Bett gehe, nebenbei eine unbefriedigende kleine Ehe laufen hat.«

»Aber eine Frau, die mit einem verheirateten Mann ein Verhältnis hat, weiß, daß sie eine andere Frau unglücklich macht.«

»Nicht unbedingt, Rose. Warum mußt du gleich immer so dramatisch werden? Nicht alle Ehefrauen sitzen käsebleich und heulend zu Hause, weil ihre Männer mit anderen Frauen ausgehen. Manche sind wahrscheinlich ziemlich froh, ihn endlich loszusein. Solange er nur die Rechnungen zahlt, braucht sie sich doch keine Gedanken zu machen, oder? Sie haben das Haus und den Wagen und die Kinder. Was können sie sich mehr wünschen?«

»Das ist schrecklich. Das ist so furchtbar schrecklich. Das ist so schrecklich herablassend gegenüber den anderen Frauen.«

»Um Himmels willen, Rose.«

Sie wendet den Kopf, um das Auto zu parken. Ich kann die Verärgerung in ihrer Stimme hören, ihr Gesicht sehe ich nicht.

»Du hast wirklich eine lächerlich romantische Vorstellung von deinem eigenen Geschlecht. Wirklich, wenn du dir die angeblichen Schmerzen und Leiden einer verheirateten Frau vorstellst, geht die Phantasie mit dir durch.«

»Hör zu, ich weiß, daß ich ein Schwein bin«, sagt er mit eindringlicher Stimme zu mir, während er an der Bar steht, eine Zigarette zwischen den Lippen, und Jo am anderen Ende des Raums beobachtet.

Ich mag Martin. Ich habe ihn immer gemocht. Martin, hochgewachsen und mit grauen Haaren, von Kindheit an gutaussehend auf eine gemütliche Art, manchmal sicher unerträglich, vor allem wenn er betrunken ist, aber so liebenswert, daß es dir nichts ausmacht, wenn er seine große, gütige Hand auf deine Schultern legt. Martin. Dummer, großer alter Bär Martin.

»Ich weiß, daß ich ein Schwein bin«, wobei er »Schwein« entschieden, hart und nordisch ausspricht. »Ich betrachte nur die Tatsachen und weiß, daß ich ein Schwein bin. Alles, was ich sagen kann, ist, daß es vom Gefühl her völlig anders ist.« Er fährt sich mit der Hand durch die Haare, streicht sie aus der Stirn zurück.
»Manchmal kann ich sie gar nicht ansehen«, sagt er. »Ich schäme mich so. Sie macht jetzt immer die Badezimmertür zu und schließt ab, wenn ich zu Hause bin. Ich weiß, warum ich mich schäme, aber ich wüßte gern, weswegen sie sich schämt.«
»Weil sie deine Liebe verliert. Weil sie nicht anziehend genug ist, weil sie dich nicht halten kann und all die anderen Dinge, die man den Frauen beigebracht hat, damit sie sich schämen sollen.«
»Aber das stimmt doch gar nicht. Das mit Jo. Das hat doch nichts mit meiner Ehe zu tun. Das hat doch keinen Einfluß auf meine Liebe zu Margaret. Sie ist meine Frau. Die Mutter meiner Kinder. Ich liebe sie auf eine ganz besondere Art. Daran wird sich nie etwas ändern.«
»Das ist doch immerhin ein Trost«, sage ich zu seinem Rücken, »diese ganz besondere Art.«
Er hat sich umgedreht, um den Barmixer zu rufen. »Für mich nichts mehr, Martin«, sage ich, aber er bestellt mir trotzdem was, als hätte er es nicht gehört.
»Natürlich haßt sie mich, das weiß ich«, sagt er und reicht mir mein Glas.
»Sie ist intelligenter als ich. Das akzeptiere ich. Ich weiß, daß es andere gibt. Ich bin nur eine . . . Annehmlichkeit.« Er bleibt ein wenig bei diesem Wort, lächelt in sich hinein. »Und ich weiß genau, daß sie mich manchmal haßt.«

»Das ist doch Unsinn, Martin. Ich kann so was nicht hören. Sie hat keinen Grund, dich zu hassen.«
Ich bin wütend auf ihn und werde lauter, aber er macht weiter, wie im Selbstgespräch, als wäre er sich nicht bewußt, daß jemand zuhört.
»Es ist ihre Stimme, die ich mehr als alles andere liebe.«
»Das kannst du mir nicht erzählen. Sie hat alles, was man sich im Leben nur wünschen kann, Klasse und Selbstvertrauen und ein ausgezeichnetes Gespür für gute Weine. Bücher und Musik und all die Dinge, die wir nie gehabt haben. Eine erstklassige Bildung. Einen Vater aus sozialistisch-akademischer Tradition und eine Mutter aus der französischen Widerstandsbewegung . . .«
»Woher weißt du das?«
Erstaunt und verwirrt sieht er mich an.
»Prost auf die Bourgeoisie, Martin«, sage ich und hebe mein Glas.
»Prost auf die Bourgeoisie.«

Jetzt stecken sie an einem Tisch am Ende der Bar die Köpfe zusammen und bemühen sich erfolglos um ein bißchen private Atmosphäre. Denn ständig stoßen Mitarbeiter der Partei ohne besonderen Anlaß dazu.
Und jedesmal winkt ihnen das Paar, sich zu setzen, und sie tauschen freundlich Höflichkeiten aus, als wäre die Störung bedeutungslos, als redeten sie mit zusammengesteckten Köpfen über Regierungsgeschäfte oder über Parteistrategien oder über den Wahltag.
Und jetzt ruft der Barkeeper »Letzter Drink« und »Zeit zum Gehen«. Sie senkt den Kopf, spricht lange und eindringlich, mit einem freundlichen ungetrübten Lächeln.

Martin hängt auf seinem Stuhl und starrt auf seine Hand, die sein Glas umfaßt, das er jetzt langsam und herausfordernd auf dem Tisch herumdreht.
Während sie ihren Mantel vom Stuhl nimmt, stellt sie ihm eine Frage, aber er antwortet nicht, er sieht sie nicht einmal an, sondern schüttelt nur den Kopf.
Statt dessen streckt er wie erschöpft die Beine unter dem Tisch aus und hebt das Glas mit dem letzten Schluck Whisky langsam und bedächtig an seine Lippen.
Er hebt es, als hätte er alle Zeit der Welt: als würde der Barkeeper nicht noch lauter und feindseliger als vorher »Bitte austrinken«, rufen, als würden keine Leute an ihm vorbeigehen und ihm auf den Rücken klopfen und »Nacht, Martin« und »Prost, Martin« sagen, als würde ihm in diesem Augenblick keine Frau eine Frage stellen und keine Antwort erhalten, als würde sie sich nicht vom Tisch erheben, um sich ein für allemal und für alle Zeiten aus seinem Leben zu entfernen.
»Er ist betrunken«, sagt sie verächtlich. »Ich habe ihm angeboten, ihn im Auto mitzunehmen, aber er antwortet nicht einmal. Dann soll er sich doch wegen Trunkenheit am Steuer erwischen lassen. Was geht mich das an?«
An der Tür werfe ich Martin noch einen letzten Blick zu. Er sitzt noch genauso da wie vorher, unbeweglich und den Blick starr auf sein Glas gerichtet. Aber jetzt steht der Barkeeper neben ihm, leert den Aschenbecher in eine Dose. Er spricht mit Martin. Er bemüht sich, ihn dazu zu bringen, aufzustehen und nach Hause zu gehen, aber er bemüht sich auch, freundlich zu bleiben. Denn sie sind alte Freunde, und er möchte ihn nicht vor den Kopf stoßen.

Im Auto, auf dem Heimweg, frage ich: »Findest du, daß ich romantische Vorstellungen habe in bezug auf Frauen?«
»Das weiß ich nun wirklich nicht, Rose.«
Sie ist kurz angebunden. Sie hatte gerade über etwas nachgedacht, hatte über das Lenkrad hinweggestarrt, und ich habe sie dabei gestört. Sie runzelt verärgert die Stirn und nimmt sich widerwillig zusammen.
»Manchmal hast du schon eine sehr moralische Art. Du findest es anstößig, daß ich Affären habe, aber es sind gar nicht so sehr die Affären selbst, die dich stören, sondern meine Einstellung. Du mißbilligst, was ich tue, weil ich kein schlechtes Gewissen deswegen habe. Aber sei doch mal ehrlich, in meinem Alter und bei den wenigen alleinstehenden Männern, die zur Verfügung stehen, ohne von ihren weitaus mieseren Qualitäten auch nur zu reden, habe ich doch gar keine andere Wahl. Wenn ich Sex will, und das will ich, dann muß ich einfach hinnehmen, daß die Männer verheiratet sind.«
Sie stemmt sich gegen die Rückenlehne ihres Sitzes und entspannt sich, die Hände locker am Lenkrad.
»Sieh mal, Rose, die Sache ist doch ganz einfach: Für dich ist es nicht weiter schwer, aufs höchste moralisch zu sein, weil du keine Schwierigkeiten hast mit dem Sex. Ich meine, sieh dich doch bloß mal an, du sitzt zu Haus, über deinen Büchern, bis oben hin zugeknöpft wie eine brave kleine Nonne.«
Ihre Stimme klingt jetzt tiefer, wärmer und versöhnlicher. Sie wirft mir von der Seite einen Blick zu.
»Ich meine, wann, um Himmels willen, hast du eigentlich das letzte Mal mit jemandem geschlafen?« sagt sie und lacht.

»Vorgestern, um genau zu sein.«
»Großer Gott.« Sie wirft sich spöttisch und überrascht in ihrem Sitz zurück.
»Das hast du aber ganz schön geheimgehalten. Jemand, den ich kenne?«
»Ja, jemand, den du sogar ganz gut kennst. Mit deinem Bruder Paul.«
Jetzt ist sie erst richtig überrascht. Ich sehe, wie ihre Augen sich im Licht der Straßenlaterne weiten. Und auch noch etwas anderes sehe ich, etwas, was von ihrer Überraschung zum Teil verdeckt wird, ein kräftiger Stich Mißfallen, ein kurzes Aufblitzen nur, dann ist es wieder verschwunden, aber es schimmert in dem zarten Glanz unserer Liebenswürdigkeit weiter wie die Schneide eines Messers.
»Also, so was. Mein kleiner Bruder. Du liebe Güte. Und wie lange geht das schon?«
Das Lachen ist leicht und amüsiert, es ist das Lachen von jemandem, der nach einem kurzen Ausrutscher die Selbstbeherrschung wiedergewonnen hat. Und ich wünschte, ich hätte es ihr nicht gesagt. Ich wünschte, ich hätte es nicht ausgesprochen. Meine Worte schienen vergeudet und mutwillig und völlig unpassend, und ich weiß jetzt mit aller Leidenschaft, daß ich mit dieser Schwester nicht über diesen Bruder reden möchte.
Ich wende mein Gesicht ab und sehe in die Dunkelheit hinter dem Fenster, und meine Antwort kommt langsam, wie von einem schmollenden Kind.
»Ungefähr einen Monat oder so.«
»Und hast du auch schon herausgefunden, daß er hinter seiner bescheidenen äußeren Erscheinung hoffnungslos

arrogant und absolut egoistisch ist? Der ist nun wirklich der Mittelpunkt seines eigenen Universums, weißt du?«
Sie ist jetzt heiter und freundlich. Ihre Stimme bohrt sich in meinen Kopf, zerrt an meinem Unbehagen, dreht und wendet es, bringt es ans Freie.
»Wir fahren zusammen nach Paris«, sage ich schwerfällig. Meine Stimme klingt wie die eines Schuldiggesprochenen, der beschlossen hat, alles zu erzählen.
»Er spielt in einer anderen Liga«, sagt sie spitz, während sie ihre Augen auf den Spiegel richtet, einen anderen Gang einlegt und mit ihren gewohnt sicheren und ein wenig lässigen Bewegungen das Lenkrad dreht.
»Er wird Monica nie verlassen, weißt du?«
»Das habe ich auch nie angenommen.«
»Arme alte Monica.« Sie schüttelt den Kopf und stößt ein kurzes Lachen aus, während sie mit aufheulendem Motor den höchsten Gang einlegt. »Daß sie es all die Jahre mit ihm ausgehalten hat! Weißt du von dem Schriftsteller, wie heißt er doch gleich? Weiß der Himmel, warum sie mit ihm nicht auf und davon ist.«
»Warum eigentlich nicht?«
»Keine Ahnung. Monica und ich haben uns nie sehr nahegestanden. Wir haben nicht viel gemeinsam. Hatten wir nie. Sie waren auf dieser komischen Party. Ehrlich, ich weiß nie, was ich mit ihr reden soll. Zu Weihnachten und an Geburtstagen tauschen wir unbedeutende Küchengeräte aus, aber das ist auch schon fast alles.«
Einen Augenblick schweigen wir, und als sie wieder zu sprechen beginnt, hört es sich an wie lautes Denken.
»Er wird sie niemals verlassen. Er ist genauso wie Martin. Die sind doch alle gleich. Sie brauchen alle eine Frau, die

sich um sie kümmert. Wenn sie erst mal eine gehabt haben, kommen sie nie wieder ohne eine aus. Du brauchst dir die geschiedenen Männer doch nur anzusehen. Die ziehen doch sofort los und heiraten ganz genau die gleiche Art Frau noch einmal. Wenn du dir deine Schuhe erst mal auf einem Türvorleger abgetreten hast, willst du natürlich nie wieder darauf verzichten. Sieh dir Martin an. Der wüßte doch nicht mal, wie er seine Gasrechnung oder die KFZ-Steuer bezahlen sollte. Wahrscheinlich weiß er nicht mal, in welche Schule die Kinder gehen oder ob er Zucker in den Tee nimmt. Der würde glatt ausrasten, wenn er Margaret nicht mehr hätte. Das habe ich ihm heute abend auch gesagt. Ich meine, wer zum Teufel würde sich denn um ihn kümmern, wenn sie ihn tatsächlich verlassen würde?«

Sie ist jetzt voll in Fahrt. Ich lehne meinen Kopf gegen das Fenster. Ich merke, daß Paul und ich aus ihren Gedanken verschwunden sind. Auf die Seite geschoben von ihren eigenen, dringenderen Sorgen.

»Ja, ich habe ihm gesagt, daß er sich sein eigenes Leben von mir aus gern versauen kann, aber nicht meins. Ich muß diesen Sitz kriegen. Es ist meine letzte Chance. Ich bin jetzt siebenunddreißig. Frauen über Vierzig mögen sie nicht, auch wenn sie es natürlich nicht zugeben. Aber es ist so. Ich muß es diesmal einfach schaffen. Und, verdammt noch mal, ich verdiene diesen Sitz. Ich habe fast zwanzig Jahre meines Lebens damit verbracht, ihnen ihr verdammtes männliches Ego zu streicheln, nur aus diesem einen einzigen Grund, ganz zu schweigen von dem, was ich hier alles getan habe.«

»Es stimmt, was Martin sagt. Ich habe ihm geholfen,

reinzukommen. Ich habe die Spaltungen innerhalb der Partei für ihn geflickt. Ich habe sie alle rausgeholt, an die Öffentlichkeit. Ich habe die Presse für ihn mobilisiert. Manchmal hab' ich ihm sogar gesagt, was er sagen soll. Es stimmt, was er sagt, wenn er besoffen ist.« Sie räkelt sich selbstzufrieden in ihrem Sitz. »Ohne mich hätte er es nie geschafft. Ich war es, die für ihn die Wahl gewonnen hat.«

Ich persönlich glaube, daß sie unrecht hat.
Ich persönlich habe immer geglaubt, daß es Danny war, der Martin reingebracht hat.
Danny, Margarets Danny, der immer vorangegangen ist, wenn sie durch den Wahlbezirk stampfte, ein Berg, der sich langsam und müde, aber immer mit einem Lächeln voranbewegte.
Danny, ein Geschenk des Schutzheiligen der Parteiabgeordneten, zwei Wochen zu früh geboren, fünf Tage vor der Wahl.
Danny, gesund und munter geboren, ein bißchen runzlig zwar, aber schon jetzt mit einem Lächeln für die Kameras.
Danny, der auf die Welt kam und Ausschau hielt nach seinem Vater, der nicht aufzufinden war, weil er noch immer irgendwo da draußen umherzog, um Stimmen zu werben, obgleich es spät war. Als es geschah, hielt er gerade den zum Parteiübertritt Bekehrten eine Predigt und diskutierte mit ihnen unter der abgewetzten russischen Fahne, die der Matratze auf dem Boden, die schon immer Jos Doppelbett gewesen war, als Decke dient, über die Notwendigkeit von Abrüstung.

10

Virginia Woolf hat einmal gesagt, Leben verlaufe nicht so gleichmäßig wie eine Reihe Straßenlaternen.
Aber Virginia Woolf hatte auch nie The Green gesehen.

Damals hatten die Immobilienmakler gerade voller Stolz die Fertigstellung einer exklusiven modernen Wohnanlage verkündet, die aus acht eleganten und vornehm ausgestatteten Häusern für gehobene Ansprüche bestand, mit vier Schlafzimmern, eins mit eigenem Bad, luxuriös ausgestatteter Küche mit Frühstücksraum und angrenzender Anrichte, einem geräumigen Wohnzimmer mit übergehendem Eßzimmer, einem Kamin aus Natursteinen und einem großen Blumenfenster, das Ganze in einer naturbelassenen grünen Landschaft gelegen, die diesem Entwicklungsprojekt ein frisches Ambiente von Ländlichkeit gab.

Michael und Helen kauften die Nummer Fünf, nachdem ihr Steuerberater sie gedrängt hatte, eine höhere Hypothek als nötig aufzunehmen. Das Haus Nummer Fünf wurde als letztes verkauft, ohne ersichtlichen Grund, da alle Häuser einander völlig glichen, jedes mit einer Lampe an der Haustür, zwei schwächlichen kleinen Bäumen auf dem Rasen und mit dem großen Blumenfenster, das in die Nacht starrte wie die Leinwand eines Autokinos.

Heute abend enthüllen die offenen Vorhänge von Nummer Fünf, das früher Helen und Michael gemeinsam gehörte, jetzt nur noch Helen allein, die Wahrheit über Partys. Von draußen sehen sie alle gleich aus. Die Gäste thronen auf den Sessellehnen und den hohen Barhokkern, oder sie lümmeln sich gegen die schmiedeeisernen Verzierungen der offenen Treppe, als wollten sie die unbequemste und mißlichste Position im ganzen Haus herausfinden. Sie kleben gleichzeitig an der äußeren Umgrenzung der Räume, als fürchteten sie, jeden Augenblick gebeten zu werden, sich auf irgendeine gesellschaftlich geächtete Weise zu produzieren.

»Warum tanzen sie denn nicht?« zischt Helen in einem Anfall von Verzweiflung.

Sie tanzen nicht, weil die Musik nicht einladend genug ist. Dünn, und nicht gerade aufregend plärrt sie aus einem Radiorecorder, der einzigen Musikquelle im Haus, seit Helen zugestimmt hat, die Stereoanlage für den Kühlschrank und die Waschmaschine herzugeben.

Tatsächlich hatte Michael, großzügigerweise, wie ich fand, angeboten, sie für die Party zurückzubringen, aber Helen hatte leichtfertig abgelehnt: »Das geht schon so, Michael. Die Bänder reichen völlig. Das wird niemandem auffallen, wenn sie alle erst ein bißchen getrunken haben.« Leider trinken die Gäste jedoch mit bewußter Zurückhaltung. Denn über der Party liegt eine etwas unglückliche, leblose Atmosphäre, und die Gäste, die das instinktiv bemerken, denken bereits an ihre Flucht. Die Schamloseren unter ihnen sind schon im Flur, wo sie Munterkeit vortäuschen, ihre Gläser austrinken und sich an der Aussicht, einmal früh nach Hause zu kommen, begeistern.

Denn die Musik, die in der Ecke vor sich hindudelt, ist nicht die Ursache, sondern ein Ausdruck für die Krankheit, unter der dieser Abend leidet.
Sie bläst wie aus dem letzten Loch, ein scheppernder Abschiedsgruß, der langsam und schmerzhaft von der niederdrückenden Verantwortung erstickt wird, Helens erste eigene Party zu einem umwerfenden Erfolg werden zu lassen.

An einem Samstagabend der ersten berauschenden Monate, als sie und all die anderen jungen Paare gerade erst eingezogen waren, gaben Helen und Michael eine gemeinsame Party, ein Grillfest, an einem milden Abend im Spätsommer, draußen auf dem Rasen, wo noch immer eine kleine, braune Stelle zu sehen ist, weil das Gras seitdem nicht mehr nachgewachsen ist.
Denn dieser Abend war entgegen allen Erwartungen in einer totalen Katastrophe ausgeartet, obwohl die Gästeliste völlig neue Normen für gesellschaftliche Homogenität aufgestellt hatte.
Entgegen allen Erwartungen stritten sich die Freunde des Rechtsanwalts von Nummer Sieben mit den Freunden des Immobilienmaklers von Nummer Drei, während der regionale Verkaufsdirektor für Haushaltsgeräte von Nummer Sechs für den Gründer der Firma für Mikroelektronik von Nummer Zwei so wenig Sympathie aufbrachte, daß er ihm um drei Uhr morgens einen Kinnhaken gab.
Michael, der die Frau von ersterem in horizontaler Umarmung mit letzterem auf einem Stoß Teppiche in der Garage von Nummer Vier antraf, hielt dies für den

wahrscheinlichsten Grund für ihre Meinungsverschiedenheit statt des von ihnen genannten, der den Umgang der Regierung mit Subventionsgeldern betraf.
Auf jeden Fall hat es danach nie wieder eine gemeinsame Party gegeben. Jeder veranstaltete seine eigene Party, getrennt und für sich, und verfolgte von da an durch das Blumenfenster über den weiten Rasen hinweg jeweils die Partys, zu denen er nicht eingeladen war.

Jennifer ist hier.
Helen hatte sie angerufen, um sie einzuladen, und gesagt: »Bitte sag es auch Rose, ja? Das erspart mir einen Anruf.«
Ja, Jennifer ist hier, natürlich mit David, sie sitzt zu seinen Füßen und hat einen Arm liebevoll auf seine frisch gebügelte Hose gelegt.
Ihre Stimme ist ein sanftes, murmelndes Adagio von Fragen und bewundernden Bemerkungen auf seine Antworten.
Während er spricht, dreht er sich mit seinen schlanken, wohlgestalteten Fingern eine Zigarette, die langen Beine bis zum Kamin ausgestreckt, der wie ein Granitfelsen in der Wand glüht und den Versuch des kleinen Feuers, Fröhlichkeit aufkommen zu lassen, im Keime erstickt.
Ich bin hier. Aber Paul nicht. Paul natürlich nicht.

Es gibt ein ungeschriebenes, aber streng eingehaltenes Gesetz, und das besagt, daß man seinen verheirateten Liebhaber nicht zu der Party einer Freundin mitnimmt, vor allem schon deshalb, weil er mit ziemlicher Sicherheit sowieso nicht hinkommen wird.
Wer sich selbst davon überzeugen will, sollte bei näch-

ster Gelegenheit auf einer Party eine schnelle Befragung unter allen intelligenten, vorzeigbaren Frauen durchführen, die ohne männliche Begleitung erschienen sind, denn dann wird sich sehr bald herausstellen, daß ein erheblicher Prozentsatz von ihnen nur aus Höflichkeit gegenüber einem verheirateten Geliebten solo erschienen ist.

Dabei legen sie ein beherrschtes und würdevolles Verhalten an den Tag, wie beispielsweise der Abend für sie nach einem vorbestimmten Zeitplan abläuft. Sie sind vorprogrammiert. Sie waschen ab und trocknen ab. Ihnen ist es zu verdanken, daß immer saubere Gläser da sind. Man kann sie ständig dabei beobachten, wie sie aufräumen, ganz unauffällig, wie sie die schmutzigen Teller abräumen und den geplünderten Eßtisch wieder in Ordnung bringen. Sie mischen sich wortlos und unbemerkt unter die anderen Gäste, heben hier eine brennende Zigarette, dort ein zerbrochenes Glas unter den Sohlen barfüßiger Tänzerinnen auf. Oder sie holen für Gäste, die gehen wollen, die Mäntel und begleiten sie anstelle der Gastgeberin, die gerade in der Küche damit beschäftigt ist, den Ehemann einer anderen abzuknutschen, nach draußen. Am bemerkenswertesten dabei ist, wie es diese modernen Cinderellas schaffen, den Eindruck zu vermitteln, das Leben und die Seele der Party gewesen zu sein, sich dabei gründlich amüsiert zu haben, während sie doch in Wirklichkeit den gesamten Abend mit dem Blick auf die Uhr verbrachten, ihren Zeiger vorantrieben, und mit Hilfe der selbstauferlegten häuslichen Pflichten ihre Langeweile zu vertreiben suchten.

Helen hat Ray und Sandra, Michael und Kathy eingeladen. Aus ebendem Grund. Weil sie glaubte, es tun zu müssen. Weil sie glaubt, dies sei die richtige Art, es sei zivilisiert, ein Erwachsener habe sich so zu benehmen, daß man alles, was geschehen ist, behandelt, als wäre es völlig natürlich und normal.
Nur, daß manche Dinge schiefgehen. Das passiert ständig. Man ordnet diese Menschen nach einem Schubladenprinzip ein. Man präsentiert sie mit ihren Rollen in diesem kleinen, durch und durch zivilisierten Stück. Und dann fallen sie aus dem Rahmen und verderben alles.
Zum Beispiel weigert sich Sandra, als unterdrücktes, glanzloses kleines Weibchen aufzutreten.
Diese Rolle steht ihr einfach nicht, das ist das Problem. Zum einen ist sie nicht klein. Sie ist groß, größer als Ray, viel größer als Helen.
Sie trifft an Rays Seite ein, eine gutaussehende, schillernde Amazone mit einer langen Bluse in Silber und Pink, die in Falten bis über ihre Hüften fällt und vorn eng ansitzt, um einen herrlichen Ausschnitt zur Schau zu stellen.
Zwischen den wunderschönen Brüsten und an ihren Armen und Ohren hängt dicker goldener Schmuck. Ihre Bewegungen gleichen denen einer antiken Königin, die sich auch in Gefangenschaft nicht versklaven läßt.
Trotzdem, trotz all diesen Dingen ist es ihr Lächeln, das einem zuerst auffällt, ein erstaunliches Lächeln auf ihren weit geöffneten Lippen, die hell und weich und rosig sind, vage und unbestimmt, aber zugleich absolut zielbewußt.

Es ist Helens Geburtstag.
Von den Müßiggängern in der Halle eingerahmt, hält Sandra lächelnd ein kleines, festlich verpacktes Geschenk in der ausgestreckten Hand.
Sie beugt sich von ihren hohen Absätzen herunter zu Helens Gesicht mit der Andeutung eines Küßchens, flüsterleicht, darauf bedacht, die rosige Vollkommenheit ihrer Lippen nicht zu zerstören und ihren sorgfältig gebastelten Seelenfrieden nicht zu stören.
Als sie sich wieder aufrichtet, stehen sie sich einen Augenblick gegenüber, Sandra hoch auf ihren Absätzen, eine Farbenpracht, die Helen in den Schatten stellt und nicht nur klein, sondern sogar ziemlich dürftig aussehen läßt. Ich erinnere mich, daß Helen einmal gesagt hat: »Wirklich, diese Frau ist aufgetakelt wie ein Weihnachtsbaum«, und sie schnaubte dabei verächtlich durch die Nase wie jemand, deren Hüften schlank und deren Schultern eckig sind, jemand, der durchaus den diskreten Charme von Beige, Grau und Kamelhaar kennt, aber, wie ich jetzt glaube, wenn ich die beiden zusammen vor mir sehe, nicht dazu gebracht werden sollte, diesen Charme hier, im eigenen Haus, gegen jene hinreißende, exotische Schönheit einzusetzen.

Ja, es ist Sandras Lächeln, das auf Partys die Menschen an ihre Seite bringt. Sein Strahlen wandert wie ein Scheinwerfer quer durch den Raum, hellt die Menschen auf, erfüllt sie mit einem Gefühl der Verpflichtung gegenüber diesem unverlangten, aufflammenden Licht.
Jetzt sitzt sie völlig entspannt, eins ihrer langen Beine über das andere gelegt, mit weit übers Knie hochge-

rutschtem Rock neben einer erschöpft aussehenden jungen Frau und unterhält sich mit ihr über die Probleme mit ihrem gerade geborenen widerspenstigen Mädchen. Sie schüttelt mitfühlend den Kopf, nippt an ihrem Glas und lächelt, und erzählt ihrerseits der Frau von ihrer eigenen Tochter, von der Tochter, die sie nur drei Monate lang in sich getragen hatte, von der Tochter, über die sie so aufgeregt war, daß sie zu Ray ins Büro lief, um ihm davon zu erzählen, von der Tochter, die sie danach verloren hatte.

»Natürlich wußte ich es nicht«, sagte sie ruhig, mit Würde, ohne übermäßige Emotionen, »aber ich hatte immer das Gefühl, es sei ein Mädchen gewesen.«

Die junge Frau hat dunkle Ringe unter den Augen. Bevor Sandra kam, wollte sie schon nach Hause gehen. Jetzt möchte sie bleiben. Etwas an Sandra, etwas in ihren Augen, in ihrem Lächeln oder in ihrem Busen, sagt: »Ja, es ist schrecklich, aber so ist das nun mal. Ehrlich, am Ende haben wir nur uns selbst, und in gewisser Hinsicht ist die Frau auf merkwürdige Art zufrieden.«

Sie schickt ihren Mann los, um noch Wein zu holen. Für sich und für Sandra.

Ja, es kommt mir so vor, als habe Sandra etwas an sich, eine Wahrheit, von der Ray Helen erst noch erzählen muß, eine Wahrheit, die in ihre goldene Haut eingeritzt und in ihr gefangen ist, in der Sternenpracht ihrer Haare und in ihrem herrlichen, weiten, rosa Lächeln.

»Nimm deine Arme aus dem Wasser, Rose. Ich möchte mit dir übers Geschäft reden.«

Natürlich will er das nicht. Er möchte über Helen reden.
»Sie ist unglücklich.«
»Natürlich ist sie unglücklich.«
»Ich möchte, daß du dich um sie kümmerst.«
»Sie ist kein kleines Mädchen mehr. Sie kann auf sich selbst aufpassen.«
»Ich liebe sie, das weißt du doch.«
»Natürlich.«
»Aber im Augenblick ist alles etwas schwierig.«
»Das kann ich mir denken.«
»Es ist wegen der Jungen. Ich kann sie nicht verlassen. Auf jeden Fall jetzt noch nicht.«
»Und Sandra auch nicht.«
»Ach, Sandra.«

Ich habe Ray nie betrunken gesehen. Er trinkt gleichmäßig, erreicht eine Ebene, auf der er ausruht, verliert nie seine Klarheit, wird aber nachlässiger und bitter und mit jedem weiteren Glas ungeduldiger. An diesem Punkt ist er jetzt angelangt. Seine Stimme klingt ziemlich abweisend. Er lehnt den Kopf nach hinten gegen die Wand.
»Sandra langweilt mich.«
»Ja?«
»Du glaubst mir nicht?« Die Lider seiner schweren Augen heben sich ein wenig, während er das fragt.
»Ich glaube, das ist nur die halbe Wahrheit.«
»Sie bringt mich noch zum Wahnsinn. Aber die Ehe ist etwas Merkwürdiges.«
Mit zusammengekniffenen Augen starrt er auf das Glas in seiner Hand, seine Stimme wechselt verlegen zwischen ehrfürchtiger Scheu und Spott.

»Einmal, es ist schon sehr lange her, da kam ich mal unerwartet nach Hause. Es war mitten am Tag. Sie lag auf dem Sofa. Mark schlief auf ihrer Brust. Benjamin hockte neben ihr auf dem Fußboden und sah sich ein Buch an. Sie streichelte seinen Kopf, obgleich sie schlief. Mir stockte der Atem. Ich weiß nicht warum. Verrückt. An was man sich alles erinnert.«

»Ich glaube, du willst Sandra überhaupt nicht verlassen. Vielleicht liebst du Helen, aber du willst sie nicht heiraten.«
»So einfach ist das nicht.«
»Das ist es nie.«
»Auf jeden Fall, ich bin mir gar nicht sicher, ob ich überhaupt weiß, was ich will.«
»Aber du weißt, was du nicht willst, und du willst Helen nicht in der Küche haben, denn dort landen alle Frauen, wenn sie mit einem Mann zusammenziehen, egal wie sehr sie sich dagegen wehren. Nein, du willst sie, wo sie jetzt ist, im Büro neben deinem Büro, den ganzen Tag und damit beschäftigt, für dich Geld zu verdienen.«
»Du bist mir zu klug, Rose, das hab' ich schon immer gesagt.«
»Nichts macht dich mehr an als eine Frau, die tüchtig ist.«
»Komm zu uns zurück, Rose. Mir ist gerade klargeworden, wie sehr ich dich vermisse.«
»Und abgesehen von allem anderen brauchst du keine neue Frau. Du hast doch eine, die völlig in Ordnung ist.«
»Jetzt wundere ich mich selber. Ich hatte geglaubt, daß du zu Helen halten würdest.«
»Das tu ich ja, Ray. Glaub mir. Das tu ich.«

»Du findest das alles nicht gut, nicht wahr, Rose?«
»Ich bin mir gar nicht mehr so sicher, ob ich eigentlich weiß, was ich gut finde.«
»Das sieht dir gar nicht ähnlich, Rose.«

»Was werde ich also tun?«
»Wahrscheinlich das, was die meisten Männer in deiner Situation tun würden.«
»Und das wäre?«
»Nichts. Absolut gar nichts.«

Im Flur gibt es jetzt Küsse, auffällige Küsse, für die Öffentlichkeit bestimmt. »Siehst du, wie leicht es ist, alles sind nur Küsse.« Küsse für Michael und Kathy, die gerade eingetroffen sind.
»Michael, mein Alter«, sagt Ray und schlendert mit einem Glas in der Hand hinter Helen her.
Neben Michael steht Kathy, hübsch und blaß und noch immer mit ihrem Babyspeck, während sich ihre Hand vertrauensvoll in seine schiebt.
Sie sagt nichts, ihre Augen huschen ständig zu seinem Gesicht, als befände sie sich in einem fremden Land, dessen Sprache sie nicht kennt, und als müsse sie sich darauf verlassen, daß er für sie das Wort ergreift.
Andy hatte recht. Kathy ist »nett«, nett und süß und all die anderen Dinge, die schon längst nicht mehr in Mode sind, Wörter, die früher einmal leicht von der Hand gingen, Komplimente, die heute aber nur noch schwer zu fassen sind.
Ja, Kathy ist süß und nett und in Michael verliebt. Und wer wollte es Michael verdenken, sich seinerseits in so-

viel Süßigkeit und Nettigkeit zu verlieben, die allein ihm gewidmet ist?
Hand in Hand gehen sie, bleiben in einer offenen Tür stehen und lachen. Da fällt Michaels Blick auf Sandra. Eine Sekunde lang wird sein Gesicht rot vor Scham, dann legt er den Arm um Kathys Taille und zieht sie zart und sittsam an sich, als wäre sie eine Heilige, hätte ihn irgendwie errettet, als wäre ihre Liebe in all ihrer Reinheit nichts als eine Sühne für all das Schreckliche, was er Sandra antat.

»Rose, ich *muß* mit dir sprechen.«
Es ist Jennifer, die ganz atemlos vor Aufregung oben auf der Treppe steht.
»Es ist wegen David. Er hat etwas Neues angefangen.«
Ihre Wangen sind leicht gerötet, und ihre Augen strahlen vor Liebe.
»Ich muß es dir erzählen. Ich kann es nicht für mich behalten. Wirklich, es ist eine *brillante* Idee.«
Ihre schöne Stimme scheint die Worte hoch ins Licht zu halten, um Ströme von Bewunderung und Verehrung hineinzulegen.
»Es ist wie ein Modelroman.«
Die letzten Worte stößt sie wie im Triumph aus, sie hebt stolz den Kopf, und ihre Augen strahlen.
»Jedes Kapitel ist in sich geschlossen, Rose«, sagt sie und begleitet ihre Worte mit einer eleganten Handbewegung, um ihnen Nachdruck zu verleihen.
»Jedes kann für sich allein stehen. Das bedeutet, daß sie in jeder beliebigen Reihenfolge gelesen werden können. Der Leser kann sie herumbewegen. Er oder sie kann sich

Anfang, Mitte und Ende selbst aussuchen. Ganz nach Wunsch. Und so die Handlung selbst bestimmen.
Du weißt doch, was das bedeutet, Rose?« fragt sie ein wenig ungeduldig, während sie mich einen Augenblick scharf ansieht.
»Hm . . . nein, ich weiß nicht. Ich glaube nicht, daß ich es weiß.«
»Damit werden fundamentale Fragen aufgeworfen, die das gesamte Genre betreffen. Der Leser bekommt eine existenzentscheidende Verantwortung. Es ist im wahrsten Sinne des Wortes existenzialistisch.
Der Roman als solcher wird damit zu einer neuen Blüte steigen, Rose.«

Ich ging die Treppe hinunter und dachte, das konnte nur David gesagt haben. Ich wette, David hat das gesagt, als es an der Haustür polterte und Martin quasi hereingefallen kam, ein sehr betrunkener Martin, sehr rüpelhaft, aber auch sehr beschämt über den Ton seiner Stimme, mit der er Jo anbellte, die über den Flur ging: »Wo du hingehst, Baby, werde auch ich hingehen.«
»Baby«, sagte er noch einmal und kam in die Halle gewankt, voll gespielter Tapferkeit und doch voller Furcht, an dem Tag, an dem er sie liebte, sterben zu müssen: »Wo du hingehst, werde auch ich hingehen.«
Er torkelte auf sie zu, wollte seinen Arm um ihre Schultern legen, aber sie schüttelte ihn ab wie einen überflüssigen Mantel an einem warmen Abend.
Jetzt steht er mitten im Zimmer, unglücklich und einsam, dreht langsam den Kopf von einer Seite auf die andere wie ein verwundetes wildes Tier, während sie die Tafel

mit den welkenden Salaten und dem immer härter werdenden französischen Brot plündert.
»Was ist denn passiert?«
»Er hat mich abgefangen, als ich gerade das Haus verlassen wollte. Fuhr in einem Taxi vor und fing an, auf der Straße herumzuschreien. Er hat die Kinder von nebenan aufgeweckt. Ich mußte ihn ins Haus bringen.«
Sie beißt in das Brot mit Pastete, zieht mit ihren scharfen, starken Zähnen verächtlich ein Stückchen herunter.
»In der ganzen Straße haben sich die Gardinen bewegt. Ich weiß gar nicht, was ich mit ihm tun soll. Er ist natürlich völlig übergeschnappt.«
Martin, der wirklich sehr betrunken ist, braucht jemanden, mit dem er reden kann. Und wenn Jo ihm den Gefallen nicht tut, dann muß er sich jemand anderen suchen. Wie durch einen schrecklich glücklichen Zufall fällt sein Blick auf Kathy.
Sie sitzt in einem niedrigen Sessel in einer Ecke des Zimmers, hat die Ellbogen auf die Knie gestützt und starrt verträumt in die Ferne, während sie Michael ansieht, der ihr einen Orangensaft bringt.
»Hallo, kleines Fräulein«, ruft Martin mit seiner dröhnenden »großer böser Wolf«-Stimme, wankt zu ihr und läßt sich in den Sessel fallen, der eigentlich Michael gehört.

Ja, Martin ist ziemlich betrunken. Und er ist deswegen auch ziemlich zerknirscht. Aber er findet immer noch Entschuldigungen für sich. Er redet sich ein, sehr unglücklich zu sein und daß diese tragische Stimmung, die er sehr genießt, seine Betrunkenheit um so törichter erscheinen läßt.

Der Alkohol hat in seinem Kopf jenen Selbstverteidigungsmechanismus ausgelöst, der alle Enttäuschten vor Verletzungen und Demütigungen schützt, indem er sie davon überzeugt, daß nicht die Langeweile des Alltags es bewirkt hat, die nicht gerade aufregende Realität eines ungenügend liebenden Menschen, den geliebten Menschen nun verloren zu haben, sondern die Einmischung irgendeiner äußeren Kraft verantwortlich zu machen ist, Gott oder das Schicksal, oder zumindest die tragische Unfähigkeit des Menschen, zwei Menschen gleichzeitig zu lieben.

»Es wäre nie gutgegangen«, murmelt er jetzt, an Kathy gerichtet.

Für Martin, diesen tragischen Helden, ist Kathy weniger eine Person als vielmehr eine Gestalt, eine Form, ein Wesen, eine geisterhafte Erscheinung, der er alles beichten muß. Und das tut er dann auch. Er erzählt ihr alles.

Er erzählt ihr, wie er das erste Mal mit ihr ins Bett gegangen ist, in der Nacht, als Danny gezeugt wurde, wie sie das Haus betreten und ihre Sachen abgeworfen hatten. Wie sie füreinander geschaffen waren, seit Monaten schon. Wie sie jede Vorsicht außer acht gelassen hatten. Wie sie schwanger geworden war.

Die Worte sprudeln in genuschelten Ausbrüchen aus ihm heraus, seine Hand streicht über Kathys Sessellehne und klopft ihr gelegentlich auf die Schulter, um seinen Worten Nachdruck zu verleihen.

Arme Kathy.

Ihr heimliches Lächeln ist völlig verschwunden und ihre pralle Schönheit zusammengesunken. Ihr Gesicht ist vielmehr ein Anblick des Schreckens, ihre Wangen, die sonst

apfelrot glühen, sind jetzt so weiß wie ihr Rüschenkragen.
Ihre Kinder-Fäuste falten sich krampfhaft in ihrem Schoß zu einem Gebet um Michaels schnelle Rückkehr.
Aber als es schließlich soweit ist, tut er nichts, um sie zu retten. Zu ihrem Kummer beteiligt er sich nicht einmal und unternimmt nicht das geringste, um Martins geschmacklose Erinnerungen zu bremsen.
Nein. Er reicht ihr nur das Glas, lächelt ermutigend und tritt dann zurück, um wie ein respektvoller Höfling schweigend, aber aufmerksam seinen Platz neben ihr einzunehmen.
Sie will sich zu ihm wenden, ihm einen verzweifelten und flehenden Blick zuwerfen, aber Martins Gesicht, dicht vor ihr und sie fast berührend, verhindert die kleinste Bewegung ihres Kopfes, so daß es ihr unmöglich ist, Michaels Blick einzufangen, während sie, schlimmer noch, Martins Whiskyatem ertragen muß.
Und so starrt sie, unbeweglich und von Entsetzen gepackt, geradeaus, ohne den Ausdruck unkritischen Entzückens auf Michaels Gesicht zu sehen, während dieser sich noch ein wenig dichter an sie heranschiebt, damit ihm Martins Worte nicht entgehen, der jetzt zum Schluß kommt und unter der Schwere des Whiskys und der Feierlichkeit seiner eigenen Ausführungen fast zusammenbricht.
»Will sich scheiden lassen«, hört er. »Weiß alles über uns.«
Armer Martin. Mit Augen voller Tränen sieht er immer noch nur Kathy an.
Er lehnt sich zurück, seine Augen starren auf ihren Rock,

an dem ein Tropfen seines Whiskyspeichels funkelt wie ein Diamant.
Und dann lächelt er unsicher, sieht sie an, als bemerke er sie das erste Mal, auf eine freundliche, aber abwesende Art, als sei er sich doch nicht ganz sicher, wen er vor sich hat.
Er beugt seinen Kopf zurück und blinzelt, versucht, Kathy deutlicher ins Bild zu bekommen. Und dann zuckt er mit den Schultern, lächelt nichtssagend, hebt sein Glas, prostet ihr zu und trinkt den letzten Schluck seines Whiskys.
»Eine wunderbare Frau, Margaret“, sagt er aus keinem ersichtlichen Grund und fällt dann in sich zusammen, quer über Kathys Schoß, die zuerst angewidert zurückweicht, dann laut aufschreit und dabei ihren Orangensaft über ihren blassen Baumwollrock schüttet, auch über Martin, der schlaff wie eine Leiche von ihren Knien rollt und vor ihren Füßen auf dem Boden bewußtlos liegenbleibt.

Ich half Jo, Martin zum Wagen zu bringen, wir trugen ihn, der halb bewußtlos war und ununterbrochen vor sich hinmurmelte, zwischen uns.
Während wir ihn mühsam weiterschleppten, seine Arme um unsere Schultern, die Beine am Boden entlang schleifend, erzählte ich ihr, was er zu wem gesagt hatte.
Sie fluchte zwischen zusammengebissenen Zähnen, und als wir zum Auto kamen, stieß sie ihn grob auf den Rücksitz, auf dem er umkippte und sofort anfing zu schnarchen.
Sie wollte nicht, daß ich mit zu ihr nach Hause fuhr.

»Aber wie willst du ihn denn dort aus dem Auto bekommen?« fragte ich.
»Gar nicht. Ich lasse ihn drin«, sagte sie grimmig und drehte mit einem wütenden Ruck den Zündschlüssel herum. »Dann kann er sich ausschlafen.«
Und dann kurbelte sie das Fenster hoch, stieß den Fuß auf das Gaspedal und donnerte davon.

Ins Haus zurückgekehrt, treffe ich Jennifer und Helen in der Küche, die die Köpfe zusammenstecken, während Helen Brot schneidet, und die Intimität des bösen weiblichen Gekichers genießen.
Die Quelle ihrer Belustigung sitzt im Wohnzimmer und unterhält sich mit übertrieben entspannten Beinen und hochgerutschtem Rocksaum mit David.
Sandra sitzt in ihrem Sessel, schlägt lässig die Beine übereinander und ist eifrig bemüht, ihm trotz ihres ziemlich betrunkenen Zustands Fragen zu seinen Gedichten zu stellen.
Ihrem strahlenden Lächeln begegnet er noch immer mit leisem Wohlwollen und altväterlich gespitzten Lippen, mit denen er sie in kurzen schlaffen Ausbrüchen bedenkt, wenn er beim Drehen einer Zigarette an den weniger komplizierten Etappen den Kopf hebt.
Von der anderen Seite des Zimmers, an die Wand gelehnt, beobachtet Ray über den Rand seiner Brille hinweg die beiden; sein dunkelbraunes Gesicht ist vor Zorn noch dunkler als sonst, seine Augen sind zu zwei funkelnden Schlitzen verengt, in denen Liebe und Verachtung für Sandra steht.
»Reimen sie sich?« fragt Sandra.

»Zahlen sie sich aus?« schnarrt Ray.
Die Wut in Rays Stimme veranlaßt David, von seiner halb gerauchten Zigarette aufzublicken. Er rückt seine Brille zurecht, bringt sich in Haltung, rückt sein Lächeln zurecht, wechselt von Herablassung zu Höflichkeit.
»Sie reimen sich nicht«, sagt er und sieht von einem zum andern, »und mit Sicherheit zahlen sie sich nicht aus.«
»Als ich noch jünger war, habe ich auch Gedichte geschrieben«, sagte Sandra.
»O Gott.« Ray hält sein Glas an der Brust und lehnt den Kopf immer weiter zurück, bis seine halb geschlossenen Augen zur Decke blicken.
Sie rückt von ihm weg, konzentriert sich etwas wankend auf David. »Natürlich«, sagt sie. »Eine Menge Leute schreiben Gedichte, wenn sie unglücklich sind.«
»Um ehrlich zu sein«, sagt sie und trinkt einen großen Schluck und leckt sich hinterher laut die Lippen, »ich habe gerade wieder angefangen, Gedichte zu schreiben.«
Von der Wand ist ein wahrer Wutausbruch zu vernehmen, als Ray sich von ihr abstößt und zur Tür wankt, während die schweren Glieder seines Armbands mit lautem Klirren gegen sein leeres Glas klappern.
Sandra, die es vorzieht, nichts zu bemerken, beginnt mit einem Monolog, ihre Augen öffnen und schließen sich in abrupten, puppenhaften Bewegungen, wobei ihre Lider wie Fledermausflügel gegen die Halbmonde aus farbigem Puder unter ihren Augenbrauen schlagen.
»Natürlich schreibe ich nur für mich selbst«, sagt sie. »Ich meine, ich würde es niemandem zeigen. Aber es bedeutet mir etwas. Es hilft mir. Es gibt mir etwas. Und das ist das einzige, was wirklich zählt, oder?«

Und so redet sie immer weiter, und David spornt sie durch einfühlsame, aber nicht ernstgemeinte Bemerkungen an, bis sie ihn schließlich langweilt und er es leid ist, mit ihr Dichter zu spielen; wünschte, daß sie wegginge und Jennifer zurückkäme. Jennifer mit ihrem ganz besonderen Lächeln, voll Bewunderung, köstlich wählerisch, so ganz anders als Sandra, unter deren schonungslosem und kritischem Strahlen er zusammenzuschrumpfen und auszutrocknen beginnt.

Denn Sandra fängt nun an, abstoßend auf ihn zu wirken. Die Nähe ihres Ausschnitts und ihrer langen Beine stören ihn. Genauso wie ihr nachgebildetes Lächeln, rosarot in ihrem Glas gespiegelt, auf das er in schrecklicher Faszination starrt, während er gegen das wachsende Gefühl von Panik ankämpft.

Seine zarte Seele zittert, entsetzt über ihre unerträgliche Vulgarität, und ein Lächeln der Erleichterung zeigt sich auf seinen Lippen, als er Jennifer bemerkt, die an der Tür steht und spöttisch das Gesicht verzieht, woraufhin es ihm gelingt, sich zusammenzunehmen und eine witzige wie eine fragende Augenbraue zu erheben.

Jennifer, die ihn über Sandras Kopf hinweg spöttisch ansieht, setzt sich auf den Fußboden und besteht lautstark darauf, von dort nicht mehr wegzugehen.

Sie macht bewußt Konversation, spricht mit deutlicher, unhöflicher Stimme, wie jemand, der die Anstrengung und Mühe gerne spüren lassen möchte, die er nur darum auf sich nimmt, weil es die Party einer Freundin ist und weil diese hoffnungslos langweilige Frau eine so entsetzlich schlechte Ehe mit dem Liebhaber dieser Freundin führt.

Aber dann geht Sandra auch ihr auf die Nerven, sie will sie schließlich los sein und fängt an, in ihre Unterhaltung mit David unfreundliche, halb laut vorgebrachte Sticheleien einzustreuen.

Sandra versteht diese nicht. Aber Grausamkeit überträgt sich, und schließlich gerät das Lächeln, bis dahin groß und warm, ins Wanken und verzerrt sich zu Schmerz, wenn die bösartigen Nadelstiche ihre Trunkenheit und ihre angeborene, aber völlig wirkungslose Arglosigkeit durchbohren.

Sie steht auf und schwankt zur Tür, während ihr unerträgliches Lächeln sogar beim Abschiednehmen noch breiter wird und unter dem Geräusch gedämpften Gelächters verschwindet.

Sie geht zur Küche, ihre hochhackigen silbernen Sandalen klappern auf dem Parkett. Dort gießt sie sich ein weiteres Glas ein, gibt Gin und dann Tonicwasser hinzu und läßt ein paar Würfel aus dem Eiskübel hineinfallen. Dann dreht sie sich um, will gehen. Aber zu spät.

Denn auf dieser Party hat Sandra kein Glück.

Durch die Glastür, die die Küche bequemerweise mit dem Gemeinschaftsraum verbindet, sieht sie Ray und Helen in enger Umarmung.

Rays Mund liegt fest auf Helens Mund. Ihre Schultern bewegen sich gemeinsam vor und zurück, ihre Körper rücken in kleinen, langsamen Kreisen immer näher und näher zueinander.

Natürlich sind sie völlig mit sich beschäftigt. Natürlich sehen sie Sandra nicht. Aber Sandra sieht sie. Und beobachtet sie. Wie ein Voyeur.

Sie hebt das Glas an die Lippen und nimmt einen langen,

langsamen Schluck, ohne die Augen von den beiden zu nehmen. Und dann weicht sie langsam zurück, schiebt sich neben der Tür an der Wand entlang, bis sie aus ihrem Blickfeld verschwinden.
Dann bleibt sie einen Augenblick stehen, lehnt den Kopf zurück und schließt die Augen.
Ihr Mund, der nun nicht mehr lächelt, ist zu einem breiten Strich geworden, als bekäme sie keine Luft.
Sie richtet sich auf, macht ein paar zögernde Schritte vorwärts und stellt ihr Glas vorsichtig auf den Tisch. Sie tappt in das verdunkelte Wohnzimmer, bis an das andere Ende, weg von David und Jennifer.
Dort geht sie in die Knie, ihr Rock rutscht bis über die Hüften, als sie anfängt, um die Sesselbeine herum auf dem Fußboden zu kriechen.
»Kann ich dir helfen, Sandra?«
Es ist Michael, der neben Kathy sitzt und ihre Hand hält. Bekümmert zuckt sie vor seiner Stimme zurück, ihr Gesicht ist weiß und tot und voller Unglück.
»Nein, danke«, sagt sie und sieht ihm in die Augen. »Nur meine Handtasche.«
Dann, noch während sie ihn anstarrt, beginnen ihre Lippen an den Winkeln wie aus eigener Kraft zu zittern, als wären sie sich ihrer Qualen bewußt und bemühten sich, ihr darüber hinwegzuhelfen.
»Hier«, sagt Kathy, stolz und zufrieden, und hält ihr eine Tasche hin, die schwarz und gesteppt ist und glänzt und an einer langen, geschmacklosen Kette hängt.

Sandra geht über den Flur, sicher und zielbewußt, ihre Tasche schwingt von ihrer Schulter. Sie steigt mit ihrem

rhythmischen, schwankenden Gang die Treppe hinauf und kommt an die Badezimmertür, die sie aufstößt und dann mit einem hörbaren Schnappen des Riegels hinter sich schließt.
Dort öffnet sie den Reißverschluß der kleinen Tasche und kramt mit ihren langen rosa Fingernägeln darin herum, holt einen Beutel heraus, dessen Inhalt sie mit lautem Klappern in das Waschbecken schüttet.
Dann neigt sie sich nach vorn zum Spiegel, beugt ihren Körper, als würde sie beobachtet, tut, was zu Zeiten wie dieser von Frauen wie Sandra schon immer getan wurde und, wer weiß, auch immer getan werden wird.
Sie reibt frische Farbe unter ihre Augenbrauen, bestäubt sie fein und vorsichtig mit einem winzigen, weichen Schwamm. Sie nimmt die Wimpernspirale, zieht sie aus ihrem Behälter und färbt und bürstet ihre langen Puppenwimpern damit. Sie nimmt die Puderdose, öffnet sie und trägt mit einer Bürste den warmen Schimmer von Terrakotta auf ihre aschgrauen Wangen.
Und schließlich malt sie mit fester und ruhiger Hand ein neues Lächeln auf ihre schlaffen Lippen, ein Lächeln, das weich und rosig und wieder völlig entschlossen ist, ein unermüdliches Lächeln, ein Ersatzlächeln, gleich dem alten, das verlorengegangen ist, vielleicht sorglos unter einen Sessel gestoßen oder in den Teppich getreten wurde, ein frisches Lächeln für uns alle, für Ray und Helen, für Michael und Kathy, für Jennifer und David und für mich, die von der Treppe aus zurücklächelt.

Wissen Sie, sie wachte plötzlich auf und sah ihn dort stehen. Jedenfalls hat er mir das erzählt. Und ich glaube

ihm. Denn ich glaube, daß sie da und dann genau das gesehen hat, was ihr jetzt Mut macht.
Was sie sah, war ein nervöser, respektvoller kleiner Junge, der im Türrahmen lehnte.
Sie sah für einen kurzen Augenblick den Ausdruck von Liebe und Verwirrung auf seinem Gesicht, bevor dieser wieder verflog und er wieder ein Mann war. Sie fing diesen Ausdruck auf und ordnete ihn ein. Und das tut sie noch immer.
Und ich glaube, das gibt ihr den Mut, sich die Frage zu stellen, zehn Jahre lang, warum sie eigentlich aufgeben sollte.
Es bringt sie zu der Frage, warum alles aufgeteilt und kaputtgemacht werden sollte, nur weil Ray sich einbildet, eine andere zu lieben.
Diese zehn Jahre sagen ihr, daß alles sehr weit davon entfernt ist, verloren zu sein, sie sagen ihr, daß sie es festhalten kann, wenn sie nur durchhält. Wenn sie es will.
Und wer wollte beim Anblick dieses frisch gemalten entschlossenen Lächelns bezweifeln, daß sie den festen Willen hat, durchzuhalten?

11

Unsere kleine Reise nach Paris war schon fast so etwas wie Flitterwochen.

Zwanzig Jahre zuvor habe ich in einem Büro, dunkelgrün gestrichen und von Jahre altem Schmutz starrend, auf einer alten schwarzen Schreibmaschine Tausende solcher Flitterwochen auf die Tasten gehämmert. Es waren runde Tasten, die laut klapperten und manchmal steckenblieben. Ich habe auf diese *Weekly-News*-Bräute und ihre frisch angetrauten Bräutigame eingehämmert, die mit flachen runden Hüten, breitschultrigen Anzügen mit Pelzbesatz und dazu passenden Schuhen und Taschen und Handtaschen nach Paris fuhren.

Ich ermahnte mich selbst, nicht albern zu sein, zog aber trotzdem los und kaufte teure Schlafanzüge, seidig und in blassen Farben, Unterwäsche aus Satin, eine ganze Aussteuer.

Während ich auf dem Flughafen auf ihn wartete, bemühte ich mich, so gut es ging, alle romantischen Gefühle zu verbannen, weil sie mir unangebracht erschienen, vielleicht sogar unschicklich. Aber einer dieser dünnen Seidenträger spielte nicht mit und rutschte mir in schamloser Vorahnung des zu erwartenden Vergnügens von der Schulter.

Ich beobachtete ihn, als er hereinkam. Seine Schuhe

waren auf dem Marmorboden zu hören, in einer Hand hielt er eine abgewetzte Aktentasche, in der anderen eine kleine Reisetasche.
»Rose. Da bist du ja.«
»Paul. Tut mir leid. Ich hatte meine Nase in dem Buch. Ich habe dich gar nicht kommen sehen.«
In der Bar setzen wir uns wie Fremde, jeder an eine Seite des Tischs, wie ein Mann und eine Frau dasitzen, die von zufällig vorbeikommenden Freunden entdeckt und nicht in Zusammenhang gebracht werden.
»Komischer Zufall. Rose hat denselben Flug gebucht wie ich.«

Ich kippte schnell zwei Bloody Marys hinunter, und ein drittes Glas im Flugzeug.
»Willst du dich zu geistigen Höhen aufschwingen?«
»Das tu ich nicht zum Vergnügen. Sondern aus medizinischen Gründen. Ich kann Fliegen nicht ausstehen.«
»Nach den vielen Reisen, die du gemacht hast?«
»Das hat nichts zu bedeuten. Es ändert sich nie.«
»Wovor hast du denn solche Angst?«
»Wovor, glaubst du wohl, habe ich Angst, in dieser schwankenden kleinen Kiste, dreißigtausend Fuß über dem Boden? Vor einem Absturz natürlich oder davor, daß wir in der Luft explodieren oder mit einem anderen Flugzeug zusammenstoßen. Egal was. Du kannst es dir aussuchen. Mir macht alles angst.«
»Aber das ist doch völlig unlogisch. Du brauchst dir nur die Statistiken anzusehen.«
»Aber ich will mir keine Statistiken ansehen. Schließlich betreffen sie nicht das Flugzeug, in dem ich sitze.«

»Es ist viel wahrscheinlicher, daß du in deinem Auto umkommst.«
»Dann komme ich eben in meinem Auto um. Wenn ich die Wahl hätte, würde ich lieber in meinem Auto sterben. Nur zu gern. Unten am Boden. Um einen Baum gewikkelt oder an einer Wand oder von einem Lastwagen zermalmt. Alles. Solange es nicht in den Wolken ist, hier oben, in diesem Niemandsland über der Erde. Sterbend durch die Luft fallen, mit nichts, an dem man sich festhalten kann. Zusehen, wie die Welt in den letzten Sekunden meines Lebens auf mich zugestürzt kommt.«
Unser Liebesgeplänkel klang ein bißchen gezwungen. Das kam von der Angst. Angst vor einer allzu starken Bindung, Angst vor der Unerfahrenheit, Angst, daß wir auf einmal zwei Tage und zwei Nächte lang allein zusammen waren, mit nur ein paar kurzen Stunden im Bett.
»Wenn Gott gewollt hätte, daß wir fliegen«, sagte ich, lehnte mich in meinem Sitz zurück und sah ihn an, »dann hätte er uns Flügel gegeben.«
»Aber das hat er doch, Rose«, sagte er. »Sonst wären wir ja nicht hier oben, nicht wahr?«

Es war dunkel, als wir in Paris landeten, dunkel, bei kühlcm Wind und leichtem Nieselregen. Der Taxifahrer war eine Frau; mit einem großen deutschen Schäferhund auf dem Vordersitz, seine Nase lag auf seinen Pfoten und war uns zugewandt. Er knurrte sofort, wenn Paul eine Handbewegung machte, um auf irgend etwas zu deuten. Wir lachten, und die Frau lachte auch, und sie und Paul begannen ein Gespräch, dem ich nicht folgen konnte.

Ihre Stimme war tief und rauh und drückte selbst in der fremden Sprache lakonische Selbstsicherheit aus. Ihr kurzes dunkles Haar glänzte im Scheinwerferlicht der anderen Autos, und in ihren Ohren glitzerten winzige Diamanten. Ihr Blick begegnete mir im Rückspiegel, dunkel, schwarz gerändert und belustigt.

»Worüber habt ihr euch denn unterhalten?« fragte ich, als ich mich hinter ihm durch die Drehtür ins Foyer schob.

»Über den Hund«, sagte er. »Sie sagte, mit dem Hund habe sie niemals Angst.«

»Sie war attraktiv, nicht wahr?« sagte ich.

»Findest du?« Er runzelte die Stirn. »Ist mir gar nicht aufgefallen.«

Das Zimmer lag im Erdgeschoß, es roch ein bißchen nach Essen, das Fenster war vergittert und verriegelt, und seine Aussicht führte auf die schmutzigen Rückseiten anderer Hotels.

»In einem Roman«, sagte er, »würde ich uns ein Dachzimmer geben, mit offenem Fenster und Aussicht auf Ziegeldächer, die im Frühlingsregen glitzern.«

Er zog eine Weinflasche aus der Duty-free-Tüte, nahm einen Korkenzieher aus seiner Reisetasche, öffnete die Flasche und holte aus dem Badezimmer zwei Zahnputzbecher, in die er den Wein einschenkte.

»Macht nichts«, sagte er und stieß mit seinem Glas an meinem an. »Viel zu kalt, um das Fenster aufzumachen.«

»Und was hast du heute vor, Rose?« fragte er am nächsten Morgen, und seine Augen sahen mich blinzelnd

über seine französische Zeitung hinweg an, als wäre er mein Vormund und ich sein Mündel.
»Nur ein bißchen spazierengehen, schätze ich. Ehrlich, ich bin nicht der Typ für Museen und Touristenbesichtigungen und all das.«
»Völlig richtig«, seine Stimme war warm und voller Zustimmung, während er seine bauchige weiße Kaffeetasse zum Mund führte.
»Ich versuche den Leuten immer zu erklären, daß Paris absolut nichts mit dem Louvre oder dem Eiffelturm zu tun hat. Paris ist eine wunderbare Stadt, um darin spazierenzugehen. Allerdings dürfte das heute etwas schwierig sein. Es findet eine Demonstration statt, wie die Zeitung hier schreibt . . .«

Aber irgend etwas machte mir Sorgen. Es war schon die ganze Zeit in meinem Kopf, ganz weit hinten, nagte und winkte und bemühte sich, meine Aufmerksamkeit auf sich zu ziehen, seitdem er das erste Mal davon gesprochen hatte, mit mir nach Paris zu fahren. Jetzt war zwar nicht der richtige Zeitpunkt, aber ich dachte mir, vielleicht . . . wenn ich es behutsam anstellte . . .
»Woher kommt eigentlich deine Mutter?«
»Lyon.«
»Du hast also keine Verwandten in Paris?« Ich bemühte mich, meine Stimme gleichgültig klingen zu lassen, aber hinter dieser Gleichgültigkeit verbarg sich Hoffnung.
»O doch. Meine Lieblingstante wohnt sogar hier. Jo und ich haben früher immer die Hälfte unserer Sommerferien bei ihr verbracht.«
»Willst du sie nicht anrufen und sie besuchen?«

Ich sah ihn nicht an. Sondern griff nach der Butter und dem Glas, um mein Desinteresse zu demonstrieren. Anstatt zu antworten, hob er die Kaffeetasse hoch, um sich noch etwas Kaffee einzugießen, obgleich er wahrscheinlich gar keinen mehr wollte. Aber die Kanne war leer, und er drehte sich vergeblich nach einem Kellner um.

»Na ja . . . nein . . . ich glaube nicht. Dazu ist zu wenig Zeit. Das wird schwierig sein.«

»Wahrscheinlich fragt sie sich, warum du nicht bei ihr wohnst?«

»Nein, bestimmt nicht. Aber ich habe das Gefühl, daß ich wenigstens zum Essen hingehen sollte.«

»Das kannst du doch, wenn du es willst. Ich hätte nichts dagegen, einen Abend allein zu verbringen.«

»Sei nicht albern. Ich bin doch nicht nach Paris gekommen, um mit meiner Tante zu Abend zu essen.«

An diesem Punkt hätte ich aufhören sollen. Ich hätte seine Hand berühren und ein charmantes kleines Liebesspiel anfangen sollen, hätte ein warmes Lächeln aufsetzen und mich großzügig zeigen sollen. Ich hätte die ganze Sache mit »das stimmt« beenden sollen.

Statt dessen fragte ich: »Kennt deine Tante denn Monica?«

»Ja, das tut sie.«

»Wahrscheinlich war sie auf eurer Hochzeit?«

Ich bemühte mich, ganz beiläufig zu klingen, aber ohne Erfolg, wie ein Tänzer, der sich verletzt hat und aus der Übung ist, der einen Sprung oder eine Drehung versucht, es aber nur zitternd und ohne Anmut zuwege bringt, so daß, was leicht und mühelos aussehen sollte, zu einer grotesken Demonstration von harter Arbeit wird.

»Ja, war sie.«
»Monica muß sich gefragt haben, warum du jetzt nicht bei ihr wohnst oder zumindest Anstalten machst, sie zu sehen.«
Er faltete langsam und zögernd seine Zeitung zusammen, legte sie mit einem kleinen Seufzer des Bedauerns auf den Tisch.
»Das ist wirklich nicht der Rede wert, Rose. Ich habe ihr gesagt, daß ich sehr viel zu tun habe. Daß ich die Gelegenheit nutzen will, mich zurückzuziehen und ein neues Kapitel für das Conrad-Buch zu schreiben.«
»Weiß sie, wo du wohnst?«
»Ja. Das sage ich ihr immer. Für alle Fälle.«
Ich wollte mein Gesicht zum Lächeln bringen, mich umdrehen, um mir noch Kaffee oder ein Brötchen zu nehmen, aber ich konnte meine Augen von ihm oder von der einen Frage nicht losreißen, die in ihnen lag und sich mit den stummen, halb geöffneten Lippen nicht formulieren ließ.
»Sie würde mich niemals anrufen«, sagte er, um sie zu beantworten, und dann schüttelte er den Kopf, um mir zu zeigen, wie taktlos er diese Frage fand.
»Die Telefonnummer ist nur für den Notfall, wie ich schon sagte. Das wissen wir beide.«
Er nahm seine Zeitung vom Tisch und rückte seinen Stuhl zurück.
»Sie würde niemals anrufen«, sagte er noch einmal, schroffer diesmal.

Ich wußte natürlich, daß er recht hatte. Ich wußte, daß sie niemals anrufen würde. Das gehörte zu ihrer unausge-

sprochenen Vereinbarung, war Teil ihrer Abmachung, in der ich nun auch meinen Platz hatte.
Von denen, die *annehmen*, ihr Mann hätte eine Affäre, könnten manche vielleicht eines Nachts, etwa durch Alkohol ermutigt, in dessen Hotel anrufen, um sich zu vergewissern. Aber wer es, wie zum Beispiel Sandra, *weiß*, würde das nie tun.

Ich stellte ihn mir vor, wie er zu seinem Vortrag ging, mit schnalzender Zunge im Takt zu seinen Schritten ... verwirrt ... völlig unnötig ... wirklich überflüssig ... vielleicht war es doch keine so gute Idee gewesen ... vielleicht hätte er doch lieber bei seiner Tante wohnen sollen.
Ich konnte mir nicht helfen, aber er tat mir leid. Schließlich wollte er nichts anderes als ein angenehmes Wochenende, ein bißchen Ruhe und Entspannung zwischen dem akademischen Geplänkel.
Wir gaben uns über den Frühstückstisch hinweg einen Abschiedskuß und machten Späße, um unsere Unruhe zu verbergen.
Ich bestand darauf, ihm von der Hoteltreppe aus nachzuwinken, ihm Lebewohl zu sagen, in bester Absicht. Ich lachte und spielte die Närrin. Ich tänzelte um ihn herum und rief: »Viel Glück mit dem Vortrag«, und dann: »Du bist der Star«, und dann lief ich weiter und sang: »Du bist der Star, der Star«, als gehörte ich einer alten Schauspielertruppe an, in der ausgediente Heldinnen als Clowns überlebten.
Damals nannte man uns einen »Hanswurst«, wenn ich mich recht erinnere, oder einen »Tolpatsch«.

Die meisten Geschäfte vor dem Hotel waren noch geschlossen, mit Gittern versehen und zugesperrt, und die Straßen waren merkwürdig leer, als gäbe es keine Menschen.
Bei einem Kiosk, an dem die Zeitschriften hingen wie Fahnen, kaufte ich eine Zeitung. Der Zeitungsverkäufer war ein alter Mann mit dünnem, fahlem Haar, runzligem Gesicht und gelben, wäßrigen Augen, die hinter dem hochgeschlagenen Kragen eines viel zu großen, schäbigen Mantels starrten. Während ich in meinem Portemonnaie nach Geld kramte, fragte ich ihn in meinem armseligen Französisch, wo die Demonstration stattfände.
Aber er schrie mich an, »Non, non«, und begann mich heftig zu beschimpfen, riß mir die Münzen aus der Hand und warf sie in eine alte Tabakdose, wo er sie wütend mit den Fingern hin und her stieß, als er mein Wechselgeld zusammenzählte.
»Er sagt, Sie sollten nicht hingehen, weil die Demonstranten sich sonst ermutigt fühlten.«
Ich drehte mich zur Seite und sah einen jungen Mann, der gelassen und höflich und sehr gut aussah.
»Sagen Sie ihm, daß es mir leid tut. Sagen Sie ihm, daß ich nur cine Touristin bin.«
Der alte Mann zuckte mit den Schultern und verzog das Gesicht, als der junge Mann es ihm mitteilte. Er hielt mir das Wechselgeld hin und winkte mich fort, sein Handgelenk fuhr durch die Luft, und da sah ich dieses Zeichen darauf, verwischt und blaß, aber noch immer schockierend, so daß ich zu zittern anfing und mich umdrehte und schnell weglief, denn es war das erste Mal, daß ich so

etwas sah, und mir wurde ganz übel, und ich kam mir überflüssig vor hier an diesem Ort, und hilflos in einer anderen Welt.

Zuerst hörte ich die Musik, einen Opernchor, aufwühlend und vertraut, mit neuen, groben patriotischen Wörtern, von vollen anschwellenden Altstimmen gesungen. Ich wollte weglaufen, aber es war schon zu spät, denn alle Straßen führten immer wieder zu dem wehenden Fahnenmeer.

Sie sangen und riefen in Sprechchören beim Gehen, auf ihren Gesichtern lag beflissene Gleichgültigkeit, wie sie von Menschen zur Schau gestellt wird, die es nicht gewohnt sind, Aufmerksamkeit zu erregen, und die wissen, daß jetzt, dieses eine Mal, alle Augen auf sie gerichtet sind.

Und dann geriet der schwankende Zug plötzlich ins Stocken und stand.

Im vierten Stock eines Gebäudes, grau und vergittert, von dem die Farbe fiel, stand ein alter Mann auf einem winzigen Balkon mit einem Eisengeländer. Trotz seines hohen Alters stand er stocksteif und hoch aufgerichtet, mit erhobenem Kopf, während unter ihm eine große Trikolore vorbeizog.

Seine grauen Haare lagen flach am Kopf, sein Gesicht war grau vom Alter und völlig ausdruckslos. Er trug einen altmodischen Anzug mit breitem Kragen, Nadelstreifen in verstaubtem, von Mäusen angenagtem Schwarz mit einer ganzen Reihe bunter Medaillen und Bändern auf der Brust, das einzig Bunte, wie er so dastand, grau vor dem stahlgrauen Gebäude. Er hätte ebensogut eine Statue sein können, wenn er nicht eine dicke qualmende Zigarre in der Hand gehalten hätte, die er steif an seiner Seite hielt. Die Menschenmenge unten wurde immer größer, wurde langsamer, stolperte, blieb stehen, um zu ihm hinaufzustarren. Und dann begannen einige Leute hinaufzurufen: »Komm zu uns«, und: »Wir brauchen dich«, und er erwachte zum Leben.

Mit einer plötzlichen triumphalen Geste riß er beide Arme hoch, die eine Hand fuhr wieder hinunter, um die Zigarre in den Mund zu stecken, dann fuhr sie wieder hoch, höher als zuvor, weit ausgestreckt, und zwei Finger jeder Hand formten ein festes, grimmiges, entschlossenes V, das er über den Köpfen der Menge schüttelte, während er ihren Beifall entgegennahm und sie gleichzeitig segnete, die Segnung eines Helden.

In dem Foyer, das mit Marmorplatten ausgelegt war, stand der Tisch mit dem Schild »Information« leer, aber durch zwei schwere Eichentüren, die ein wenig offenstanden, drang eine Stimme, die ich trotz der fremden Sprache als seine erkannte.

Der Raum hinter den Türen war hoch, lang und alt und sah mit seinen Leuchtern und den in Goldrahmen gefaßten Gemälden und Marmorbüsten sehr schön aus. Die Zuhörer saßen alle mit dem Gesicht zum Podium, so daß mich niemand bemerkte, als ich mich leise hinten auf einen Stuhl setzte.

Er lehnte an einem Lesepult, das er mit beiden Händen umfaßte, während seine Stimme langsamer wurde und sich seinen Bewegungen anzugleichen begann. Dann trat er wieder einen Schritt zurück, steckte eine Hand in seine

Jackentasche, während er mit der anderen die Seiten seines Vortrags umblätterte.
Ich verstand nur wenig von dem, was er sagte. Aber ein Wort erkannte ich, die französische Redewendung, die der englischen sehr ähnlich war, die er so häufig benutzte, wenn er über Conrad sprach, die ihm auf Französisch sogar noch glatter und weicher über die Lippen kam als auf Englisch: »L'honneur, Monsieur. Mais l'honneur.«
Er sah gut aus und beeindruckend, und ich bemerkte, daß es ihm Spaß machte. Tagungen und Kongresse waren für ihn ein Genuß, den er auch ganz offen zugab, und er wahrte das Gesicht, indem er lieber über sich selbst lachte, bevor andere es taten.
»Ich liebe dies alles. Das Podium, den Pomp, das ganze Drumherum. Das gebe ich offen zu«, sagte er mit leuchtenden Augen, ohne sich seiner jungenhaften Begeisterung zu schämen.
So viele Male ist es ihm gelungen, die kleinen Besonderheiten seiner Persönlichkeit stets auf dieselbe Art und Weise als liebenswerte Verschrobenheiten erscheinen zu lassen.
Und genauso sieht er jetzt aus. Verschroben. Eindrucksvoll, ja, aber auf eine etwas exentrische und ganz und gar englische Art, mit seiner teuren, liebevoll abgetragenen Tweedjacke, die Sparsamkeit, aber trotzdem guten Geschmack zeigt. Seine wirren Haare beschämen all diejenigen, die vor ihrer Reise Zeit genug hatten, zum Friseur zu gehen.
Seine große Anziehung, wie mir erst in diesem Augenblick klar wurde, besteht einfach darin, daß er die ganze Zeit so aussieht, als machte er sich nichts aus allem, dieser

Mann mit seinem beharrlichen Fleiß, der den der meisten anderen Menschen bei weitem übertrifft.

Ich wäre so gern geblieben. Aber als er vom Pult zurücktrat, tief Luft holte, einen Finger auf die Oberlippe legte und ein langgezogenes »Also, fassen wir zusammen« von sich gab, stand ich schnell auf.

Ja, ich wäre gerne geblieben, und ich war traurig, daß ich nicht den Mut dazu hatte.

Ich wollte nach vorn gehen, wissen Sie. Ich wollte hören, wie er sagt: »Rose, wie schön, daß du gekommen bist.« Ich wollte, daß er seine Hand auf meinen Rücken legt und mich seinen Kollegen vorstellt.

Ich wollte, daß er sagt: »Das ist Rose ... eine gute Freundin«, so daß sie still lächelten, hinter ihren Händen, diese Männer von Welt, diese Männer des Geistes, damit sie insgeheim sagten: »Natürlich. Mais oui. Ein so wunderbarer Vortrag. Ein so intelligenter junger Mann. Das ist doch nur natürlich. Wenn man nach Paris kommt. Ohne eine Frau. Mon Dieu. Undenkbar.«

»*L'honneur, Monsieur. L'honneur.*«

Man vergißt die erstaunlichsten Dinge, wenn man von ihm, den man zu lieben glaubt, nach Paris eingeladen wird. Man vergißt wichtige Dinge. Dinge, die erwähnt gehören, Dinge, die Auswirkungen auf die Reise haben, sie komplizieren oder unmöglich machen, sie vielleicht sogar besser machen könnten, die aber auf jeden Fall besprochen werden sollten, bevor die Reise beginnt.

Beispielsweise vergaß ich zu erwähnen, daß ich Vegetarierin bin.

»Nicht einmal Fisch?«
»Nein. Ich dachte, das wüßtest du. Deshalb gibt es bei mir ja immer die Spaghetti Napoli. Hör zu, das ist überhaupt kein Problem.«
Aber das war es doch. Der Kellner klopfte mißvergnügt mit seinem Block gegen seinen Daumen. Er war alt, trug einen Frack und eine lange weiße Schürze und erinnerte mich an den alten Mann auf dem Balkon.
»Das wird dir gefallen«, hatte er gesagt. »Ausgezeichnete französische Küche. Und die Kellner sind prächtig. Manche schon uralt. Tragen noch immer die traditionelle Kleidung.«
»Das macht doch *überhaupt* nichts. Ich nehme eine Omelette. Eigentlich hätte ich sehr gerne eine Omelette. Ich meine, es wäre doch verrückt, nach Paris zu kommen und keine Omelette zu essen. Das wäre genauso, als führe man nach New York, ohne dort einen Hamburger zu essen.«

»Um ehrlich zu sein, das habe ich getan.«
»Was denn?«
»Ich war in New York, ohne einen Hamburger zu essen.«
»Du nimmst die ernsten Dinge des Lebens wirklich sehr ernst, Rose.«
»Das klingt ja gerade, als hieltest du es für einen Fehler.«
»Nein. Ganz und gar nicht. Es ist nur ... eine andere Art, zu leben, mehr nicht.«
»Mein Gott, ist das alles? Ich habe mir schon Sorgen gemacht. Die Hälfte der Welt frißt sich dick und fett, während die andere Hälfte verhungert. Dürreperioden und sterbende Babies. Der Faschismus wieder mal auf

dem Vormarsch. Stell dir vor, ich zerbreche mir meinen hübschen kleinen Kopf über solche Dinge.«

»Das ist nicht fair, Rose.«

»Ehrlich, es widert mich alles so an.«

Es entsteht plötzlich aus dem Nichts, nicht wahr? Ein Gewitter. Aus einem klaren Himmel und einem sanft glitzernden See. Plötzlich sitzt man da, dreht unglücklich die Serviette zwischen den Fingern und trinkt trübsinnig von dem teuren miesen Wein.

»Was denn, Rose? Gutes Essen, guter Wein? Nur weil es dir gutgeht?«

»Abgesehen von allem anderen, ist es so schrecklich altmodisch. Die Zeiten sind vorbei, in denen wir das Essen als eine Kunstform angesehen haben. Deshalb bin ich Vegetarierin. Ist doch gar nicht so abwegig, oder?«

»Nein. Überhaupt nicht. Das wollte ich damit nicht sagen.«

Seine Stimme war jetzt ernst und sein Gesicht von attraktivem Weltkummer zerfurcht.

»Rose. Ich mache mir Gedanken. Ich mache mir über all diese Dinge sehr viel Gedanken. Sieh mal. Meine Nachmittagsklassen. Ich weiß, das ist nicht viel. Aber sie bedeuten mir mehr als alle meine anderen Vorlesungen. Menschen dabei zu helfen, ihre Gefühle auszudrücken, erscheint mir wichtiger als ein tolles Thema für eine Doktorarbeit finden zu helfen.«

»Helfen, um was ausdrücken? Daß sie keinen Job haben und auch keine Hoffnung darauf, je einen zu bekommen? Daß sie nicht viel mehr tun können, als dir dankbar zu sein, weil du ihnen eine Stunde deines geschmackvollen, gutbezahlten Lebens widmest, weil du quer durch die Stadt bis zu ihrem armseligen Stadtteil gekommen bist, damit du dir so wunderbar human vorkommen kannst, auf ihre Kosten?«

»Die Armen sind immer mit uns, Rose . . .«

»Bitte, erspar mir das. Ich meine, stell dir vor, das strahlendste Beispiel unserer Spezies, und mehr ist ihm dazu nicht eingefallen? Deprimierend, findest du nicht?«

»Was ich sagen wollte, falls du mich hättest zu Ende reden lassen, ist, daß wir für die Armen und Benachteiligten natürlich unser Bestes geben müssen, darauf achten müssen, daß sie genauso wie alle anderen zu unserer Gesellschaft gehören und daß man mit ihnen nicht so umgehen kann, wie es im Augenblick geschieht, indem man sie vorsätzlich ausschließt, damit die Bessergestellten auf die gewohnte Art und Weise weiterleben können. Aber auch wenn wir es akzeptiert haben, so sind wir doch trotzdem noch berechtigt, uns selbst eine kleine Freude zu gönnen, Rose. Ich brauche das gar nicht jeden Abend, aber ich will auch kein Leben führen, in dem es mir verboten ist, überhaupt einen solchen Abend zu haben. Das sind doch zwei verschiedene Paar Schuhe, Rose.«

»Also, das wär's dann? Die Armen sind mit uns. Laßt uns weiterleben wie bisher.«

»Das ist genau die Zeile, die in der ganzen Geschichte am gründlichsten mißverstanden wird. Das ist ein Witz, siehst du das denn nicht?«

»Nein, wirklich, das sehe ich ganz und gar nicht.«

»Es ist ein freundlicher, wehmütiger Witz. Ein Witz über die Art, wie wir sind. Einerseits nett und andererseits schrecklich, wodurch ein entsetzlich unausgewogenes

System entsteht, das sich aber nicht so einfach und mit einem Schlag auslöschen läßt, Rose, weil es nämlich genau auf dem fußt, was wir als menschliche Wesen darstellen. Es ist ein Witz für Judas, siehst du das denn nicht? Judas, der militante, der vollkommene, ordentliche Sozialist, der nur die zerstörerische Notwendigkeit akzeptiert, der gesamten Menschheit ein ordentliches Leben zu geben, und nicht einsieht, daß sein Plan zu einfach ist, daß im menschlichen Geist etwas ausgelöscht werden muß, bevor er ihn ausführen kann, und der nicht versteht, daß die Antwort nicht in einem gleichförmigen Grau liegen kann, auch wenn ein Leben in Schwarz und Weiß grausam und ungerecht ist.«

»Ich stimme Judas zu.«

»Wir müssen den guten Dingen im Leben doch eine Chance geben, Rose.«

»Während die anderen nicht mal eine Chance haben, das Mittelmäßige zu bekommen? Wir bestimmen die Größe unserer Steaks, während sie sich entscheiden müssen, ob es die Mühe lohnt, für den nächsten Tag eine Schüssel Reis zu verdienen.«

»Du kannst nicht einfach alles wegwerfen, Rose, was nicht für alle verfügbar ist. Damit würdest du doch in Wahrheit all die Dinge wegwerfen, an denen dir wirklich etwas liegt. Bücher, Kunst, Musik, das alles müßte verschwinden. Belohnungen, Rose. Schöne Dinge, die die Menschen dazu anhalten, nach dem Besten zu streben. Mozart und Shakespeare waren keine Parteigänger, Rose. Sieh mal, Judas und die anderen Jünger, die sich beklagt haben, waren moralisch im Recht. Es war in Ordnung, das Alabasterkästchen mit Salbe zu verkaufen und das Geld an die Armen zu verteilen. Aber Jesus hatte recht, als er sagte, daß wir gelegentlich dem, was moralisch richtig ist, den Rücken kehren und mit reumütigem Lächeln zugeben müssen, daß wir nur Menschen sind, zugeben müssen, daß es Dinge gibt, die uns riesiges Vergnügen bereiten, die nicht jeder haben kann, und daß wir sie, nur gelegentlich, haben müssen. Es liegt nicht etwa daran, daß wir nicht die ganze Zeit moralisch vollkommen sein wollen. Wir können es nicht. Wir sind Menschen. Den kostbaren Salben, Rose, ist ein bestimmter Ort vorbehalten.«

»Aber das ist doch alles nur Theorie, Paul. Du hast immer für alles eine Erklärung parat.«

»Nein. Du bist es, die theoretisch ist, Rose. Du bist es, die die richtige und passende Theorie zur Lösung aller Probleme der Menschheit hat, allerdings weist diese Theorie einen fundamentalen Fehler auf, weil sie nämlich die Grundlage der menschlichen Natur selbst ignoriert. Ich bin derjenige, der das Alabasterkästchen nicht vergessen hat, den Felsen, auf den sich deine ganze Theorie stützt. Du bist es, die mit reinen Theorien aufwartet, Rose, nicht ich. Du bist der Judas Ischariot.«

Und so ging es immer weiter, während des ganzen Essens, der Spargelvorspeise, meines Omelettes und seines Steaks, ich stocherte unglücklich im Gemüse, das in dicker Soße schwamm, und er scheuchte nervös den Kellner fort.

Am Ende legte er zwei Finger an seinen Nasenrücken, verdrehte die Augen und sagte: »Schließen wir einen Waffenstillstand, Rose.« Er sah müde und bedrückt aus,

als wäre, was er für ein Vergnügen gehalten hatte, plötzlich, aus keinem ersichtlichen Grund, zu einer Last geworden.
Im Taxi zurück zum Hotel wurde das Schweigen zwischen uns noch tiefer. Als wir in unserem Zimmer waren, warf er den Schlüssel auf den Tisch neben dem Bett, wo er mit einem lauten, unfreundlichen Knall landete. Ohne etwas zu sagen, schaltete er den Fernseher ein, der auf spindeldürren Beinen stand, und auf dem Bildschirm erschienen Bergman und Bogart.
»*Quelle chance*«, sagte ich und lächelte, ohne jedoch den sarkastischen Unterton aus meiner Stimme heraushalten zu können.
Als ich mich neben ihn legte, schien er mich überhaupt nicht wahrzunehmen. Er lag da, gegen die Kissen gelehnt, trank Wein aus dem Zahnbecher und verfolgte das Geschehen auf dem Bildschirm. Als der Film zu Ende war und er den Fernseher ausschaltete, war sein Gesicht von Tränen überströmt, aber er war wieder völlig er selbst, charmant und liebevoll, als hätten der Film und die Tränen seine Verwirrung vertrieben.
Er legte den Arm um mich und gab mir einen Kuß, und ich lachte und wischte ihm seine Tränen weg.
»Was ist dir Hekuba?« Ich lachte ihn an, beschwipst und froh, daß ich wieder glücklich war.
»Was?«
»Was ist dir Hekuba? Du weißt doch. In *Hamlet*. Als ihn die Wut packt, weil der Schauspieler, der den Aeneas spielt, wüten und toben und für Hekuba Tränen vergießen kann, während Hamlet für seinen toten Vater all dies nicht tun kann.«

»Ach ja.

›Was ist ihm Hekuba, was ist er ihr,
Daß er um sie müßt' weinen?‹«

»Genau.

›Was wohl tät er,
hätt' er wie ich, Stichwort und Grund zur Klage.‹«

»Du meinst, warum wir um die Personen im Film weinen? Ich weiß es nicht. Eine interessante Frage.«

Aber ich wollte nicht, daß es eine interessante Frage wäre, ich wollte nicht, daß es Gegenstand eines Streits würde. Ich wollte nicht, daß es etwas wäre, mit dem wir uns gekonnt und spielerisch und schmerzlos schützen konnten. Und weil ich inzwischen völlig betrunken war, sagte ich ihm, was ich gemeint hatte.

»Was ich meine, ist: Wieso kann der Neue Mann für Rick und Ilse Tränen vergießen, aber nicht für Monica zum Beispiel, für seine Frau Monica. Oder für mich.«

Und da war es zu spät.

Er starrte in sein Glas, und dann räusperte er sich, schwang die Beine vom Bett, stand auf und ging zum Fenster.

Dort zog er die Vorhänge zur Seite und sah hinaus in das Stück Himmel, in dem Lichter blinkten.

Als er, nach einer Ewigkeit, wie mir schien, endlich sprach, klang seine Stimme freundlich, aber beherrscht und knapp und sehr kühl.

»Ich wußte nicht, daß du es gern hast, wenn jemand um dich weint«, sagte er.

Ein wenig später trank ich den letzten Schluck Wein aus und stellte das Glas mit einer stillen Bewegung auf den

Tisch neben dem Bett. Ich kroch geräuschvoll unter die Bettdecke und zog sie bekümmert über mein Gesicht. Und einige Zeit danach hörte ich in dem hohlen, widerhallenden Schweigen, wie er vom Fenster zurückkehrte, spürte, wie das Bett neben mir nachgab, als er sich vorsichtig, um mich nicht zu berühren, hinlegte wie ein Ehemann, der am späten Abend heimkommt und keinen Streit möchte, weil er weiß, daß er entweder in Tränen oder mit Sex enden würde.

Ich drehte mich auf den Rücken und starrte an die Decke, an das blasse Lichtmuster des Fensters, und ich dachte, jetzt weiß ich, warum *Casablanca* erwachsene Männer zum Weinen bringt. Und ich weiß jetzt auch, warum sie darüber weinen, friedlich und vergnügt an den Samstagabenden, warum sie um Rick und Ilsa weinen, die ihnen ja nichts bedeuten, mit billigen und leichten und schmerzlosen Tränen.

Sie weinen um die Unschuld, um die reine Liebe, um die verpaßte Chance. Sie weinen wegen schlechter Drehbücher und lausiger Enden und weil das Leben nur wenig gemeinsam hat mit diesem vollkommenen Dreiecksverhältnis, das niemals verdirbt und niemals schlecht dasteht und für alle Beteiligten niemals endet, ohne Schmerzen, ohne einen Makel und ohne die Gefahr einer Lösung.

Goodbye, Paris, sagte ich für mich, während die Stadt hinter den Wolken verschwand. Nicht *au revoir*, nicht *auf Wiedersehen*, nein, sondern ein gutes, altmodisches, britisches Goodbye.

Wir gaben uns Mühe, so zu tun, als sei die vergangene

Nacht nie geschehen. Wir gingen Hand in Hand an den Quays spazieren, aber unsere Hände waren schwer und unbeholfen, als wären sie sich dieses Arrangements nicht ganz sicher. Wir sahen in die Fensterauslagen geschlossener Läden, nahmen Kaffee und Drinks und Sandwiches zu uns und führten Gespräche, schwerfällig und stotternd, und fielen in Schweigen. Bis wir es schließlich aufgaben, Zuflucht in einem Kino suchten und einen amerikanischen Film sahen, den wir zu Hause an jedem beliebigen Abend hätten sehen können.

Jetzt, als das Flugzeug steil abhob, sagte er: »Es tut mir leid, daß es dir in Paris nicht gefallen hat, Rose.«

»Es ist so alt«, sagte ich ohne jeden Grund, »und kalt.«

»Ja, es war schade wegen des Wetters«, sagte er.

»Das hat nichts mit dem Wetter zu tun.« Ich lehnte meinen Kopf zurück, schloß die Augen und tat so, als würde ich schlafen.

Die Stewardeß hatte eine hübsche französische Stimme. Sie sprach über den Lautsprecher, so als lächelte sie dabei jeden einzelnen von uns an.

»Meine Damen und Herren«, sagte sie. »Wir werden in Kürze landen. Bitte schnallen Sie sich an, und machen Sie Ihre Zigaretten aus.«

»Gleich sind wir da«, sagte Paul und blickte mit einem entschlossenen, freundlichen Lächeln von seinem Buch auf.

Ich beugte mich über ihn und starrte auf die Landelichter, als plötzlich alles schwankte und das Flugzeug, das sanft nach unten geglitten war, einen Satz nach vorn machte und wieder nach oben zog, in die Nacht.

Das gedämpft von der Klimaanlage unterlegte Geräusch der Unterhaltung ging im Aufkreischen der Motoren unter, als das Flugzeug steil nach oben zog, von Seitenwinden geschüttelt, die den Rumpf erzittern ließen.
Ein leerer Getränkewagen rollte durch den Gang, gefolgt von einer Stewardeß, die mit bleichem Gesicht auf hochhackigen Schuhen hinterherstakste und ihn festzuhalten versuchte, während er sich drehte und wendete wie lebendig, so daß sie ihn mit aller Kraft zurückhielt, während sie sich in ihrem Sitz festschnallte.
Unter unseren Füßen war ein lautes Poltern zu hören, dann ein Schlag und dann ein langes mechanisches Aufstöhnen.
Ich drehte den Kopf und sah Paul an, stumm, jammervoll und voller Angst, die Kühle und das Schweigen zwischen uns völlig vergessend.
»Alles in Ordnung«, sagte er. »Es ist alles in Ordnung. Die Räder sind nicht ausgefahren, das ist alles. Das ist nicht weiter schlimm. Das hab' ich schon mal erlebt. Es hat nichts anderes zu bedeuten, als daß der Pilot sie mit einem Hebel manuell ausfahren muß. Das ist der Grund für das Klappern und Rumoren. Er fliegt nur noch ein bißchen herum, bis sie richtig draußen sind.«
»Und wenn sie es nicht tun? Wenn sie nicht rauskommen?«
»Dann spritzen sie Schaum auf die Landebahn, und wir landen auf dem Bauch und haben alle einen herrlichen Spaß, wenn wir über die Rutschen aussteigen.«
»Das überlebe ich nicht.«
Ich hatte noch nie so große Angst, ich war ganz naß vor kalter Angst, Angst in meinen Augen, unter meinen

Achselhöhlen, zwischen den Beinen, an der Stirn, an der meine Haare festklebten, Angst, die Übelkeit verursachte und absolute Jämmerlichkeit, Angst, die sagte, daß es vielleicht einen Gott gab, und wenn ja, hilf mir, hilf mir, bitte. Kein Pakt. Kein Versprechen. Nur, bitte, lieber Gott, bitte, hilf mir.

»Unsinn.« Seine Stimme war zugleich streng und freundlich, wie man mit einem Kind redet.

Er griff in die Duty-free-Tasche und zog den Kognak heraus, befahl mir, einen Schluck zu trinken und dann noch einen, sah mir dabei zu, lächelte ermutigend wie ein Arzt.

Es waren ein paar kräftige Schlucke, sie schossen durch meinen Kopf und verbrannten meine Kehle, aber gleich danach hatte ich ein Gefühl angenehmer Verwirrung, das die Angst milderte.

»Und jetzt halt meine Hand fest, leg deinen Kopf auf meine Schulter, und mach die Augen zu.«

»Ich will nicht sterben, Paul.«

»Wir werden nicht sterben.«

»Laß das Flugzeug nicht zerschellen, Paul.«

»Das fiele mir nicht im Traum ein.«

»Ich habe noch nie erlebt, daß jemand solche Angst hat«, sagte er später zärtlich in mein Haar, neben dem Bett, während mich seine Arme fest umschlangen.

Er hatte recht. Wir flogen ungefähr zwanzig Minuten im Kreis, bis die Räder ausgefahren waren, und danach landeten wir völlig sicher am Boden. Trotzdem, bei der Gepäckausgabe war es merkwürdig still, die Leute standen in kleinen Gruppen zusammen und redeten ruhig

miteinander oder tauschten mit Fremden ein ernstes, dankbares Lächeln.
»Geh nicht sofort nach Hause, Paul«, sagte ich, als wir auf meinen Koffer warteten. »Geh nicht nach Hause«, wiederholte ich eindringlicher.
Er legte den Arm um mich und beruhigte mich sanft und flüstert jetzt in mein Haar, leise, aber amüsiert: »Ich habe noch nie erlebt, daß jemand solche Angst hat.«
»Wenn Gott gewollt hätte, daß wir fliegen . . .« sagte ich lächelnd und war zur Abwechslung einmal nicht böse über seinen Spott, genoß vielmehr statt dessen das herrliche Gefühl, mich gegen die Brust eines Wesens lehnen zu können, das so viel klüger, ruhiger und mutiger war als ich.

Vielleicht war das der Grund. Diese vorübergehende Rückkehr zu völlig unkritischer Bewunderung, die einen Schimmer von Selbstlosigkeit aufscheinen ließ, welche tief und unentdeckt in dem alten offengelassenen Bergwerk des männlichen Geistes ruht.
Ja, vielleicht lag es an diesem einfachen Bedürfnis, einmal schwach zu sein, ein geringeres Wesen zu sein, das die starren Muster und Umgangsformen des Liebens entspannte, jeden einzelnen Teil davon für sich vollkommen machte, nicht mehr nur einen Stein auf dem Weg, eine Zwischenstation oder ein Vorspiel für das Ende sein ließ, sondern ziellos, offenherzig und befreit von Nützlichkeitserwägungen und somit der Definition nach wahrhaft erotisch.
Ich zerriß einen Träger meines neuen Seidenunterhemds, als wir hastig unsere Sachen auszogen, auf den

Boden warfen und mit umeinandergeschlungenen Armen zum Bett liefen, ein krebsartiges Ungeheuer.
Sein Körper fühlte sich wie neu entdeckt an unter meinen Fingerspitzen. Ich fuhr mit meinen Händen daran entlang und darum herum, erstaunt über den Platz, den er auf dem Bett einnahm.
Ich streichelte liebevoll seinen flachen Bauch, der zwischen den Hüftknochen wie bei einem Jungen nach innen fiel, die festen Schenkel, seinen Brustkorb entlang und an den Armen hinunter, die mir so lang vorkamen, als sie sich um mich schlangen.
Ich lag flach auf ihm, legte meine Arme um seinen Hals und bedeckte sein Gesicht mit Küssen, bohrte mich mit jedem Kuß länger und breiter und tiefer in ihn hinein als beim letzten Mal, rieb mich in ihn hinein, als wollte ich ihn vor Liebe ersticken.
Ich nahm ihn zwischen die Finger, ganz langsam, leckend und saugend, mein Gesicht tief in ihn vergrabend, verlor ich erneut jenes diffuse Unbehagen, von dem dieses Ritual so häufig begleitet wird und das unerklärt bleibt, wenn es sich nicht als Ekel entlarvt.
Statt dessen war ich erfüllt von einem entrückenden Gefühl des Staunens über seine ungraziöse Schönheit, über seine merkwürdige Schwerkraft, über seine Haut, die straff und glatt drübergezogen ist wie in demütigem Flehen, wie mit der Bitte um Berührung.
Ich streichelte ihn zart wie ein Kunstwerk, das kunstvoll geschnitzt ist, oder wie ein Tuch aus feinster Seide.
Ich umfing ihn, legte meine Wange dagegen und küßte ihn zart, bevor ich ihn, köstlich und schutzlos, dem stürmischen Vordringen meiner Zunge überließ.

Und auch mein eigener Körper war angespannt und fest und völlig lebendig, erfüllt von einem ungeheuren Verlangen. Seine Finger glitten zugleich zudringlich und bewundernd über meinen Körper, als wollten sie wissen, welche Macht sie hatten. Ich wandte meinen Kopf ab bei diesem herrlichen Gefühl und dieser köstlichen Scham, die seine Lippen auf meiner Brust in mir weckten.
Dann zog er sich ein wenig zurück, um mich anzusehen, langsam, wie um zu überlegen, dann senkte er den Mund, ohne den Blick von meinem Gesicht zu lösen, mit frech verzogenen Lippen hinunter, zuerst zu meinen Rippen und dann weiter bis zu der Rundung meines Bauchs. Er erreichte den gekräuselten Hügel und hielt nicht inne, sondern glitt weiter, weiter hinunter, glitt hindurch, seine Zunge suchend, suchend, als läge dort irgendwo mein Herz verborgen, ohne daß er je erführe wo.
Ich hörte das leise Stöhnen vor Schmerzen, vor übergroßer Wollust in die Luft steigen. Ich spannte meine Knöchel und entwand mich seinem Griff, nur ein wenig, zwischen Verlangen und Verzweiflung schwankend, wie mit dem Gefühl, von der Ekstase aufgezehrt zu werden.

Und dann war alles nur noch aufhören und nicht aufhören, laß mich und bleib. Nur noch da und da und o Gott, nicht da und hilf mir, hilf mir, was tust du bloß? Nur noch Vorsicht, Vorsicht, nicht so fest, gleich, gleich. Nur noch schneller, schneller, gleich, nein, noch nicht. Nur noch jetzt, jetzt, nein, noch nicht, nicht aufhören, schneller, schneller, schneller, jetzt schneller, komm, komm, höher hinauf, höher, jetzt, jetzt gleich, es kommt, es kommt, es kommt, ja, ja, o ja, o Gott, o Gott, o Gott, o Gott.

Und danach, die Augen weit aufgerissen und gegen die Decke gerichtet, ergriff es wieder Besitz von mir, diese Krankheit, die sagte, »zu viel, zu viel, ein viel zu großes Stück von dem viel zu süßen Apfel, dessentwegen du in die Verbannung geschickt und freudlos, alt, frierend und nackt herumirren wirst«, vergessend, wie schön es war, allein für alle Zeiten.

Und in diesem Moment warf er sich über mich, nahm mich in die Arme und nahm mich zu sich, verbannte dieses schlimme Gefühl, beugte sich etwas später auf die Knie, um in mich einzudringen, um ganz leicht an die richtige Stelle zu gleiten und endlich selbst zu kommen, zart und ruhig wie ein Gebet oder eine Segnung oder eine geflüsterte Bitte um Vergebung.

Und nun quillt mein Herz über vor Liebe für ihn, für sein Gesicht auf dem Kissen neben mir, für die Form seines Körpers unter dem Laken, für das Geräusch seiner Atemzüge, für all die Dinge in diesem Leben, in diesem Schweigen, die jetzt mir gehören.

Lieber Gott, vergib mir, aber ich würde frühmorgens aufstehen, um ihm seine Schuhe zu putzen. Ich würde frühmorgens aufstehen, wenn es noch kalt ist, lange bevor die Sonne aufgegangen ist oder der Wecker geklingelt hat, um das Feuer zu schüren, Schinken zu braten und Brot zu schneiden, unbeholfen und viel zu dick.

Lieber Gott, vergib mir, aber ich würde den Staub von seinem Rücken waschen, ihn ins Wasser spülen, alles hinein in das Wasser, damit der Rücken weich und weiß und schimmernd wird so wie jetzt in dem silbrigen Licht vom Fenster.

Denn Monica ist mir in diesem Moment völlig egal.
Es ist mir egal, ob Monica dasitzt, mit leerem Blick und trüben Gedanken vor dem Fernseher, auf die Uhr sieht, auf die Lippen beißt, auf seine Rückkehr wartet.
Es ist mir egal, ob sie verwirrt von einem Programm zum nächsten geht, das Gerät schließlich abschaltet, um ein Buch in die Hand zu nehmen, das sie, nur wenig später, voller Überdruß beiseite wirft.
Es ist mir egal, ob sie zum Regal geht, um sich einen Drink zu holen, den sie gar nicht will und den sie mit ihrer zittrigen Hand verschüttet.
Es ist mir egal, ob sie im Zimmer auf und ab geht, hastig und verärgert an der Zigarette zieht, die sie aus einer Schachtel genommen und mit einem silbernen Tischfeuerzeug angezündet hat, ein Hochzeitsgeschenk, längst aus der Mode, wie alle Hochzeitsgeschenke, und die Flamme vom Zittern ihrer Finger zu flackern beginnt.
Es ist mir egal, ob sie mit ihrer angespannten, ungeschickten Hand sich die Haare zurückschiebt und mitten in der Bewegung innehält, als sie sich im Spiegel sieht und auf ihr Spiegelbild starrt, ganz lange, als müsse sie sich bemühen, ihr eigenes Gesicht zu erkennen, als suche sie in diesem Spiegelgesicht nach jemandem, den sie vor langer Zeit gekannt hat.
Ja, es ist mir egal. Weil ich ihn liebe.
Ich kann mich jetzt nicht mit Monica befassen.

12

Die Oper gefällt Jennifer nicht.
Sie rutscht unruhig auf ihrem Sitz neben mir hin und her.
Sie findet die Stimmen zu schwach und beugt sich nach vorn, reckt den Hals, um besser zu hören. Sie findet das Orchester zu laut und lehnt sich zurück und verzieht das Gesicht. Sie findet, daß sie nicht gut sieht, und so starrt sie auf den Kragen des Mannes, der vor ihr sitzt und der ihrer Meinung nach größer ist, als er sein sollte.
Als das beleidigende Stück Papier vorhin beim Hineingehen aus ihrem Programmheft fiel, stieß sie einen empörten Schrei aus.
»Was ist denn los?«
»Ach, das ist aber auch zu blöd. Wirklich ärgerlich. Wenn die Eintrittskarten derart teuer sind und wenn jemand indisponiert ist, dann sollten sie doch lieber gleich die ganze Vorführung absagen. Niemand hat Lust, sich einen Ersatz anzusehen. Das ist jedesmal so schrecklich. Den ganzen Abend sitzt man auf seinem Stuhlrand und wartet nur darauf, daß jemand umgerannt wird oder ins Bühnenbild läuft.«
Jetzt rückt sie zum soundsovielten Mal ihren Körper zurecht und beugt sich über ihre aufgestützten Ellbogen nach vorn und zischt: »Und außerdem finde ich es schrecklich, wenn nicht Italienisch gesungen wird.«
Arme Jennifer. Es sind nicht die Stimmen und auch nicht das Orchester oder ihr Stuhl und auch nicht die Sprache,

die ihr den Abend verderben. Tatsache ist, daß Jennifer zwei Karten für den *Figaro* gekauft hat, eine für sich selbst und eine für David, und wenn er jetzt hier wäre, neben ihr, an meiner Stelle, dann fände sie die Vorstellung, ungeachtet aller Unzulänglichkeiten, mit Sicherheit phantastisch.

David fing Jennifer heute nachmittag im Flur vor seinem Zimmer ab, als wir vorbeikamen.

Jennifer hatte gerade eingedenk dessen, was sich hinter der Tür befand, züchtig den Blick gesenkt, als diese plötzlich aufflog und er vor ihr stand.

»Jennifer«, sagte er, »ich habe deine Stimme gehört.« Was nicht weiter erstaunlich war, da sie wie immer ein bißchen zu laut ihr hübsches schallendes Lachen gelacht hatte, als wir gerade an seiner Tür vorbeischlenderten. Wie er so in der offenen Tür dastand, schien es, als müsse er sich geradezu bemühen, ruhig zu bleiben, so wie sich ein erregter Mann bemüht, ruhig zu bleiben, in der festen Überzeugung, jede Unfreundlichkeit vermeiden zu können, indem er selbst die Initiative ergreift und seine Gefühle beherrscht, wenn er nur vernünftig handelt.

»Ich habe versucht, dich zu erreichen«, sagte er.

Die Tür schloß sich hinter ihren leiser werdenden Stimmen, während ich weiterging. Später kam sie in die Bibliothek, tauchte schweigend neben meinem Tisch auf, an dem ich arbeitete.

Sie bückte sich, so daß ihr Gesicht dicht neben meinem war, flüsterte mit abgewandtem Blick, sagte, daß David nicht mit ihr in die Oper gehen könne, und fragte mich, ob ich sie statt dessen begleiten wolle.

»Ich kann nicht«, sagte ich. »Ich muß arbeiten.«
»Es ist ja nur ein Abend. Er wird dir guttun«, sagte sie und richtete sich wieder auf, als wäre damit alles geregelt.

Als David ihr mitteilte, daß er nicht mitgehen könne, wollte Jennifer die Karten schon zerreißen. Sie wollte sie vor Wut zerreißen und in den Mülleimer werfen, in irgendeinen schrecklichen Mülleimer mit Zigarettenkippen und verfaultem Obst und herumschwirrenden Fliegen.
Sie wollte nach Hause gehen, die Haustür verriegeln und mit niemandem reden.
Sie wollte sich ein Bad einlassen, eine Flasche ihres besten Weines öffnen, die Sorte, die sie jetzt immer nur für sich und David aufbewahrt, und davon trinken; die Haare hochstecken, die in wunderbar feuchten Strähnen auf dem Wasser schwammen.
Sie wollte in der Badewanne liegen und an David denken, von ihm träumen, sich sogar einen Schluchzer gestatten, einen heimlichen, geschmackvollen Tränenausbruch, den sie in den Spiegelkacheln beobachten würde und zusehen, wie aparte Spuren von Wimperntusche über ihre blassen, unglücklichen Lippen rinnen.
Wissen Sie, sie hielt es sogar für möglich, daß David seine Meinung ändern könnte oder vielmehr daß ihn irgend etwas dazu veranlassen könnte, sie zu ändern, zum Beispiel ein Mißverständnis zwischen ihm und Francie.
Sie hielt es durchaus für möglich, daß er vielleicht doch noch zu ihr kam, daß er sich mit seinem Schlüssel Einlaß verschaffen würde, ganz leise, spätabends, um sie um

Verzeihung zu bitten, daß er plötzlich vor ihr stünde, vor ihrer köstlich aufreizenden Gestalt in der Badewanne. »David«, würde sie sagen und ihn böse durch ihr blutrotes Glas betrachten, »ich habe dich gar nicht erwartet. Nimm dir doch etwas zu trinken.«

Ja, das war es, was sie wollte. Aber dann bekam sie Angst. »Aber wenn er nun doch nicht kommt?« fragte sie sich. Und schon verblaßte die Vision, wie er an der Badezimmertür erscheinen und sie in die Arme nehmen würde, tropfnaß und lachend, wie durch ein Wunder verblaßte diese Vision mit den Worten der Frage, und sie sah sich statt dessen allein ins Bett sinken.
Und dann sah sie ein, wenn sie überhaupt nicht in die Oper ginge, nur weil sie nicht mit ihm gehen konnte, so würde es beweisen, daß sie ohne ihn keine Kraft hätte, etwas zu unternehmen.
Das schien ihr selbst zu offensichtlich, und sie machte sich Sorgen, wie offensichtlich es erst für andere scheinen müßte. Sie wußte, sie müßte schlauer sein, wenn sie ihn haben wollte, und deshalb müßte sie ihn sofort eines Besseren belehren, damit er nicht etwa glaubte, sie wartete nur darauf, daß er ihr Leben in die Hand nähme.
Und genau aus diesem Grund ist sie nun hier in der Oper, wo sie eigentlich gar nicht sein möchte und wo sie nur ist, damit sie morgen zu David sagen kann: »Ach, die Oper ... kein Problem ... ich war mit Rose ... im übrigen hast du nicht viel versäumt ...«
Aber jetzt in der Pause, an der Bar, verlassen sie all ihre guten Vorsätze wieder. Der Ärger auf mich, weil ich nicht David bin, scheint sie zu überkommen. Sie sitzt stocksteif

da, blickt desinteressiert in die Runde, ihre Finger klopfen ungeduldig auf die Sessellehne.
Ich hasse es, mit Jennifer zusammenzusein, wenn sie so ist. Ich bin auch früher schon mit ihr im Kino gewesen oder zum Essen, habe sie ganz genauso mit den Fingern trommeln sehen und gefühlt, wie sich die Gespräche hinzogen, weil sie die ganze Zeit gegen die schreckliche Enttäuschung ankämpfen mußte, nur mit Frauen zusammenzusein.
»Ich kann nichts dafür, Rose«, hat sie mal zu mir gesagt, auf diese merkwürdige Art, die so typisch für sie ist, respektvoll und herausfordernd in einem.
»Ich habe einfach das Gefühl, daß es anders ist, wenn ein Mann dabei ist, dann fühle ich mich einfach wohler, so ist das eben. Ich komme mit Männern gut zurecht. Ich mag sie.«
Und so sitzen wir nun hier, eine etwas peinlich berührte Dreiergruppe, Jennifer und ich mit Davids Bild in dem leeren Sessel zwischen uns.
»Wirklich«, sagt sie, beugt sich vor, um ihr Glas zu nehmen und das Schweigen zu brechen, »dieser Graf sieht nicht mal aus wie ein Graf. Und für einen Ehebrecher ist er viel zu fad.«
»Du würdest gar nicht wissen, daß er fad ist, wenn du deine Operngläser nicht hättest.«
Jennifer besitzt ein kleines, mit Perlen besetztes Opernglas, von ihrem opernbesessenen, schrecklich hingebungsvollen Vater sehr teuer in einem Antiquitätenladen gekauft und ihr zu ihrem einundzwanzigsten Geburtstag geschenkt. Ich glaube, das zeigt schon, womit Francie es zu tun hat.

»Und die Gräfin sieht aus wie eine Großmutter.«
»Könnte sie das nicht sein?«
»Großer Gott, nein. Hast du denn nicht das Originalstück von Beaumarchais gelesen? Sie sollte eine junge Ehefrau sein, zweiundzwanzig oder so, erst wenige Jahre verheiratet, als der Graf anfängt fremdzugehen.«
»Mein Gott, das ist ja schrecklich.«

Die Gräfin ist groß und elegant, und ihr dunkles Haar ist hochgesteckt. Aus irgendeinem Grund erinnert sie mich an Monica.
Sie wandelt über die Bühne, versteckt sich hinter einem mutigen Lächeln, klammert sich an ihre Würde, die aber Anzeichen von Zerstreutheit weicht. Als sie ihre *cavatina* an die Götter sang, um für ihren herumschäkernden Grafen um Gnade zu bitten, hob sie die Hände zum Gebet und legte sie dann, in Kummer und Verwirrung, flach an den Kopf.
»Liebe, die du einmal mir gehörtest, mach mich stark«, sang sie, in der Übersetzung, »oder laß mich sterben in Gnaden.«
Wenn mir an Monica etwas läge, hätte es mir vielleicht das Herz gebrochen.

»Mein Gott, hör dir an, was Beaumarchais über sie sagt: ›Ihre Sanftheit und ihr Groll sollten maßvoll sein und auf keinen Fall in den Augen der Zuschauer ihren liebenswerten, edlen Charakter beeinträchtigen.‹ So ein Bastard. Ist das nicht typisch Mann? Einen gemäßigten Groll, mehr gesteht man ihr nicht zu. Aber was er über den Grafen sagt, ist noch viel schlimmer. Er ›sollte mit großer Würde gespielt werden, aber trotzdem voller Charme und Güte. Die Verderbtheit seiner Moral sollte in keiner Weise von seinen eleganten Manieren ablenken.‹ Ist das nicht unerhört?«

Aber Jennifers »Hmmm« klingt unaufmerksam und desinteressiert. Ich seufze und klappe langsam das Programmheft zu.

»Du hast recht. So gut ist es wirklich nicht. Warum belassen wir es nicht dabei und gehen nach Hause?«

Ein heller Hoffnungsschimmer zuckt in ihren Augen auf, die bis dahin eher voller Trübsinn waren. Aber die Rolle, die sie spielt, gestattet ihr nicht, so schnell nachzugeben. Sie will den Plan weiter ausspinnen, dabei aber ihre gespielte Gleichgültigkeit beibehalten.

»Vielleicht wird es ja besser«, sagt sie zweifelnd, aber mit wohlüberlegten Worten, auf deren Doppeldeutigkeit und mangelnde Überzeugung bedacht. »Ich schätze, wir sollten ihm noch ein bißchen Zeit geben.«

Aber als es zum Ende der Pause klingelt, rührt sie sich nicht vom Fleck. Gemeinsam, ohne uns dabei anzusehen, beobachten wir, wie die Zuschauer wieder den Saal betreten und der Fortgang der Vorstellung zu hören ist, während wir uns in den Sesseln zurücklehnen, einander erleichtert anlächeln und uns mit den Gläsern zuprosten.

»Es tut mir leid wegen David«, sagte ich.

Sie hebt ihre beringte Hand und schiebt das Thema mit einer Bewegung beiseite. Aber ich merke, daß sie trotzdem über ihn reden will und ihren Kampf mit sich selbst, darüber zu schweigen, verlieren wird.

»Francie«, sagt sie schließlich, »wird zu einer ziemlichen Plage.«

»Um ehrlich zu sein«, ich räuspere mich und bemühe mich jetzt, jedes Wort auf die Goldwaage zu legen, »das mit Francie habe ich nie verstanden. Sind sie . . .?«
»Sie trennen sich«, sagt sie abwehrend. »Sie trennen sich. Er verläßt sie.«
»Wie lange waren sie zusammen?«
»Weiß nicht.« Ihre Stimme klingt ungeduldig, als müsse sie sich mit Nebensächlichkeiten aufhalten, anstatt auf den Kern der Dinge kommen zu können. »Sie sind zusammen zur Schule gegangen.«
»Zusammen zur Schule gegangen?« Meine Stimme überschlägt sich ungläubig.
»O ja. Kannst du dir das vorstellen? Liebe von Kindesbeinen an. Mit allem Drum und Dran.«
»Aber . . . also . . . sie müssen schon seit Jahren zusammensein. An die zehn Jahre vielleicht.«

Mit seiner Großvaterbrille und seinem Dope und seiner alten Schultertasche aus Leinen sieht David aus wie ein Überbleibsel aus den Sechzigern. Ein Eindruck, den zu zerstreuen er sich keine Mühe gibt. Aber das Schicksal hat David einen üblen Streich gespielt: Er hat die sechziger Jahre nur als kleiner Junge miterlebt, der gerade erst zum Teenager wurde. Danach ist David jetzt sechsundzwanzig, sechs Jahre jünger als Jennifer.
»Trotzdem«, sagt sie. »Es ist, als wären sie gar nicht verheiratet.«
»Aber das ist doch sicher unwichtig. Ich meine, wenn sie all die Jahre zusammen waren.«
»Ganz und gar nicht. Eine Ehe ist doch bindend. Und dazu waren sie nie bereit.«

»Beide oder er?«
»Das ist doch völlig egal.«
»Weißt du«, sagt sie, »Francie tut mir leid.«
Aber Jennifers Stimme klingt unheilvoll. Sie hat etwas herablassend Freundliches, was aber jeden Moment zu einem tödlichen Stoß werden kann, der Francie mit einem Schlag niederstrecken wird.
»Er liebt sie nicht mehr«, sagt sie lebhaft, »das ist eine Tatsache, die sie nicht akzeptieren will. Er hat schon alles versucht, hat sich mit ihr zusammengesetzt, um mit ihr zu reden, aber, wie ich schon sagte, sie will ihm einfach nicht zuhören. Er will doch nur ausziehen, mehr nicht.«
Und natürlich mit dir zusammenziehen, Jennifer. Warum auch nicht, frage ich mich. Ja, warum nicht? Denn was hatte ihm Francie zu bieten, gemessen an einem Samtsofa, einem offenen viktorianischen Kamin, einem mit Töpfen bepflanzten Hinterhof, einem großen Tisch, über dem eine Lampe hängt, einem alten Messingbettgestell und einer erstaunlich kostbaren alten Patchworkdecke?
»Er will ihr alles lassen. Er hat gesagt, daß sie die gemeinsam angeschafften Möbel behalten kann. Er will gar nichts haben. Er will nur weg von ihr.«
»Und warum konnte er das nicht wenigstens heute abend bewerkstelligen?«
»Du lieber Gott.« Sie schnalzt mit der Zunge. »Es ist ihr Geburtstag, und er hatte es vergessen. Sie hat eingekauft und wollte ihm was kochen. Stell dir vor, an *ihrem* eigenen Geburtstag kocht sie für *ihn* was zu essen.« Ihre Stimme ist voller Spott.
»Jedenfalls drehte sie durch, als er ihr sagte, er könne

nicht kommen, und er mußte nachgeben. Ich schätze, jetzt sitzen sie bei einem kerzenbeleuchteten Essen für zwei. Ich finde das ziemlich pathetisch.«

Ihr Gesicht zeigt wieder jene gnadenlose Verachtung. Sie erschreckt mich jedesmal, so daß ich wegsehen muß. Sag solche Dinge nicht, Jennifer, würde ich gern zu ihr sagen. Sei wieder die alte Jennifer, wie ich sie früher gekannt habe, die ich so gern sanft und warmherzig vor ihrem Kamin sitzen sehe, während der Widerschein der Flammen in ihrem schönen goldbraunen Haar spielt.

»Sie muß sehr unglücklich sein«, sage ich einschmeichelnd, um ihr Mitleid zu wecken.

»Überleg doch mal. Sie liebt ihn. Kein Wunder, daß sie bei dem Gedanken, ihn zu verlieren, die Nerven verliert. Sie muß einfach versuchen, ihn festzuhalten. Was würdest du denn tun?«

Aber Jennifers Gesicht drückt nur Verärgerung aus, und auch ein bißchen Überraschung. Sie will kein Mitgefühl für Francie. Das ist nicht die erwartete Antwort, die, wie sie glaubt, ihr zusteht. Sie hält mich für treulos. Fühlt sich verraten. Sie möchte sagen: Du bist meine Freundin, Rose. Warum ergreifst du Partei für Francie?

Statt dessen sagt sie nur hartnäckig: »Natürlich ist sie unglücklich. Aber schließlich bin ich auch unglücklich.«

Doch sie lügt. Sie ist sich ihres Erfolges viel zu sicher, um unglücklich zu sein. Sie ist vielleicht irritiert, ja, weil David nicht hier ist. Aber nicht unglücklich. Nein. Denn sie weiß, daß David Francie verlassen wird. Ich sehe es an ihren Augen und an ihren Lippen, mitleidslos und voller Beherrschung, an der Art, wie sie ihren Mantel nimmt und ihren Autoschlüssel schwenkt, ihre Handschuhe und

ihre Handtasche ergreift und damit gleichzeitig Francies letztes bißchen Hoffnung hinwegfegt.
»Es ist bittere Tatsache«, sagt Jennifer, streift die Handschuhe über und spricht mit ernster, gereizter Stimme, wie jemand, der sich gezwungen sieht, jemand anderen zurechtzuweisen, »daß ich David liebe und daß David mich liebt und daß Francie dies akzeptieren muß.«
»Wahrscheinlich braucht sie dazu ein wenig Zeit«, sage ich und ducke mich vor ihrer Strenge.
»Zeit«, sagt Jennifer unnachgiebig, »hatte Francie mehr als genug.«
Sie ist aufgestanden und blickt auf mich herab, die Arme vor ihrem Körper verschränkt, der Riemen ihrer Handtasche aus festem, dunklem Leder hängt mit geradezu militärischer Präzision über ihrer Schulter.
»Ehrlich«, sagt sie, »ich verstehe sie nicht. Warum läßt sie ihn nicht einfach gehen? Diese Frau besitzt keinen Funken Stolz.«

Jennifers Handtasche ist groß und teuer, am Boden abgerundet, wie die Taschen von Soldaten oder Jägern, mit einer dicken Messingschnalle als Verschluß und kleinen Schlaufen an der Seite wie für Gewehrkugeln, in denen Jennifer ihren Lippenstift aufbewahrt.
Ich habe Jennifer immer für sanft und zart gehalten, aber nun sehe ich, daß ich mich geirrt habe. Jetzt, wo es darum geht, das Begehrte zu bekommen, ist Jennifer durch und durch eigensinnig.
Ich glaube mittlerweile, daß Jennifer vielleicht robuster ist als wir alle. Robuster als ich? Gewiß. Robuster als Helen? Wahrscheinlich. Sogar robuster als Jo? Das wäre

möglich, ja, selbst robuster als Jo, die von Jennifers Art nicht überzeugt ist und sie noch immer als Idiotin bezeichnet. Wie merkwürdig. Denn an Jennifer ist nichts Idiotisches, noch nicht einmal etwas bloß Dummes oder Simples. Sie ist kein bißchen naiv. Ich schätze, bei Jennifer trifft zu, daß die Liebe ihre besten Qualitäten freigelegt hat. Sie hat ihr Entschlossenheit, eine gewisse Zielstrebigkeit verliehen.

Großer Gott, Francie konnte einem wirklich leid tun.

Ich stehe auch auf und schiebe unter ihrem strengen Blick laut scharrend meinen Stuhl zurück.

»Jennifer«, sage ich nachdenklich und sehe ihr in die Augen. »Findest du nicht, daß du dich ziemlich mies benimmst?«

Das Erstaunliche an ihr ist, daß sie niemals zusammenzuckt. Sie ist so beherrscht und selbstsicher, daß sie sich nie verletzt fühlt.

»Wirklich, Rose«, sagt sie völlig ruhig und mit süßer Stimme und sieht mir dabei direkt in die Augen. »Ich weiß gar nicht, was in letzter Zeit in dich gefahren ist. Du hast dich völlig verändert. Das muß an Paul liegen. Ich hoffe doch, es ist alles in Ordnung mit euch?«

Und jetzt will ich Ihnen etwas über Ehebruch erzählen. Das ist wie ein Pferderennen.

Du bist ganz vorn unter den ersten Läufern, fühlst dich so prächtig und glaubst, nichts und niemand könne dich aufhalten.

Du blickst über die Schulter nach hinten und siehst die anderen näherkommen, aber du glaubst, daß sie dich nie einholen werden.

Aber eines vergißt du dabei. Die vorderen Läufer könnten stürzen oder einfach nur müde werden, während die hinteren dann einen Spurt vorlegen und dich überraschen und sich als die Kräftigeren erweisen, und wenn du dich umdrehst, hast du sie plötzlich neben dir, mit großen Sprüngen, die du selbst gar nicht mehr zustande bringst, dann plötzlich vor dir, und du siehst sie nur noch von hinten, kurz vorm Ziel.

Ich sage Ihnen, es gibt kein Pferderennen mit nur einem einzigen Pferd, egal wie es im Augenblick aussieht. Und nichts deutet darauf hin, daß du nicht selbst diejenige sein könntest, die am Boden liegt, gestürzt, das Gesicht abgewendet, während die anderen mit dröhnenden Hufen an dir vorbeijagen auf ihrem Weg zum Sieg.

»Nein, nichts ist in Ordnung mit uns«, sage ich und lächle Jennifer mit scheuer Bewunderung an. »Etwas ganz Wichtiges ist nicht in Ordnung mit uns: seine Frau, die Tatsache, daß er verheiratet ist. Das ist nicht in Ordnung mit uns.«

13

Ich fürchtete eine Weile, ihn überfordert zu haben, daß er verletzt wäre, wenn er sich selbst erkannte. Und ich wollte ihn nicht verletzen. Auch nicht nach allem, was geschehen war. Ich wollte ihn nicht verletzen, aber dann wurde mir klar, daß er, im Gegenteil, sich geschmeichelt fühlen würde. In unserer verwirrten und doppeldeutigen Kultur stellt es keine Beleidigung dar, als narzißtisch und egoistisch zu gelten. »Herrlich arrogant« hatte ihn einmal ein akademischer Kollege wegen einer Arbeit genannt, die er geschrieben hatte, und er war weit davon entfernt, sich nicht geschmeichelt zu fühlen. Aber wer wäre je auf die Idee gekommen, »herrlich« und »arrogant« in einem Atemzug zu nennen oder sogar zu einem Kompliment zusammenzufassen?

»Sucht euch ein Buch aus«, sagte er zu uns, zu Jennifer und mir. »Sucht euch etwas aus, nicht zum Studium, sondern rein zum Vergnügen. Und wenn ihr nächste Woche zu mir kommt, werden wir darüber reden.«
Das gefällt ihm. Er verkündet es wie ein Zauberer, der ein Kaninchen aus dem Hut zieht. Als wäre es etwas geradezu Großartiges und Unübliches.
»Ich würde gern erfahren, was ihr zum Spaß lest«, sagt er, und zwinkert uns mit seinen warmen, schelmischen Augen zu.
Und so ließ ich mich darauf ein und wählte *Hollywood*

Wives. Ich suchte es aus, weil ich mich an etwas erinnerte, das er mal bei einem Drink vor seiner Abendklasse zu mir gesagt hatte.

»Mir gefällt diese Art Unterricht«, hatte er gesagt, »weil er so schrecklich *unakademisch* ist.« Und dabei starrte er verträumt in die Ferne, seine Hände lose gefaltet zwischen den Knien.

»Ich meine, es sind keine Universitätsstudenten, Rose. Diese Leute lesen Jackie Collins und nicht Jane Austen, und wenn man sie mit Jane Austen bekannt machen will, dann muß man ihnen zeigen, daß sie sich mindestens so gut lesen läßt wie die Collins.«

Also mußte er jetzt *Hollywood Wives* lesen; er las es brav von Anfang bis Ende, auch wenn es ihm keinen Spaß machte, und dann sprach er pflichtbewußt darüber, operierte mit bleiernen literarischen Phrasen wie mit zähem Teig.

»In seiner Bedeutung geradezu vom Format eines Dickens«, sagte er.

»Und noch dazu ein verdammt gutes Buch«, erwiderte ich.

Und so wird nach mir eine kommen, mit einer Tasche voller Bücher, deren Schnallen zu lösen ich nicht wert wäre. Eine Frau, die klüger sein wird als ich, die nicht so viele Träume haben wird, die die Dinge klarer sehen wird als ich.

»Such dir ein Buch aus«, wird er zu ihr, die auf dem Sofa ausgestreckt liegt, sagen, während er wie eine emsige Hausfrau im Zimmer hantiert.

»Das hier«, wird sie sagen, woraufhin er sich umdrehen

muß, mit der Kaffeekanne und dem Löffel in der Hand, um den bunt glänzenden Buchumschlag zu betrachten, den sie hochhält, über den Kopf ihrer auf dem Teppich sich räkelnden Freundin.

»Sie war eine Studentin von dir, nicht wahr?« wird sie sagen, während sie ihr hinter seinem Rücken, weil er sich wieder über die Kaffeetassen beugt, amüsierte Blicke zuwirft.

»Ja. Ich habe die erste Fassung des Romans gelesen, ihres ersten Romans überhaupt, den sie zu den Abschlußprüfungen vorgelegt hat.«

»Das war bestimmt sehr aufregend, der erste zu sein, der ihn liest?«

»Ja, das war es. Ungeheuer aufregend.«

Aber er spricht ohne jede Begeisterung. Förmlich. Wie jemand, der vor Gericht ins Kreuzverhör genommen wird. Ich sehe seine Fingerknöchel, weiß und verkrampft, die das Messinggeländer des Zeugenstands umklammern.

»War sie anders, diese erste Version, als die des vielleicht erscheinenden Buches?«

»Na ja, es war ein erster Entwurf, und sie hat ihn danach noch zweimal umgeschrieben und erhebliche Ergänzungen vorgenommen. Die erste Fassung war viel . . . ökonomischer.«

»Das hört sich ja an, als hätte sie dir besser gefallen.«

»Nein. Nicht unbedingt. Obwohl sie, wie ich schon sagte, stilistisch ökonomischer war, sie besaß eine gewisse Schärfe, die in der letzten Fassung verlorengegangen ist.«

»Und natürlich hatte sie auch ein anderes Ende, nicht wahr?«

»Ja.«
»Und wie ist die Geschichte in der ersten Fassung ausgegangen?«

Mach weiter. Taste dich nur immer weiter vor, du verdammter Hurensohn. Greif nach den Zigaretten. Zieh eine aus der Packung, und zünde sie an, langsam, nachdenklich. Blas einen Ring in die Luft, noch einen, und lächle sie an, als würdest du über den Unsinn dieses ersten ungenügenden, wenig überzeugenden Ausgangs der Geschichte nachdenken.
Obwohl du ja nie über Kapitel vier hinausgekommen bist.

Was gibt man dem Mann, der alles hat, einen guten Job, ein schönes Zuhause und eine nette Frau? Du gibst ihm dein Herz und deine Seele, jawohl. Du gibst ihm deinen ersten Roman, deinen liebsten Besitz, dein Meisterwerk, deine Schöpfung, die dir, wie du beim Tippen der letzten Zeile glaubst, nähersteht als das Leben selbst.
Du liegst im Bett, erfüllt von seiner Liebe, genießt die romantische Großartigkeit der Geste, träumst von dem Augenblick, in dem du dich ihm überreichen wirst, dich selbst zwischen den festen schwarzen Deckeln des Ordners.
Oh, du glaubst, mich zu kennen, wenn du meine geheimsten Gedanken berührst, wenn du meine Motive erfährst, wenn du deine leidenschaftlichen, aber wohlüberlegten Vorschläge anbringst. Hier habe ich etwas für dich, was dir meinen innersten Kern darlegt. Ich zeige dir meine Seele, die in diesen meinen ersten Roman einge-

gangen ist, in meinen ersten schmerzvollen, selbstbesessenen, selbstquälerischen Roman, meine unbeholfene, einfältige, kraftvolle Geschichte, wie ich zu dem geworden bin, was ich bin. Lies sie, Paul, und hab mich lieb. Denn das ist der eigentliche Grund, warum ich sie dir gebe. Nicht wegen deiner scharfsinnigen Kritik. Nicht, damit du mit mir über ihren Aufbau oder die Qualität ihrer Prosa reden sollst. Sondern damit du mich liebhast, Paul. Damit du mich in deine Arme nimmst und mich mit Küssen bedeckst und sagst: »Rose, meine liebe Rose. Das habe ich ja alles nicht gewußt. Oh, wie ich dich dafür liebe, was du durchgemacht hast. Aber bei mir wirst du niemals unglücklich sein . . .«

»Ich habe hier etwas für dich. Es ist mein Roman. Jedenfalls, na ja, die erste Fassung. Ich möchte, daß du ihn liest. Daß du mir deine Meinung sagst, ich bin mir wegen des Schlusses noch nicht ganz sicher. Ich kann es so schwer beurteilen, weil ich zu sehr darin verwickelt bin.«
»Verstehe. Natürlich bin ich froh, ihn lesen zu dürfen. Das hab' ich dir doch schon gesagt, als ich zum ersten Mal davon hörte.«
»Und wirst du mir deine ehrliche Meinung sagen?«
»Natürlich werde ich das.«
»Bitte versteh mich nicht falsch, ich schäme mich nicht deswegen: Ich weiß, daß einige Teile überzogen sind. Aber wenn man aufgewühlt ist und mit aller Leidenschaft schreibt, kann man plötzlich nicht mehr aufhören, nur weil einem die anderen Leute vorschreiben wollen, was guter Geschmack ist. Lawrence ist es nicht viel anders gegangen, in der einen Sekunde vorzügliche

Prosa und in der nächsten Gefühlsduseleien und Banalitäten.«
»Höre ich richtig? Soll das etwa ein Lob für Lawrence sein?«
»Jetzt bist du aber unfair. Ich habe noch nie angezweifelt, daß er große Prosa schreibt. Übrigens bist du der erste, der den Roman lesen wird.«
»Ich bin geschmeichelt.«
»Es hat keine Eile. Ich muß noch viel daran arbeiten, und ich weiß, daß du sehr beschäftigt bist.«
»Aber nein. Ich weiß doch, wie wichtig es für dich ist, und außerdem freue ich mich schon darauf. Gleich an diesem Wochenende . . .«

»Hallo. Ich dachte mir, ich schau' mal vorbei. Wie geht es dir?«
»O Gott, wie es mir geht? Absolut schrecklich. Und wie geht es dir?«
»Ganz genauso. Natürlich ebenfalls schrecklich. Absolut schrecklich. Plötzlich kommt es einem vor, als wären die Abschlußprüfungen schon morgen. Ich habe mir gerade überlegt . . . ob du zufällig . . . aber macht ja nichts . . . bestimmt hattest du noch keine Zeit . . . ich kann sehen, daß du noch keine Zeit hattest . . . ist schon in Ordnung . . . macht nichts.«
»O Rose, es tut mir so leid. Ich bin einfach noch nicht dazu gekommen. Ich habe ihn ein dutzendmal in die Hand genommen. Tatsächlich habe ich das erste Kapitel bereits gelesen, und es hat mir unheimlich gefallen. Aber ich möchte mich in aller Ruhe hinsetzen, mir Zeit nehmen, um es wirklich beurteilen zu können. Übrigens

sieht es so aus, als würde es mit meinem Conrad-Programm doch noch klappen.«
»Das ist ja phantastisch. Wunderbar. Du wirst berühmt werden.«
»Ich fahre morgen hin, um alles zu besprechen. Ich dachte mir, ich könnte deinen Roman im Zug lesen.«
»Ach nein, da hast du bestimmt ganz andere Dinge im Kopf . . .«
»Aber nein. Absolut nicht. Ich freue mich schon darauf. Ich rufe dich an, wenn ich zurück bin.«

Red dich nur heraus, Paul. Gewinn Zeit. Das kannst du doch. Schenk ihnen deinen nachdenklichen Blick, und stoß Rauchringe in die Luft, schenk ihnen dein Lächeln, welch ein wunderbarer, warmherziger Akademiker.
»Ja, ich habe gelesen, was sie über den Schluß von Romanen gesagt hat, aber, um ehrlich zu sein, ich finde das Ganze ein bißchen übertrieben. Ich kann mich nicht erinnern, daß der erste Schluß im wesentlichen anders war. Eine andere Betonung vielleicht, ein paar geringfügige Veränderungen im Handlungsablauf, aber im wesentlichen hatte ich immer das Gefühl, daß sie ganz genau dasselbe sagte.«

Ich habe das Manuskript schließlich, zur Hälfte gelesen, von ihm zurückgeholt, habe es mit nach Hause genommen, die Haustür verschlossen und mich auf den Boden geworfen, ich habe es umklammert, mich daran festgeklammert, habe es in den Armen gewiegt wie eine alte Frau ihr Kind, das verlorengegangen war und wiedergefunden wurde.

»Es tut mir leid. Ich habe es sehr gründlich gelesen. Ich wollte nichts überstürzen. Ich habe mir Notizen gemacht.«
»Wozu Notizen? Es ist doch nur ein verdammter Roman. Du solltest ihn lesen und genießen, aber nicht Notizen machen.«
»Es tut mir leid. Ich wußte, du erwartest von mir, ehrlich zu sein. Ich wollte dir helfen. Ich wollte dir eine konstruktive Kritik anbieten.«
»Ich will keine konstruktive Kritik. Wer hat denn was von konstruktiver Kritik gesagt? Ich will Lob. Viel Lob. Ich will, daß man mir sagt, wie wunderbar er ist und wie wunderbar ich bin, weil ich ihn geschrieben habe.«
»Es tut mir leid. Du sagtest ›keine Eile‹.«
»Natürlich habe ich ›keine Eile‹ gesagt. Ich habe ›keine Eile‹ gesagt, weil man solche höflich-belanglosen Dinge eben sagt, wenn man jemandem seinen ersten Roman zum Lesen gibt. Man sagt ›keine Eile‹ und meint ›das ist mein Leben, nimm es, und lies es, so schnell du kannst, weil ich nicht essen, denken und schlafen kann, bis ich von dir gehört habe, ob er gut ist, und ob ich lebe, oder ob es eine Fehlgeburt ist und ich sterben muß.‹ «
»Es tut mir leid . . .«

»Und wie ist er denn so«, wird man sie fragen, diese Frau, die klüger ist als ich; alle auf ihrem Teppich vor ihrem Kamin, während sie Kaffee trinken und dazu Käse und französisches Brot essen.
»Ich mag ihn. Er ist ein guter Lehrer, nimmt sich natürlich ungeheuer wichtig, aber schließlich, wer von denen tut das nicht? Ja, ich mag ihn.«

»Was glaubst du also? Ist er . . .?«
»Du meinst Paul? Ich weiß nicht. Es ist komisch, wenn man ihn von ihr reden hört. Die Sache nimmt ihn ziemlich mit, obgleich er sich die ganze Zeit bemüht, schrecklich entspannt und überlegen und wissenschaftlich zu sein, und diese albernen Rauchringe in die Luft bläst. Auf jeden Fall, selbst wenn es ihn wirklich mitnimmt, so wird es für ihn wieder nur die alte D.-H.-Lawrence- und Jessie-Geschichte sein, nicht wahr?«
»Alternative Versionen ein und derselben Wahrheit?«
»Absolut. Die alte Geschichte. Er hat etwas wirklich Interessantes gesagt. Mir kam es so vor, als sagte er es ziemlich traurig: ›Wissen Sie, manche Leute behaupten, Schriftsteller seien wie Kannibalen: Sie verschlängen ihre Kinder. Aber noch viel schlimmer. Wir haben keinen Namen für das, was Schriftsteller wirklich sind. Sie würden sich ihren eigenen Arm abhacken, wenn sie glaubten, es brächte ihnen etwas, worüber sie schreiben könnten.‹ «
»Und dann ließ er sich über diese Sache mit Tschechow aus, redete davon, daß Trigorin das beste Bild eines Schriftstellers sei, das je gemalt wurde, sei hinter jedem einzelnen hergelaufen, sich selbst eingeschlossen, mit dem Notizbuch in der Hand. Und er sagte: ›Sie war ein bißchen so. Trug immer diese große, braune Leinentasche mit sich herum, wo sie auch hinging. Einmal habe ich sie im Spaß gefragt, was sie denn darin aufbewahre, und sie hat keine Miene verzogen. Sie sagte nur: Meine Notizbücher, und dann nahm sie die Tasche von ihrer Schulter und drückte sie mit beiden Armen fest an sich.‹ «
»Ist er verheiratet?«

»O ja. Seine Frau kommt ziemlich oft hierher. Eine nette Frau. Belesen. Ziemlich unscheinbar. Sie haben einen kleinen Jungen.«

»Du wirst dich vermutlich von Monica scheiden lassen und deine Fernsehproduzentin heiraten. Das tun die Männer in deinem Alter, wenn sie auf ihrem Höhepunkt sind. Dann könnte Monica diesen, wie heißt er doch gleich, heiraten?«
»Er ist verheiratet und hat zwei Kinder.«
»Wen stört das schon?«
»Du verstehst Monica nicht. Sie ist nicht wie du. Im Grunde ist sie schüchtern und völlig abhängig.«
»Ich trau' meinen Ohren nicht. Du meinst die schöne Monica, mächtige Besitzerin eines Buchladens und mit einem Liebhaber aus jedem Genre?«
»Ein Liebhaber, ein Genre.«
»Einer, von dem du weißt?«
»Wir waren immer ehrlich zueinander.«
»Ach ja, das hatte ich vergessen.«
»Die Menschen sind nicht immer so, wie sie nach außen hin erscheinen, weißt du? Monica braucht mich auf eine Art, die ich nicht erklären kann. Ich glaube, deshalb ist sie nicht mit ihm weggegangen.«
»Soll ich dir mal was sagen? Ich brauch' dich auch auf eine Art, die ich leider nicht erklären kann.«
»Du machst dich nur lustig über uns. Du hast absolut keine Gemeinsamkeiten mit ihr. Sie wird einfach nicht alleine fertig. Sie ist außerordentlich verklemmt, ein Einzelkind: Ihre Eltern starben, als sie noch ganz jung war.«
»Was für ein Zufall. Ich bin nämlich auch ein Einzelkind,

und meine Eltern starben, als ich noch ganz jung war. Und bin ich etwa nicht außerordentlich verklemmt? Ich habe Neurosen, die du dir gar nicht vorstellen kannst. Und von wegen nicht alleine fertig werden! Glaub mir, das ist doch alles nur Show. Hinter meiner emanzipierten, unabhängigen, selbstbewußten Fassade steckt eine Frau, die am Rande der Verzweiflung steht und jeden Moment zusammenklappt!«

»Jetzt bist du aber nicht ehrlich. Du weißt, daß zwischen dir und Monica Welten liegen. Du hast doch ein völlig anderes Leben geführt.«

»Zum Glück für dich. Weißt du, was ich glaube? Ich glaube, es hat überhaupt nichts mit Monica zu tun, wenn du mit ihr zusammenbleibst. Ich glaube, du bleibst nicht ihretwegen, sondern deinetwegen. Du bleibst nicht, um Monicas, sondern dein eigenes Selbstvertrauen zu stärken. Monica ist wie ein Sprungbrett für dich. Bei ihr hast du jedes Mal einen weichen Start, wenn du in die große, blaue Weite zu deiner nächsten Liebesaffäre abzischst, wohlwissend, daß du ja immer noch Monica hast, zu der du zurückkehren kannst.«

»Ich muß jetzt gehen.«

»Monica pflegt dich wie ein Auto. Sie überprüft dein Ego, bevor du auf Reisen gehst, möbelt dein Selbstvertrauen auf und sorgt dafür, daß mit der Frau, mit der du, während deiner Abwesenheit von zu Hause, gerade eine Affäre hast, alles glatt läuft.«

»Tut mir leid, aber ich muß jetzt gehen.«

»Natürlich mußt du gehen. In eine Klasse für Arbeitslose, oder um einer Studentin, die kurz vor einem Nervenzusammenbruch steht, die Hand zu halten oder um irgendwas anderes von all dem zu tun, was von außen so edel und selbstaufopfernd aussieht, aber nichts anderes ist als süße kleine Egotrips, nicht wahr?«

»Tut mir leid, ich weiß, daß du wegen deines Romans noch böse auf mich bist. Glaub mir, ich wollte ihn wirklich zu Ende lesen. Ich wünschte, du gäbest ihn mir zurück. Ich war von dem, was ich gelesen habe, sehr beeindruckt. Ehrlich, ich war absolut fasziniert.«

»So fasziniert, daß du es sogar fertiggebracht hast, dir Notizen zu machen.«

»Das haben wir doch alles schon besprochen.«

»Ich wollte, daß du ihn liest, verdammt noch mal. Ich wollte, daß du ein bißchen von deiner kostbaren Zeit opferst, um ihn zu Ende zu lesen. War das etwa zuviel verlangt?«

»Es tut mir leid.«

Wissen Sie, es erscheint mir unmöglich, jemanden zu lieben, ohne zu merken, wenn etwas nicht stimmt. Das ist die Ursache für meine Schuld gegenüber Monica. Und auch gegenüber Margaret und Sandra und Francie. Denn wie hätte Margaret nichts von Jo wissen sollen, wo Martin es doch eines Abends betrunken ausposaunt hat? Und was hat Michael am Telefon anderes getan, als Sandras schlimmsten Verdacht zu bestätigen? Und wie hätte Francie davon überzeugt sein sollen, daß es nur künstlerisch bedingte Angst war, die David von ihr trennte, und nicht eine andere Frau?

Wie ist es möglich, jemanden zu lieben und nicht zu merken, daß etwas nicht stimmt?

»Hallo!«
»Oh, hallo!«
»Ich dachte mir, ich ruf' dich mal an, um zu hören, wie es mit deinen Terminen steht.«
»Schwarz mit roten Rändern . . .«
»Sehr komisch.«
». . . und sehr dicht.«
»Wie wär's mit einem kleinen Drink heute abend?«
»Nichts lieber als das, aber ich hab' eine Probe. Die Studenten haben mich gebeten, mit ihnen ›Die Möwe‹ zu inszenieren.«
»Vorher. Wir könnten uns vorher treffen.«
»Wir fangen sehr früh an. Ich muß eine Hörprobe machen.«
»Und morgen? Ich habe einen Laden gefunden, in dem es frische Pasta gibt. Ich könnte was kochen.«
»Hört sich wunderbar an, aber ich muß zu einem Treffen für das Kunstfestival. Und vorher bin ich mit ein paar von unseren Leuten zu einer Pizza verabredet, um uns vor der Ratssitzung noch abzusprechen.«
»Und am Donnerstag?«
»Ach, Rose, es tut mir leid. Da muß ich wegen der Conrad-Sache wieder nach London.«
»Und Freitag ist Monicas Abend.«
»Rose, es tut mir so leid. Du hörst dich so wütend an.«

Ja, das bin ich auch. Meine Lippen und meine Kehle sind zusammengeschnürt, denn am liebsten hätte ich ins Telefon geheult. Frauen wie ich heulen in guten Büchern immer, wenn das Schönste vorbei ist und die restlichen Kapitel nur noch schildern, wie alles zu Ende geht, was man daraus gelernt hat und wie man wieder neu anzufangen versucht, allein und in festerem Schuhwerk.

»Aber Paul, ich sehe dich überhaupt nie mehr«, möchte ich heulen. Aber das werde ich nicht tun, denn ich kenne diese Szene. Weil ich sie in Büchern gelesen und in Filmen gesehen habe. Weil ich weiß, daß sein Mund am Ende der Zeile zusammengekniffen sein wird und seine Stirn gerunzelt, nur ein bißchen vielleicht, aber genug, um aufzufallen, und er dann mit ruhiger, besänftigender Stimme auf mich einreden wird, wie er es auch tut, wenn er verzweifelte Studentinnen beruhigt, während er gleichzeitig den Hörer unters Kinn klemmt, damit er die Hände frei hat, um die Papiere auf seinem Tisch ordnen und eine geistreiche Bemerkung neben einen Schreibfehler der Unterstufe setzen zu können.

»Nein. Es ist nichts. Ich bin nur ein bißchen müde, das ist alles.«

»Du arbeitest zuviel. Du mußt dir auch mal eine Pause gönnen. Nimm ein Buch, nur so zum Vergnügen, und genieß es.«

»Vielleicht probiere ich es noch mal mit einer Jackie Collins.«

Sie entfernen sich immer mehr voneinander. Sein Interesse und dein Vertrauen. Diese beiden Dinge, die eng miteinander verflochten waren, bringen die Beziehung zum Scheitern. Du bemühst dich um einen Blick von ihm, um dein Selbstvertrauen, deine Selbstzufriedenheit und geistige Unabhängigkeit zu behalten, woraufhin er all das auszulöschen beginnt, einfach indem ihm nicht genug an dir liegt.

»Ich ruf' dich nächste Woche an.«

Das Telefon beginnt, dein Leben zu beherrschen. Es wird immer größer, wie ein Ding aus einem Zauberland, übersteigt die normalen Größenverhältnisse gegenüber dem restlichen Leben, entwickelt eine eigene Persönlichkeit. Es hockt träge an der Wand, sein eines großes, dummes Auge starrt dich verschlafen quer durchs Zimmer an. Und dann, als hätte es nur darauf gewartet, dich unverhofft zu erwischen, klingelt es, kreischt schrill vor Lachen, während du zu ihm hastest, um den Hörer abzunehmen.
»Ach, du bist es, Jennifer.«

Deine Hand schwitzt vor Enttäuschung an dem Plastikgriff. Aber der Hörer ist nun schon in deiner Hand. Warum rufst du ihn also nicht an? Warum nicht? Er wird sich freuen, von dir zu hören. Wahrscheinlich hat er dich angerufen, als du einkaufen warst. Wahrscheinlich fragt er sich, wie es dir geht. Schließlich haben sich die Zeiten geändert. Heutzutage kann eine Frau einen Mann anrufen, ohne fürchten zu müssen, etwas Unehrenhaftes zu tun.
Hör zu, sagt eine kleine, unehrliche Stimme in deinem Ohr, das kommt alles nur, weil du nicht offen genug mit ihm gewesen bist. Er weiß nicht, wo er steht. Schließlich hält er dich für emanzipiert, für unabhängig. Es käme ihm gar nicht in den Sinn, daß du dich verzehrend zu

Hause sitzen und auf seinen Anruf warten könntest. Glaub nicht, es machte ihm nichts aus. Er wartet darauf, daß *du ihn* anrufst. Er wartet auf ein Zeichen, daß du dir wirklich was aus ihm machst.

Hör zu, sagt die Stimme, du weißt, daß er dich mag. Erinnere dich doch daran, was er dir zugeflüstert hat, als er mit der Hand über deinen Körper streichelte: »Rose, du bist so unheimlich sinnlich, und du weißt es nicht einmal.« Und was er damals zu dir gesagt hat, an jenem Abend, in dem Restaurant, an deinem Lieblingstisch in der Ecke. »Mit dir kann ich reden, Rose«, hat er gesagt. Rede mit mir. Er sagte, mit mir könne er reden. Nicht mit Monica, mit mir. Natürlich hat er das von Monica nicht direkt gesagt, aber es war darin enthalten, in Klammern, obgleich wir natürlich stillschweigend darüber hinweggingen, so taten, als bemerkten wir es nicht, wegen dieser komischen Sache, die beim Gedanken an Monica passiert.

Ruf ihn an, drängt die Stimme, ruf ihn jetzt an. Er will von dir hören. Das ist doch keine große Angelegenheit. Wähl einfach die Nummer. Ruf ihn jetzt an.

O Gott, ich wünschte, ich hätte ihn nie angerufen. O Gott, das war wirklich dumm von mir. Ich hätte warten sollen, bis er mich anrief. Mir ist so übel, übel, übel.

Wenn du seine Stimme gehört hast, voller Erregung, Begeisterung und Verlangen, wenn du sie hast sagen hören: »Rose, ich bin so froh, daß du anrufst, ich wollte dich auch gerade anrufen«, dich mit weit offenen Armen empfangend, dann fühlst du dich jetzt wie von einem

Messer durchbohrt, wenn du seine zurückhaltende und reservierte und etwas abwehrende Stimme hörst und spürst, wie sich dir eine kühle, schlaffe, unwillige Hand entgegenstreckt.

»Rose, es tut mir so leid. Ich hatte so viel zu tun.«

Wenn du gehört hast, wie diese beiden Stimmen zu einer einzigen zusammengelaufen sind, zu einem sprunghaften, gurgelnden Strom, der das Ende der Sätze überflutet – »Ich wußte, daß du das sagen würdest« –: Wie schmerzhaft sind da die Pausen und das Schweigen!

»Hallo . . . bist du noch da?«

»Tut mir leid, Rose. Verzeih mir. Ich bin gerade beim Korrigieren. Ich versuche gerade, in diesem Aufsatz irgendeinen Sinn zu entdecken.«

Er will mich nicht sehen. Er hat eine andere. Ich weiß, es ist das große attraktive Mädchen mit den dunklen Haaren, das immer in seinem Zimmer ist. Der Star der Theatergruppe. Natürlich. Deshalb macht er die Inszenierung.

Na schön. Er braucht mir nicht erst zu sagen, daß ich verschwinden soll. Ist schon in Ordnung. Ich bin ganz cool. Ich werde damit fertig. Was ist denn schon dabei? All die Dinge, die ich schon getan habe. All die Orte, an denen ich gewesen bin. Ich bin doch nicht irgendein vertrocknetes Veilchen. Ich bin nicht wie Monica. Es hat Spaß gemacht. Wir haben ein paarmal zusammen geschlafen. Es war nett. Jetzt ist es vorbei. Macht nichts.

O Gott, wie ich ihn liebe. Hilf mir, lieber Gott. Hilf mir.

»Die Hölle kennt keinen Zorn . . .« wird sie sagen und ihre Freundin anlächeln, während das Kaminfeuer flakkernd ihr Haar umspielt.
»Ist doch nur Rache, einen Roman über deine unglückliche Liebesaffäre zu schreiben, oder?« Schätze, deshalb tut er mir so leid. Er nimmt das Ganze ziemlich gelassen. Das gefällt mir. Ehrlich, er ist freundlich und *nett*, um böse Worte zu vermeiden. Sieht eigentlich ganz gut aus, auf eine etwas langweilige, akademische Art, aber ansonsten nichts Besonderes.

»Weißt du, was mein größtes Problem ist?« wird sie mit gerunzelter Stirn fragen, diese Frau, die ach so viel klüger ist als ich. »Mein größtes Problem«, wird sie sagen, »ist, daß er für mich überhaupt ›Paul‹ ist.«

14

Helen macht es sich auf dem Sofa gemütlich und tut so, als wäre sie allein.
Sie hat ihre Beine auf dem Samtbezug lang ausgestreckt und übereinandergeschlagen. Daneben auf dem Boden stehen ihre hochhackigen Schuhe, vorne, an den Zehen, offen, und warten darauf, benutzt zu werden.
Sie blättert in einem Möbelkatalog, ist anscheinend in seine Bilder und Preise vertieft, gelegentlich hebt sie ihn näher an ihr Gesicht, wenn irgend etwas Besonderes ihr Interesse erweckt.
Einmal schenkt sie Wein in ihr Glas, wobei sie die Augen nur kurz von dem Katalog hebt, aber darauf bedacht ist, meinem Blick nicht zu begegnen. Beim Einschenken streift sie das Glas mit der Flasche, so daß ein kleines melodisches Klirren zu hören ist.
In der Küche quietscht und kreischt Jennifers Mixer.

Ich konnte Helen nicht selbst dazu bringen, herzukommen, deshalb mußte es Jennifer für mich tun.
»Versteh ich nicht. Warum kannst du sie nicht fragen?«
»Das ist eine lange Geschichte.«
Ich saß auf dem Sofa, während sie von dem Telefon an der Wand im Flur telefoniert. In Gedanken hörte ich Helen antworten und dann ihr Schweigen, nachdem Jennifer sie gefragt hatte: »Was hast du am Donnerstag vor?«, als sie die Gefahren abwog, sich festzulegen.

Am Ende sagte sie ein wenig zögernd: »Nichts«, und dann, als Jennifer sagte: »Gut. Dann kommt doch zum Essen zu mir. Nur wir drei. Du und ich und Rose«, ohne besondere Begeisterung: »Großartig.«
Und jetzt räkelt sie sich faul auf dem Sofa, sitzt in der Falle, ist aber bemüht, das Beste daraus zu machen, hebt das neu gefüllte Glas an den Mund.
Ich räuspere mich und spiele nervös mit einem getrockneten Grashalm, der aus einem Strauß in einem alten Krug im leeren Kamin ragt.
»Helen«, sage ich nervös, »was ist dreieinhalb Meter lang, doppelt verglast und kostet ein Vermögen?«

Michael hatte mich nämlich angerufen, wissen Sie. Er sagte, er müsse mit mir reden. Er sagte, er müsse mit mir über Helen reden.
»Ich habe ziemlich viel zu tun, Michael«, sagte ich. »Die Prüfungen rücken immer näher. Kannst du es mir nicht am Telefon sagen?«
Aber er sagte: »Nein. Ich muß dich treffen. Es ist wichtig. Ich lade dich zum Mittagessen ein. Du mußt was essen.«

Ich traf ihn in derselben Weinstube im Stadtzentrum, wo ich ihn damals angetroffen hatte, als es ihm schlecht ging und er keine Arbeit hatte, aber ich erkannte schon von der Tür aus, als ich hereinkam, daß er jetzt ein anderer war.
Er winkte mir mit großen, auffälligen Gesten quer durch den Raum zu, während er gleichzeitig jemandem neben ihm zum Abschied auf die Schulter schlug, und dann kam er auf mich zu, durch und durch der Mann von

Welt, aus seiner Tasche ragte die Spiralbindung eines Notizblocks.
»Essen«, sagte er jovial und führte mich zu einem Tisch in der Ecke. »Wie ich versprochen habe.«
Seine Augen funkelten vom Trinken und vor guter Laune. Er ging zur Bar, um Wein zu holen, verwirrte die Barfrau mit seinem Lächeln und kehrte mit der Flasche zurück, die er zusammen mit den Gläsern lässig zwischen den Fingern schlenkerte.
Er warf seine Zigaretten auf den Tisch, zog seinen Regenmantel aus und pfiff die ganze Zeit leise vor sich hin, dann setzte er sich und zog mit dem Ausdruck höchster Zufriedenheit seine Hosen an den Knien hoch.
»Du siehst gut aus, Michael«, sagte ich.

Aber dann wechselte die Stimmung. Er bedeckte seine Augen mit der Hand und rieb sie, strich mit der Hand über das Gesicht, als wollte er die Maske von Lebendigkeit und Heiterkeit herunterziehen. Das Gesicht, das darunter zum Vorschein kam, war ernst und düster, wie zum Erzählen schwerwiegender Neuigkeiten geschaffen.
»Ich muß dir etwas sagen«, begann er. »Ich glaube, Helen ist dabei, auszuflippen.«
Ich beugte mich nach vorn, um zu widersprechen, aber er winkte kurz ab, um mich zum Schweigen zu bringen, als die Kellnerin zwei Teller mit grell aussehendem Chili und zu weich gekochtem, klebrigem Reis auf den Tisch stellte.
Nachdem sie gegangen war, hob er abwehrend die Hand.
»Du wirst es verstehen«, sagte er, »wenn ich dir erzähle, was sie getan hat.«

Er warf einen Blick in die Runde, als fühlte er sich von den Paaren an den Nachbartischen belauscht, dann beugte er sich über die Teller nach vorn, bis sein Gesicht dicht vor meinem war.
Seine Wangen waren gerötet, glänzten vom Wein und von der Hitze. Er legte beide Hände auf den Mund, schloß einen Augenblick die Augen und holte tief Luft. Als er schließlich zu sprechen begann, kamen seine Worte sehr langsam, als wollte er ihren Ernst betonen und jedes einzelne Wort sowie ihren Zusammenhang deutlich hervorheben.
»Sie hat das Blumenfenster zerschlagen«, sagte er.

Winzige Tröpfchen Wein sprühten durch die Luft, als ich in Lachen ausbrach, und ein kleiner Tropfen landete auf seinem kleinen, dicken, nikotingefärbten Finger, der an dem Stiel des Weinglases spielte.
»Mein Gott, Michael. Und ich dachte schon, es wäre was Ernstes. Ich dachte, sie hätte vielleicht ihre Initialen in euren geheiligten Rasen geschnitten oder so.«
»Also wirklich, Rose«, sagte er und kniff beleidigt die Lippen zusammen, »ich weiß nicht, warum du dich immer über alles lustig machen mußt. Dazu ist die Sache viel zu ernst. Es ist dreieinhalb Meter lang und doppelt verglast, es kostet ein Vermögen.«

Er war mit Andy unterwegs gewesen. Als sie zurückkamen, ging Andy nach nebenan, um mit Tommy zu spielen, so mußte er zum Glück nicht mit ansehen, was passierte. Es war erst halb sechs, aber sie saß bereits auf dem Sofa und trank. Seine Stimme wurde einen Halbton

mißvergnügter, als er es erzählte. Sie hatten über die Zukunft gesprochen. Ganz zivilisiert. Sie hatten über Andy gesprochen. Und darüber, wieviel sie für das Haus bekommen würden, als sie plötzlich vom Sofa sprang. Aus heiterem Himmel. Aus keinem ersichtlichen Grund. Völlig hysterisch wurde. Ihn anzukreischen begann. Wie ein Fischweib. Und dann das leere Whiskyglas nahm und es absichtlich, nicht etwa zufällig, nein, absichtlich, peng! gegen das Fenster schmetterte.
»Außerdem war es eines unserer schönsten Gläser«, sagte er mit einem verletzten Gesichtsausdruck. »Eines von denen, die das Büro uns zur Hochzeit geschenkt hatte.« Und das war noch nicht alles. Was denn noch? Also, sie stand da und lachte. *Lachte*. Er hatte versucht, sie zu beruhigen. Ja, er hatte sogar versucht, ihr eine runterzuhauen.

»Was hast du getan?«
»Na ja, du weißt schon, wie im Kino. Aber es hat nichts geholfen. Sie mußte nur noch mehr lachen, wenn du es unbedingt wissen willst.«
»Vielleicht hast du es nur nicht richtig angestellt. Oder vielleicht hast du eben einfach nicht das Zeug zum Helden, Michael.«

Und dann war sie plötzlich verstummt. Weigerte sich, mit ihm zu reden. Saß nur da, den Kopf gegen den Sessel gelehnt. *Lächelte*. Und so geht es nun schon die ganze Zeit. Sie redet einfach nicht mit ihm. Im Büro sagte man ihm, sie habe zu tun. Zu Hause war ständig jemand, Andy oder ihre Mutter, oder sie war ausgegangen. Und jetzt

zögert sie die Scheidung hinaus. Macht Schwierigkeiten. Läßt Briefe unbeantwortet. Außerdem hatte sie versprochen, das Haus zum Verkauf anzubieten, aber getan hatte sie es nicht.
»Red du doch mal mit ihr, Rose«, sagte er. »Für mich.«

»Hör zu, Rose«, sagte er ernst. »Ich möchte nicht unfreundlich sein, aber diese Dinge müssen geregelt werden. Wir hatten abgemacht, egal was passiert, uns bei einer Scheidung zivilisiert zu benehmen. Wir hatten abgemacht, daß alles glattgehen würde, nachdem sie zugegeben hat, die Ehe gebrochen zu haben. Aber jetzt will sie diese Erklärung plötzlich nicht abgeben. Obwohl das eine ganz einfache Sache ist. Sie muß nicht mal Rays Namen nennen. Und außerdem hatten wir abgemacht, das Haus zu verkaufen. Aber sie hat nichts unternommen. Am Ende würden wir ungefähr Dreißigtausend übrigbehalten, so daß jeder von uns genug für eine Anzahlung für eine neue Wohnung hätte, auch wenn sie einen größeren Anteil bekommen wird. Denn, weißt du, ich möchte, daß Helen und Andy nichts entbehren müssen. Das ist doch selbstverständlich. Und ich bin bereit, alles zu tun. Aber ich liebe Kathy. Und ich möchte sie so schnell wie möglich heiraten. Ich habe es verdient, glücklich zu sein, Rose«, sagte er.
Er nahm seine Gabel und stopfte sich wie wild Reis und Chili in den Mund. Rührte darin herum und vermischte es, bis es ein matschiger, rosafarbener Brei war.
Ich rührte mein Essen nicht an und ließ es kalt werden.
»Michael«, sagte ich, »was genau hast du zu Helen gesagt, bevor sie das Glas warf?«

»Wir sprachen über Ray«, sagte er und sah mich mit seinen unschuldigen, rotgeränderten Augen an. »Ich hatte ihr gerade gesagt, daß Ray sich niemals von Sandra trennen würde.«

»Michael, du bist mir vielleicht einer. Immer, wenn ich glaube, ich wüßte, woran ich bei dir wäre, hast du eine neue Überraschung für mich. Ich frage mich schon die ganze Zeit, warum sie nicht dich durch das Blumenfenster geworfen hat, anstatt das Glas.«
»Ich hätte mir denken können, daß du auf ihrer Seite bist. Ihr Frauen haltet doch immer zusammen.«
»Wenn du es schon vorher gewußt hast, dann hättest du uns die Mühe ersparen können, zusammen Mittag zu essen. Außerdem hast du für mich ein Chili bestellt, obgleich du doch genau weißt, daß ich Vegetarierin bin.«
Ich griff nach meinem Mantel, während ich das sagte, aber er erhob sich halb von seinem Stuhl und legte die Hand auf meinen Arm, um mich zu beschwichtigen.
»Nein, warte. Es tut mir leid. Es tut mir leid, Rose. Hör zu, ich bestelle dir etwas anderes. Um ehrlich zu sein, ich mache mir Sorgen um sie. Ich glaube, daß sie kurz vor einem Nervenzusammenbruch ist. Vor allem trinkt sie viel zuviel.«
»Um Himmels willen, wir trinken alle viel zuviel. Sie hat ein Verhältnis mit einem anderen Mann. Das spielt doch auch eine Rolle.«
»Ja, aber sie hat auch Verantwortung. Es ist nicht gut für Andy, wenn er sie trinken sieht.«
Seine Stimme war wichtigtuerisch und selbstgefällig vor gerechtem Zorn.

»Wirklich, Michael«, sagte ich kühl und schob den Chiliteller weg. »Manchmal bist du wirklich ziemlich scheinheilig. Du scheinst zu vergessen, daß ich dich seit zehn Jahren kenne. Ich habe dich schon total betrunken am Boden gesehen. Ich habe gesehen, wie du jemanden angekotzt hast, und einmal hast du mir im betrunkenen Zustand fast den Arm gebrochen, indem du mich in einer Art Umarmung gegen den Schrank gedrückt hast. Und falls du deine alte Gewohnheit, um zwölf Mittag zu essen, inzwischen nicht aufgegeben hast, dann bist du bereits jetzt halb besoffen. Lassen wir also das ›Helen trinkt zuviel‹ aus dem Spiel, ja?«

»Himmel, das hatte ich völlig vergessen.«

Mit einem Schlag war das aufgeblasene und großtuerische Gehabe verschwunden, und ein fast schlüpfriges Grinsen erschien auf seinem Gesicht.

»Warum bringst du das gerade jetzt aufs Tablett?«

»Ich hielt es für angebracht, dich daran zu erinnern, was für ein scheinheiliges Arschloch du bist.«

»Na schön. Ich gebe zu, ich trinke selbst ganz gern einen Schluck. Aber hör zu, du mußt trotzdem mit ihr reden.«

»Wieso glaubst du, daß sie mir zuhören wird?«

»Du bist doch ihre Freundin.«

»Tut mir leid, dich enttäuschen zu müssen, aber Helen und ich sprechen im Augenblick nicht miteinander.«

»Warum denn nicht?«

»Das ist eine sehr lange Geschichte, und ich bezweifle, daß du sie verstehen würdest.«

»Du kannst es ja mal versuchen.«

»Sie will im Augenblick nicht mit mir reden, weil sie es nicht gut findet, daß ich ein Verhältnis habe.«

»Da hast du's«, stieß er triumphierend aus und fuchtelte mit seiner Gabel in der Luft herum. »Was ich dir gesagt habe. Sie ist völlig übergeschnappt.«
»Ganz und gar nicht. Sie hat völlig recht.«
»Jetzt verstehe ich gar nichts mehr. Ihr müßt beide völlig verrückt sein.«

»Also gut, Michael, ich werde versuchen, mit Helen zu reden. Ich werde mich bemühen, sie davon zu überzeugen, daß sie die Dinge nicht länger hinauszögern darf, daß sie die Sache vorantreiben muß . . .«
»Großartig, Rose. Ich wußte, daß ich mich auf dich verlassen kann.«
»Ich bin noch nicht fertig. Denn als Gegenleistung mußt du auch etwas für mich tun.«
»Alles, was du willst.« Er legte sich in einer albernen theatralischen Geste die Hand auf das Herz.
»Ich will, daß du wegen Martin und Jo den Mund hältst.«

Wie ein drittklassiger Schauspieler mit einem schlechten Timing runzelte er eine Sekunde zu spät die Stirn, stocherte mit seiner Gabel langsam in meinem beiseite geschobenen Teller herum, so gründlich und konzentriert, als handelte es sich um archäologische Ausgrabungen.
»Was ist denn mit Martin und Jo?« fragte er schließlich, während er die Gabel fallen ließ, nach den Zigaretten griff und mich mit einem strahlenden Lächeln ansah.
»Laß die Spielchen, Michael. Dafür habe ich keine Zeit. Ich war dort. Bin auf dem Boden herumgekrochen und habe Gläser aufgesammelt. Du warst so begierig auf Martins Neuigkeiten, daß du mich gar nicht bemerkt

hast. Er hat dir alles erzählt, angefangen von Jos Abtreibung und ihrem Listenplatz bis hin zu Margarets Scheidungswunsch.«

»Ach ja. Das hab' ich in der Zeitung gelesen. Der Sitz in ihrer Heimatstadt. Sie hat gute Chancen, nominiert zu werden, würde ich sagen. Wahrscheinlich sogar gute Chancen, gewählt zu werden. Das gäbe eine gute Story ab, so kurz vor den Wahlen, wenn Margaret Martin ihretwegen rausschmeißen würde.«

»Das wird sie nicht tun.«

»Soviel wissen wir also, ja?«

»Sagen wir mal, wir haben gute Gründe, zu glauben, daß sich das Problem von allein erledigen wird, wenn man es nicht ans Rampenlicht zerrt.«

»Trotzdem eine gute Story, Rose. Unser prominenter Vertreter der Partei in eine Liebesaffäre verwickelt.«

»Das klingt ziemlich pathetisch. Was, zum Teufel, hat das mit seinem Privatleben zu tun? Schließlich ist er ein Mitglied des Parlaments und kein Bischof.«

Jetzt war ich es, die hochging. Ich sagte das Gegenteil von dem, was ich dachte, deshalb wurde ich sehr scharf, denn ich war wütend auf die Situation und auf die Art des Streits, durch die ich mit meinem stillschweigenden Einverständnis in die falsche Ecke des Rings getrieben worden war.

»Das ist mir völlig egal. Aber er ist sozusagen öffentlich. Man erwartet von ihm eine höhere Moral als von anderen. Das ist der Grund. Das weißt du doch genau.«

»Das brauchst du mir nicht erst zu erzählen. Du stellst nicht die Regeln auf, du befolgst sie nur.«

»Genau.«

Die Stimmung zwischen uns war jetzt auf dem Tiefpunkt, während wir uns noch immer amüsiert und kühl anlächelten.
»Bist du nicht ein bißchen zu alt für solche Sensationen, Michael?«
»Nicht direkt. Um ehrlich zu sein, kommt mir das gerade recht. Ich habe einen Job bei der Abendzeitung in Aussicht. Wenn ich so eine kleine Geschichte wie diese hier zum Vorstellungsgespräch mitbringen könnte, wäre das, glaube ich, gut für mich. Um ehrlich zu sein, ich glaube sogar, daß sie mir den Job einbringen würde, den ich, wie du dir vielleicht denken kannst, unbedingt brauche, wenn ich wieder heiraten will, wobei noch dazu ein Kind aus einer früheren Ehe existiert, für das ich aufkommen muß.«
»Vergiß es, Michael, dann werde ich für dich mit Helen reden.«
»Rose«, sagte er, lehnte sich im Sessel zurück und starrte mich spöttisch, aber auch neugierig durch den Rauch seiner Zigarette an. »Ich muß mich wirklich wundern. Wie kannst du nur so naiv sein? Was geschieht denn, wenn ich dir verspreche, nichts zu sagen? Wieso, um alles in der Welt, glaubst du eigentlich, daß ich mein Versprechen halten werde? Und im übrigen müssen doch noch andere Leute außer mir über Jo und Martin Bescheid wissen.«
»Nein. Das glaube ich nicht. Ich glaube, sie waren erstaunlich diskret. Ein paar Leute in der Partei wissen vielleicht davon, aber niemand, der daran interssiert sein könnte, jemandem einen Tip zu geben. Die Partei ist eine loyale, eng verschworene kleine Bande. Neidhammel

gibt es da nicht, soweit ich mich erinnere. Natürlich ist da noch Margaret, aber ich kann mir nicht vorstellen, daß sie besonders scharf darauf ist, die Zeitungen ins Spiel zu bringen.«

Ich nahm die Flasche und goß den restlichen Wein in die Gläser, zuerst in sein Glas, dann in meins.

»Ehebruch ist eine komische Sache«, sagte ich.

Ich hob mein Glas und lächelte ihn über den Rand hinweg freundlich an.

»Erinnerst du dich an Harry?«

»Harry?«

»Der mit dem Industriepreis.«

»Ach so, du meinst Harry aus Nummer zwei. Ja.«

»Ja, den Harry. Weißt du noch, wie wir ihn in der Garage gefunden haben, bei der gemeinsamen Party?«

»Ja, natürlich erinnere ich mich daran. In Nummer vier, wenn ich mich recht erinnere. Mit Gloria aus Nummer sechs.« Er lachte, es war ein frisches, unschuldiges Lachen, und dann zog er tief den Rauch ein, während er die Erinnerung genoß.

»Stimmt. Gloria von Nummer sechs. Wie haben wir sie denn damals vorgefunden, Michael? Das heißt, was taten sie eigentlich dort in der Garage, als wir aus Versehen über Harry und Gloria stolperten, die flach auf dem Teppich lagen?«

Das Gesicht, das eben noch die Lust auf Klatschgeschichten widergespiegelt hatte, verzog sich merkwürdig angewidert. Er war bemüht, schnell ein spöttisches Grinsen draufzusetzen, aber es gelang ihm nicht, so daß sein Gesicht schließlich ganz schief und verkrampft aussah.

»Na, komm schon, Rose. Nach all den Jahren. Es hat doch keinen Sinn, das jetzt wieder aufzuwärmen. Das ist seit langem vergessen.«

»Wir gingen zu der Garage von Nummer vier, du und ich, in der ausdrücklichen Absicht, genau dasselbe zu tun, was Harry und Gloria taten, nicht wahr, Michael? Aber unglücklicherweise waren sie vor uns dort. Trotzdem, mit einigem Geschick haben wir es am Ende doch geschafft, nicht wahr, Michael?«

»Um Himmels willen, Rose. Das ist doch alles schon so lange her.«

Er wollte, daß seine Verwirrung eindrucksvoll wirkte, statt dessen verflog sie langsam in der Luft, müde, gereizt und nervös.

»Ja, Michael, das ist es. Schon so lange. Wie lange? Laß mich überlegen. Es muß sechs oder sieben Jahre her sein. Jedenfalls bevor Andy geboren wurde. Eine lange Zeit, ja. Aber ich glaube, nicht lange genug, um Helen nicht immer noch aus der Fassung zu bringen, falls sie dahinterkäme. Aber was vielleicht noch schlimmer wäre: Es könnte sie zu der Überlegung bringen, ob sie wirklich offiziell die Rolle der Ehebrecherin in eurer Ehe übernehmen soll. Vielleicht läßt sie sich dann noch mehr Zeit, wenn sie erfährt, daß sie nicht als erste in eurer Ehe fremdgegangen ist. Sie könnte sich sogar fragen, ob es nicht vielleicht noch andere gegeben hat. Du hattest immer ziemliche Chancen bei den Frauen, Michael, falls du dich erinnerst. Da war doch auch diese Sekretärin, nicht wahr, die sich immer so aufgespielt hat, wenn du in der Nähe warst. Das könnte alles sehr unschön werden, nicht wahr, Michael? Wenn nicht sogar schmutzig. Dann

könnte sich die Sache wirklich ziemlich hinziehen. Wer weiß, wie lange du dann noch warten müßtest, bis du frei wärest, um die hübsche kleine Kathy zu heiraten? Zumal Helen sowieso keine Eile hat, sich scheiden zu lassen, vor allem auch deshalb, weil Ray, wie du ja scharfsinnigerweise selbst gesagt hast, aller Wahrscheinlichkeit nach gar nicht daran denkt, sich von Sandra zu trennen.«
»Aber das kann man ihr doch nicht sagen. Das weißt du so gut wie ich.«
Er grinste wieder und hüllte sich in Zigarettenrauch, seine Stimme klang wieder mutiger.
»Das würdest du nicht wagen. Du kannst doch nicht deiner besten Freundin erzählen, du hättest mit ihrem Ehemann geschlafen, nachdem du ihn dir auf dieser Party in Wendys Haus im Garten von Nummer sieben geschnappt hast«, sagte er mit Hohn in der Stimme.
Sein Körper schaukelte hin und her, seine Augen starrten mich mit ungezügeltem Zorn an.
»Zu meiner großen Schande, Michael«, sagte ich ruhig. »Zu meiner großen Schande.«

»Scham kann sehr befreiend sein, Michael. Sie erlaubt es uns, uns selbst zu verzeihen. Mach keinen Fehler, sonst erzähle ich Helen davon. Ich würde es Helen bestimmt erzählen, obgleich es das Ende unserer Freundschaft bedeuten würde, an der mir übrigens sehr viel liegt. Aber ich täte es, wenn mir auch nur das geringste von dem, was Martin dir erzählt hat, irgendwo zu Ohren kommt. Verlaß dich drauf. Denn wenn das geschieht, Michael, werde ich wissen, daß es von dir stammt, und nichts wird mich umstimmen können. Ich werde auf jeden Fall dich

dafür verantwortlich machen, und ich werde sofort zu Helen gehen und ihr alles erzählen. Und ich werde ihr auch erzählen, wie scharf du damals darauf warst, das armselige, kleine Ereignis zu einer gewaltigen Liebesaffäre zu machen. Wie du mich, um den drolligen, altmodischen Begriff zu verwenden, belästigt hast. Ja, das werde ich Helen erzählen, und sie wird mir bestimmt glauben.«
Meine Stimme war ganz ruhig. Michael saß mir schweigend und mit unbeweglichem Gesicht gegenüber und starrte in sein Glas.
»Wenn ich es mir richtig überlege, Michael, dann liegt es, wie mir scheint, auch in deinem Interesse, daß auch nicht das geringste über Jo und Martin an die Öffentlichkeit gelangt. Sollte also irgend jemand Andeutungen machen, unser Abgeordneter im Parlament schäkerte mit anderen Frauen herum, wie du es delikaterweise auszudrücken beliebst, dann mußt du so explodieren, daß alle glauben, die Geschichte sei völlig aus der Luft gegriffen. Und sie werden dir glauben, Michael. Weißt du, warum? Weil du ein guter Reporter warst, bevor du den Fehler gemacht hast, in das PR-Geschäft einzusteigen, wofür du, ehrlich gesagt, völlig ungeeignet bist, weil du keine diplomatischen Fähigkeiten hast. Du warst der beste Mann in deinem Job, Michael. Und bestimmt wirst du es wieder sein. Du wirst diesen Job kriegen. Auch ohne dieses billige, kleinkarierte Gerücht. Das würde mich für dich freuen. Auch darum, weil du dann wieder das tust, was du wirklich kannst. Und ich freue mich auch für Kathy. Ich freue mich, daß ihr heiraten wollt. Du hast recht. Du verdienst es, glücklich zu sein. Sie ist ein nettes Mädchen. Jung und nett. Die bestimmt gerne verheiratet wäre, da

bin ich mir ziemlich sicher. Die sich wahrscheinlich darauf freut, Kinder zu haben. Junge Liebe, Michael. Die wartet nicht gern, nicht wahr? Und du möchtest sie doch bestimmt nicht gern verlieren. Soviel Nettigkeit und Süßigkeit. Vergeudet. All die Liebe und Bewunderung. Ich würde gern auf deiner Hochzeit tanzen, Michael. Deshalb wollen wir zusehen, daß alles glattgeht, nicht wahr? Laß uns eine nette, schnelle, anständige Scheidung machen. Weißt du was? Ich glaube, Helen wird mit sich reden lassen. Ich bin mir ganz sicher, daß es gar nicht so schwer sein wird. Nur ein Wort von einer Freundin. Mehr wird nicht nötig sein. Ich werde mit ihr reden. Ich bin überzeugt, daß ich sie dazu bringen kann, deinen Standpunkt zu verstehen.«

Nach dieser langen Rede saß Michael da, kniff die Lippen zusammen, starrte in sein Glas und schwieg, aber dieses Schweigen war irgendwie zufrieden und entspannt, fast so wie das Schweigen, nachdem man miteinander geschlafen hat.

Schließlich hob er den Kopf, zog an seiner Zigarette, sah mich verblüfft, aber höchst unfreundlich, an.

»Schämst du dich wirklich, weil wir zusammen waren?«

»Zusammen geschlafen haben, Michael. Nennen wir die Dinge ruhig beim Namen. Ja, ich schäme mich deswegen. Zutiefst. Wie ich schon sagte.«

»Warum?«

»Weil Helen meine Freundin ist und ich sie sehr gern habe.«

»Wirklich? Ist das alles? Wie entzückend kleinmädchenhaft.«

»Und auch aus einem anderen Grund.«

»Und der wäre?«
»Weil du ein kompletter Idiot bist und mir absolut nicht das Wasser reichen kannst, und weil es schon schlimm genug ist, daß Helen dich geheiratet hat; aber daß ich dann auch noch mit dir geschlafen habe, ist nun wirklich zuviel des Guten.«
»Du mieses Stück.«
»Ja. Ganz genau. Wie erfrischend, Michael, daß wir uns nach all den Jahren nun doch noch verstehen.«
»Na schön«, sagte er triumphierend und höhnisch, »vielleicht schämst du dich wegen unserer kleinen Liaison, aber wie ich sehe, hat es dich nicht davon abhalten können, dich weiter mit verheirateten Männern abzugeben.«
Unter seiner gewellten, altmodischen Haarfrisur, die ihm bis in die Stirn fällt, hatten sich große Schweißtropfen gebildet. Meinen prüfenden Blick bemerkend, griff er schnell nach einer Papierserviette und wischte sie ab. Zwischen den Aufschlägen seines Jacketts spannte sich das blau-weiß gestreifte Hemd über seiner Brust.
»Michael«, sagte ich. »Hören wir doch auf mit diesen Feindseligkeiten.«
»Wer ist es denn? Jemand, den ich kenne?«
»Nein. Niemand, den du kennst.«
»Er will sich von seiner Frau trennen, stimmt's?«
»Nein, ich glaube nicht.«
»Ach du liebe Zeit. Er macht einfach so weiter, ja? Rose hat sich am Ende also doch nach der Decke strecken müssen, was?«
»Was soll das, Michael? Weil ich dich nicht wollte?«
»Es hätte schlimmer kommen können.«

Er zuckte die Achseln und lächelte, versuchte so zu tun, als wäre es ein Witz. Aber ich wußte, daß es keiner war. Daß er sich nur etwas einredete, von dem er wollte, es wäre wahr. Und so lächelte ich auch, ein unglückliches Lächeln, lächelte über sein verletztes, ramponiertes Selbstbildnis, lächelte über ihn auf die gleiche peinlich berührte Art, wie man den komischen Mantel eines Landstreichers belächelt, den Schmutz und die Krankheit darunter und den Geruch von Vernachlässigung, der einem beim Vorbeigehen in die Nase steigt, absichtlich ignorierend.

»Das glaube ich nicht, Michael«, sagte ich und schüttelte den Kopf. »Ehrlich, das glaube ich wirklich nicht. Nicht nach allem, was in Wendys Haus passiert ist.«

»Ich gebe dir einen kleinen Tip, Helen«, sage ich zu der Gestalt, die noch immer mit einstudierter Entschlossenheit in den Katalog starrt.

»Michael sagt, es sei eins eurer schönsten Gläser gewesen. Eins von den Gläsern, die euch das Büro zur Hochzeit geschenkt hat.«

Und jetzt blickt sie langsam auf, als wären die Worte erst ganz allmählich zu ihr durchgedrungen. Sie starrt zum Fenster, spitzt die Lippen, klappt schließlich entschlossen und ohne Eile den Katalog zu und dreht sich majestätisch zu mir um.

»Er hat mich angerufen«, sage ich, spreche schnell und lächle nervös, ein mildes, beschwichtigendes Lächeln. »Er sagte, er müsse mit mir reden. Wir haben zusammen Mittag gegessen. Er hat mir erzählt, was passiert ist. Ich

habe ihm gesagt, er kann froh sein, daß du nicht ihn durchs Blumenfenster geworfen hast.«
Zuerst ignoriert sie meine Beschwichtigungsversuche und sieht mich kühl an. Aber dann zieht ein Lächeln über ihr Gesicht, ein helles, freundliches Lächeln.
Sie wirft den Katalog auf die Seite und hebt ihr Glas an die Lippen.
»Du kannst dir gar nicht vorstellen«, sagt sie und strahlt vor Freude über unsere gemeinsame Begeisterung über das ganze Gesicht, »was für ein phantastischer Spaß es war, dieses verdammte Blumenfenster zu zertrümmern.«

»Es war wunderbar«, sagt sie. »Ich kann dir gar nicht sagen, was für ein tolles Gefühl es war. Plötzlich schienen all die Sorgen und Verletzungen und die ganze Anspannung wie weggeblasen. Die Scheibe schien im Zeitlupentempo durch die Luft zu fliegen«, sagt sie. Ihre Hände beschreiben hoch über ihrem Kopf einen eleganten Bogen. »Das Glas traf direkt in die Mitte, das hat vielleicht gekracht, sag' ich dir, und dann flog ein Stück von der Scheibe raus, es schepperte und klirrte nur so, und ringsherum bildete sich ein großes Spinnennetz.«
Genauso hätte ein Wissenschaftler ein erfolgreiches Experiment beschreiben können.
»Und dann konnte ich plötzlich nichts mehr von diesem verdammten Rasen und diesen erbärmlichen, kleinen Bäumen sehen.«
»Und eines eurer schönsten Gläser ging dabei auch drauf.«
»Ein Waterford-Glas«, sagt sie mit tiefer Befriedigung. »Ein Waterford-Glas.«

»Das Schlimme ist, daß er sich so widerliche ›Großer Bruder‹-Allüren zugelegt hat, seit er verliebt ist.«

»Das ist typisch für Männer. Das ist mir früher schon aufgefallen. Wenn sie verliebt sind, kommen sie sich so wunderbar menschlich vor.«

»Jedesmal, wenn er vorbeikommt, um nach Andy zu sehen, nutzt er die Gelegenhcit, um mir mitzuteilen, was ich alles falsch mache in meinem Leben.«

»Ja, und sie verwandeln sich auf der Stelle in kompetente und erfahrene Therapeuten.«

»Er findet, daß ich zuviel trinke, weil ich immer was trinke, wenn er kommt. Und ich trinke immer, wenn er kommt, weil es mir nur so möglich ist, ihn zu ertragen und mir ein weiteres Mal anzuhören, daß ich zuviel trinke.«

»Ex-Ehemänner reagieren immer ziemlich scharf, wenn es um den Alkoholgenuß von Ehefrauen geht.«

»Auf jeden Fall hatte er gleich wieder sein Lieblingsthema beim Wickel, daß Ray sich niemals von Sandra trennen würde. Seine Stimme leierte und leierte immer weiter. Ich sah auf und konnte nichts anderes sehen als diese Lippen, die sich unaufhörlich bewegten und immer wieder sagten, daß Ray dieses und jenes täte oder nicht täte. Vielleicht war ich betrunken, aber auf jeden Fall gab mir das den Rest. Ich hob einfach das Glas hoch und schmiß. Ich hätte alles getan, nur um ihn zum Schweigen zu bringen, und dann, gleich danach, fühlte ich mich wunderbar. Ich mußte lachen und konnte gar nicht wieder aufhören. Er band sich meine Schürze um und fuhrwerkte mit Handfeger und Schaufel und einem Besen herum, und da mußte ich noch mehr lachen. Da glaubte er, ich hätte

einen hysterischen Anfall, und wollte mich schlagen, weißt du, wie im Kino. Meisterhaft. Aber er brachte es nicht fertig. Er war gereizt, ging auf mich los, aber er machte es nicht richtig, und der Schlag rutschte an meinem Gesicht ab. Er versuchte es immer und immer wieder und schlug immer fester und fester, und da mußte ich nur noch mehr lachen; er sah so komisch aus in meiner Rüschenschürze, wie er immer wieder schlug.
Schließlich sagte ich zu ihm: ›Hör auf, Michael. Um Himmels willen, hör auf damit. Schlag mich nicht noch mal. Sonst lache ich mich noch tot. Du liebe Güte, du wirst mich noch umbringen, wenn du nicht aufhörst.‹«

Wir schütteln uns beide vor Lachen, toben herum wie Kinder und strampeln mit den Beinen.
Der Lärm lockt Jennifer aus der Küche. Sie steht da und sieht uns fassungslos an.
»Helen hat das Blumenfenster zertrümmert«, sage ich zu ihr, und sofort brechen wir wieder in lautes Gelächter aus, in ein wildes Geheul, bis uns schließlich der Anblick von Jennifer verstummen läßt, die wie eine liebende Mutter vor uns steht, mit ihrem erstaunten Gesicht und den triefenden Gummihandschuhen.
Wir versuchen ihr zu erzählen, was passiert war, aber sie lächelt nur freundlich, höflich, so daß wir zu lachen aufhören und darauf bestehen, ihr ein Glas einzugießen und mit ihr anzustoßen, weil sie für uns kocht, und dann gehen wir mit ihr in die Küche, um ihr bei dem Salat zu helfen, den Tisch zu decken und all die anderen Dinge zu tun, die sie eigentlich lieber selbst täte, um das Schweigen und die Verwirrung zwischen uns zu überbrücken.

Während ich das Silberbesteck unter der hübschen Hängelampe auf den Tisch lege, sage ich: »Er wollte, daß ich mit dir rede. Er sagte, du würdest die Scheidung und den Hausverkauf hinauszögern.«
»Es ist merkwürdig«, sagt sie und starrt nachdenklich auf die Serviette, die sie gerade für den Serviettenring zusammenrollt.
»Ich soll diese Erklärung abgeben. Ein Geständnis nennen sie so was«, sagt sie und verzieht das Gesicht. »Geständnis. Weil du was falsch gemacht hast. Ach, ich weiß ja, daß es nichts weiter zu bedeuten hat. Ich muß nur zugeben, daß ich Ehebruch begangen habe, muß nur Zeit und Ort benennen, keine Einzelheiten.«
Sie blickt auf und kichert, aber dann verschwindet das Lachen, und ihr Gesicht wird traurig.
»Ich muß nicht einmal seinen Namen nennen«, sagt sie. Einen Augenblick ist Schweigen, dann scheint sie sich innerlich einen Ruck zu geben und wird wieder energischer.
»Es ist alles nur eine Formalität. Ich weiß. Wir waren uns über alles einig. Um eine schnelle Scheidung zu erreichen. Aber aus irgendeinem unerfindlichen Grund bringe ich es einfach nicht über mich. Es ist verrückt. Ich weiß nicht warum. Es ist so unlogisch. Aber ich glaube, daß ich einfach nicht schwarz auf weiß zu Papier bringen will, ein Verhältnis gehabt zu haben. Als wäre es irgendwie etwas ... ach, ich weiß nicht ... Unangenehmens, etwas ...«
»Unehrenhaftes?«
»Nein. Ganz und gar nicht, verdammt«, sagt sie lächelnd. »Nichts, worüber man sich Sorgen machen müßte,

möchte ich meinen«, sage ich und lächle sie an. »Am besten, du bringst es schnell hinter dich. Am besten, wenn alles vorbei ist.«

»Ich werde es gleich morgen früh erledigen«, sagt sie. »Außerdem dauert es gar nicht lange. Der Anwalt sagte mir, nur ein paar Daten und ein paar Orte, als hätte ich wunder wie viele zur Auswahl. Tatsache ist doch, daß sich die paar Mal, mit denen ich aufwarten kann, auf dem Papier ziemlich albern ausnehmen würden.«

»Du brauchst dir keine Sorgen zu machen. Deine Ehre bleibt unangetastet. Sie werden glauben, daß es sich nur um ein paar Beispiele von vielen handelt.«

»Die paar Mal, die du mit jemandem zusammen warst«, sagt sie, »sind zusammengerechnet geradezu peinlich wenig, findest du nicht?«

»So wenig, daß du gar nicht verstehen kannst, wieso du ein Liebesverhältnis daraus gemacht hast.«

»Du auch?« fragt sie.

»Er liebt mich nicht«, sage ich offen und kläglich. »Das ist nicht weiter überraschend. Das ist überhaupt nicht überraschend. Die einzige Überraschung besteht darin, daß ich überrascht bin.«

»Verstehe«, sagt sie. »Du siehst, was du bist, nicht wahr, was er ist und was ihr seid. Du siehst all die Beweise oder was du für Beweise hältst, du siehst, wie die Dinge sind, und auch, wie sie sein könnten, und es erscheint dir nur logisch, daß er dich liebt.«

»Das ist wahr. Jetzt bin ich zutiefst schockiert, daß er mich nicht liebt, weil ich, ohne es zu wissen, angenommen hatte, er täte es doch, und lebe jetzt in dieser merkwürdigen neuen Welt, in der alles zerrissen ist und nichts zusammenpaßt. Und ich habe diesen eigentümlichen Schmerz zwischen den Rippen, den ich vorher nicht kannte und der nur daher rührt, daß man andauernd gegen die Schmerzen ankämpfen muß. Und ich weiß jetzt auch, er hat nie daran gedacht, mich zu lieben. Er hat es nie als Liebe angesehen. Er glaubte, wir wollten beide nur unseren Spaß haben. Liebe stand nie zur Debatte.«

Aus der Küche ist das kreischende Geräusch zermahlener Kaffeebohnen zu hören.

»Verrate mir bitte das eine«, sage ich. »Stimmt mit uns irgendwas nicht? Sind wir aus dem Takt geraten? Sollten wir etwa fähig sein, mit einem Ehebruch fertig zu werden? Erwartet man nicht, daß wir damit genauso selbstverständlich umgehen können, wie früher erwartet wurde, daß wir Blumen zu Sträußen binden und Coq au Vin kochen?«

»Ich weiß nicht, Rose.«

»Verrate mir bitte das eine: Was wollen die eigentlich von uns?«

»Ach, wenn wir das wüßten«, sagt sie und lächelt traurig. »Wenn wir das nur wüßten.«

15

Jo gibt eine Dinnerparty.
»Ich dachte mir, ich mache Gulasch.«
Bei Jo gibt es immer Gulasch. Gulasch, scharf und geschmacklos, mit gebackenen Kartoffeln, die alt sind und Augen haben, und eine große Schüssel mit nicht sehr einladendem gewöhnlichen Salat.
»Einfach nur gebackene Kartoffeln und Salat, habe ich mir gedacht, und Melone als Vorspeise.«
Es gibt immer Melone als Vorspeise, und zum Schluß eine ziemlich langweilige Käseplatte, Cheddar und Stilton und matschigen, überreifen Brie.
»Und einfach nur Käse mit Plätzchen.«

Jo haßt Kochen, wissen Sie.
Sie gibt immer nur dann eine Dinnerparty, wenn sie keine andere Möglichkeit sieht, die Leute, die sie für einen ihrer Pläne gewinnen will, um einen Tisch zu versammeln.
So wie Marcus.

»Marcus!«
»Ja, ich habe ihn neulich auf der Straße getroffen. Es war nett, ihn wiederzusehen. Ich dachte mir, ich lade ihn mal ein.«
Ich hatte sie noch nie das Wort »nett« benutzen hören, nicht in Verbindung mit einem Mann. Es klingt komisch

aus ihrem Mund, kindlich, wie die ungewohnte Babysprache bei einem kinderlosen Erwachsenen.
»Und Terry und Dorothea.«
»Wer?«
»Den Parteisekretär meines Wahlkreises und seine Frau. Sie sind gerade zu Besuch bei seinen Eltern hier. Ich dachte mir, es wäre vielleicht eine freundliche Geste, sie auch einzuladen.«
Ich kann mich nicht erinnern, daß sie je daran interessiert war, »freundlich« zu sein.
»Und Martin und Margaret«, fügt sie beiläufig frohlokkend hinzu.

Ich verstehe. Wir haben also eine ganze Scharade für Terry und Dorothea parat, einen Aufmarsch, eine Peepshow, ein kleines Zimmertheater.
»Ich habe ziemlich viel zu tun. Nächste Woche beginnen die Prüfungen.«
»Unsinn. Du kannst doch nicht die ganze Zeit nur arbeiten. Frag deinen Tutor.«
»Das würde ich ja gern, aber leider habe ich ihn schon eine Weile nicht mehr gesehen.«
»Ich habe dich gewarnt, Rose, ich habe dich gewarnt«, sagt sie und seufzt wie jemand, auf den niemand hört. »Komm ein bißchen früher auf einen Drink.«

Natürlich meint sie in Wirklichkeit, komm ein bißchen früher, damit du mir bei dem Salat helfen kannst. Jetzt stehe ich in ihrer Küche und hacke mit einem stumpfen und völlig ungeeigneten Messer die Gewürze und denke über die List von Frauen nach.

»Margaret und Martin haben sich also wieder vertragen?«
»Natürlich.«
»Ich muß sagen, ich finde es nett von ihr, hierherzukommen, um dein Image aufzupolieren. Um irgendwelche Gerüchte im Keim zu ersticken, die deinem zukünftigen Parteisekretär vielleicht zu Ohren gekommen sind.«
»Warum denn nicht? Sie ist genauso daran interessiert, aller Welt zu zeigen, daß ihre Ehe wieder festen Boden unter den Füßen hat.«
»War es dir nicht zumindest peinlich, sie einzuladen? Ich meine, schon am Telefon?«
»Ich habe mit ihr schon mehr als einmal telefoniert, wenn ich für Martin eine Nachricht hinterlassen mußte.«
»Komisch, findest du nicht? In Romanen legen sie immer den Hörer auf, wenn sie die Stimme der Ehefrau hören.«
»In Romanen, in Romanen«, sagt sie ungeduldig und rührt in dem Topf mit dem dampfenden Gulasch. »Immer ist bei dir alles nur in Romanen so, Rose. Sieh mal, wir haben vier Jahre lang so getan, als hätten wir kein Verhältnis. Und jetzt tun wir eben so, als hätte es nie eins gegeben. Sie will es mir nicht unter die Nase reiben. Und ich will es ihr nicht unter die Nase reiben. So halten das die Frauen nun mal.«
»Das verstehe ich nicht. Wie kann sie bloß zu der Frau zum Dinner kommen, die in den vergangenen vier Jahren ein Verhältnis mit ihrem Mann hatte?«
»Warum nicht? Warum sollte es ihr peinlich sein, oder weswegen sollte sie sich schämen? Ich habe ihn für meine Zwecke benutzt und sie ihn für ihre. Ich habe ihn als Liebhaber benutzt, sie ihn als Ehemann und Vater.«

»Als Ehemann nicht besonders viel.«
»Hör zu, ich habe keine Lust, mir diesen moralischen Scheiß von dir noch länger anzuhören.«
Sie sieht mich über den alten Gasherd hinweg an, mit zornigen Augen und Lippen, in der Hand eine Schöpfkelle. Festgeklebter Schmutz und altes Fett rinnen in langen Tropfen an der Tür und an den Seitenwänden des Herds herunter, und oben, unter der Pfanne, kämpft sich die Gasflamme nur schwach durch verkrustete Essensreste.
»Wenn dich der Gedanke an Monica stört, dann ist das deine Sache, aber erwarte nicht von mir, daß ich mich wegen Margaret genauso schrecklich fühle, denn das tu' ich nicht. Martin hätte auf jeden Fall ein Verhältnis gehabt, schließlich nähert er sich seinen Wechseljahren. Zum Glück hatte er ein Verhältnis mit einer, die nicht wollte, daß er Frau und Kinder verläßt. Leider hat mein Bruder nicht so viel Glück.«
»Was soll denn das nun wieder heißen?«
»Um Himmels willen, du verzehrst dir doch das Herz nach ihm. Du willst doch nur, daß er Monica verläßt. Du kannst es doch gar nicht erwarten, die Immobilienanzeigen für irgendwelche kleinen Häuschen mit Terrasse zu studieren, wo du endlich Fußböden schrubben und deine Laura-Ashley-Tapete ankleben kannst. Du willst alles haben, nicht wahr, Rose? Macht ja nichts, aber ich wünschte mir wirklich, daß du es endlich auch mal zugeben und dich um dein eigenes Leben kümmern würdest. Laß mich mein Leben so führen, wie es mir gefällt.«
Sie packt eine Handvoll Eßbestecke, Servietten und das Tischtuch und stolziert aus der Küche, noch während sie

es sagt, und jetzt höre ich ihre körperlose Stimme durch die offene Tür aus dem Eßzimmer im Gang.
»Ich hab' es dir schon mal gesagt, Rose«, ruft sie, »du machst alles immer viel zu kompliziert. Du dramatisierst die Dinge. Du glaubst, daß alle so denken wie du. Du glaubst, du verstehst alle Frauen, weil du selbst eine Frau bist. Aber das ist ein großer Fehler. Frauen sind unendlich vielfältig, Rose. Es gibt keinen Grund, warum du uns alle verstehen solltest.«

Jo bewohnt ein ungewöhnliches Haus. Sie hat es vor zehn Jahren von einem übriggebliebenen Sechziger gekauft, der seine gesamte Habe verscherbelte, um ein Anwesen auf den Orkneys zu pachten.
Weil ihn Türen störten, hatte er die Durchgänge zu Bögen geformt. Da er mit Tapeten nicht umgehen konnte, hatte er alles mit Gips zugekleistert, so daß man in dem Gehege weiß getünchter Zimmer das Gefühl hatte, durch jene kleinen spanischen Bars der ersten Auslandsreise zu wandern, die ganz versteckt am Fuß der Hügel lagen, wo nur für die Touristen auf der Gitarre gespielt wurde, wo man billigen roten Wein trank und beim Kerzenschein Hemingway las und an all die Leute Postkarten schrieb, die ihre Ferien noch immer zu Hause verbrachten.
Jo hatte nichts verändert, als sie einzog. Sie ließ sogar die Poster hängen; so werde ich jetzt von Che Guevara von der Küchenwand her beobachtet, mit dem Ansatz eines Lächelns, so unergründlich wie das der Mona Lisa, ein schwaches Lächeln, das sich durch einen alten Zauber in ein revolutionäres Grinsen für den jungen Wachmann

verwandelt, der mit schlecht verhüllter Ehrerbietung vor ihm steht und sich von der politischen Kunde des Hausbesitzers beeindrucken läßt, die am Gesicht dieses Heiligen, ewig jung und schön, aus der verblassenden, gräulichen Gipswand starrend, ablesbar ist.

Aber jetzt zeigt das Haus, wie wir alle, Anzeichen für das Hinübergleiten in ein gesetzteres Alter, ruhig und sanft wie die Sechziger.
Es beginnt abzubröckeln, Risse zeigen sich, und es müßte unbedingt renoviert werden.
»Die Dachrinne ist verschwunden«, sagt Marcus fröhlich und verrenkt sich den Kopf, um zur Haustür zu sehen.
»Und das Dach ist auch schon wieder undicht. Hallo, Marcus.«
»Hallo, Rose.«

Früher wäre Jo durchgedreht, wenn Marcus so früh gekommen wäre. Jetzt scheint sie sich, zu meiner Überraschung, zu freuen. Sie hakt ihn unter und führt ihn mit überströmender Herzlichkeit zu einem Sessel am Kamin.
»Egal, was du tust«, pflegte sie früher zu sagen, »gib Marcus ja keine Gelegenheit, von seinen verdammten Meinungsumfragen anzufangen.«
Jetzt reicht sie ihm mit einem verwirrenden Lächeln ein Glas und sagt: »Na, Marcus, was gibt es Neues von der großen britischen Öffentlichkeit zu berichten?«

Marcus arbeitet in der Marktforschung. Er strahlt eine Kühle aus, die mir angst macht. Ich frage mich, ob er nicht sogar, wenn man ihn dazu aufforderte, ohne mit der Wimper zu zucken, eine Statistik von Greueltaten aufstellen würde. Denn Marcus ist nur an Prozenten interessiert, nicht an Menschen. Was wir tun, interessiert ihn nicht. Nur, wie viele von uns es tun.

Marcus hat blonde Haare, ist blaß und sieht aus, als wäre er im Dunkeln aufgewachsen. Er ist dünn und nicht besonders groß, und von einer Kinderlähmung, die er in seiner frühen Kindheit hatte, ist ihm ein kleiner Höcker auf der Schulter geblieben, so daß er von der Seite aussieht wie eins der ewig wiederkehrenden Fragezeichen in seinen Statistiken.

Er hat etwas Unschuldiges, etwas besorgniserregend Unweltliches, etwas Klösterliches und sperrt sich den ganzen lieben Tag lang in seiner Meinungsforscherzelle ein. Es ist schwer, sich Marcus in verliebtem Zustand vorzustellen. Trotzdem hat er sich in Jo verliebt.

Es war gleich nach der Wahl. Sie hatte sehr viel gearbeitet und war müde, und trotz ihrer vielen Beteuerungen, was die Liebe anging, glaube ich, daß die Sache mit Martin sie ein wenig durcheinandergebracht hatte.

Er lud sie in teure Lokale zum Essen ein und zu Wochenenden auf dem Lande, genug Zeit, sich zu entspannen und nachzudenken und gleichzeitig Martin aus dem gewohnten Trott zu bringen.

Aber das war noch nicht alles, denn er fing auch damit an, ihr Leben zu organisieren. Er kümmerte sich um Dinge im Haus, zum Beispiel um das Dach, durch das es auf den arg ramponierten, aber schönen achteckigen Tisch regnete, den sie zusammen mit dem Haus übernommen hatte.

Er stutzte die Büsche im Garten, so daß der Weg wieder begehbar war, baute Regale, wenn sie welche brauchte, und reparierte den Heizkessel. Er tauschte die Schalter aus und die Batterie im Auto, so daß es wieder ansprang. Er wartete auf den Kohlenmann, prüfte die Rechnung und stellte fest, daß sie zu hoch war. Er kochte und ließ für sie das Wasser in die Badewanne, wenn sie müde nach Hause kam, und weil er jeglichen Schmutz verabscheute, machte er sogar den Frühjahrsputz im Haus.
»Er ist besser als jede Frau«, sagte sie einmal mit einem spöttischen Lächeln und betrachtete sich bewundernd in den Spitzen ihrer frisch polierten Stiefel.
Und eine Weile gefiel es ihr. Es gefiel ihr, daß sich jemand um sie kümmerte. Sie genoß es, die Augen zu schließen und den Kopf zurückzulehnen und zuzuhören, wie jemand für sie da war.
Aber dann kehrte ihre alte Energie zurück, und danach wurde er ihr über.
Zur selben Zeit stellte sie fest, daß sie von Martin ein Kind bekam.

Armer Marcus. Nur er konnte das Pech haben, Jo ausgerechnet an dem Tag zu bitten, ihn zu heiraten, an dem sie erfahren hatte, daß sie schwanger war.
Ich erinnere mich, wie seine blassen Wimpern über den hellblauen Augen erstaunt blinzelten, als ihm an jenem Abend seiner großen Erklärung ihre Stimme ins Gesicht schlug.
Er hatte seinen Antrag durch den Briefschlitz geschoben und war in eine Kneipe gegangen, um sich Mut anzutrinken für ihre Antwort.

Dieser Antrag war für Marcus zweifellos ein wichtiges Ereignis. Erstens einmal hatte er noch nie um die Hand einer Frau angehalten, aber, was noch wichtiger war, er hatte noch nie mit Absicht den Versuch unternommen, komisch zu wirken.

Denn Marcus, müssen Sie wissen, hat kein bißchen Sinn für Humor. Nicht etwa, daß er mürrisch oder humorlos wäre. Nein, Humor paßt einfach nicht zu ihm und seinem Leben. Er ist völlig frei davon. Er freut sich, wenn andere Leute lachen und Spaß haben. Aber er selbst hat keinen Anteil daran. Wenn man in Marcus' Gegenwart einen Witz reißt, lächelt er pflichtbewußt und zieht dabei erstaunt die Augenbrauen hoch.

Und so hatte er sich über eine witzige Darstellung seines Heiratsantrags sehr viel Gedanken gemacht.

Er hatte ihn formuliert wie seine statistischen Erhebungen, mit Fragen wie: »Glaubst du, daß eine Ehe zwischen zwei gleichgesinnten reifen Menschen funktionieren kann?« Mit kleinen Kästchen für »ja« und »nein« und »weiß nicht«.

Die letzte Frage lautete: »Willst du mich heiraten?«

Sie fand ihn auf dem Türvorleger, als sie mit mir vom Arzt zurückkam, und Marcus stürmte wenige Minuten später herein.

Ihre Stimme fuhr wie eine Peitsche durch die Luft.

»Nicht nur, daß ich dich nicht liebe, Marcus«, sagte sie, »sondern rein zufällig habe ich gerade eben entdeckt, daß ich von einem anderen ein Kind erwarte. Nein, geh nicht, Rose«, fuhr sie mich irritiert an, als sie merkte, daß ich mich über die Auffahrt davonschleichen wollte, »Marcus geht schon wieder.«

Er tat mir leid: ein dünnes, zusammengekrümmtes, niedergeschlagenes kleines Fragezeichen, das langsam durch die Haustür schlüpfte und auf dem von ihm selbst freigelegten Weg verschwand.
Und da sitzt sie nun, lächelt ihn an, fast genau an der gleichen Stelle, an der sie ihn hinausgeworfen hat, mit Augen, die starr auf Schwankungen und Prozentsätze und Nettogewinne und Verluste gerichtet sind, die er wie am Schnürchen für sie herunterrasselt.
»O Marcus, das ist wirklich *ungeheuer* interessant«, sagt sie, hebt das Glas an die Lipen und streckt ihre langen hübschen Beine aus.

Ach ja. Ich vergaß. Wie alles andere funktioniert auch die Klingel nicht. Deshalb steht Terry jetzt auf der Schwelle, mit einem Ausdruck der Verärgerung im Gesicht und einer Flasche in der Hand, während die andere zur Faust geballt ist, um ein letztes Mal donnernd an die Tür zu klopfen.

»Es ist Terry, vor dem müssen wir uns in acht nehmen«, sagte sie. »Er ist ein unangenehmer, lausiger kleiner Bastard. Er gibt vor, Frauen zu mögen, dabei kann er sie nicht leiden. Aber er hat da unten das Sagen, und deshalb muß ich ihn auf meine Seite bringen.«
»Sei nett zu ihm, Rose«, sagte sie.

»Terry. Und Dorothea. Es tut mir ja so leid, aber die Klingel ist kaputt. Hoffentlich wartet ihr noch nicht zu lange.«

Im Schlafzimmer bückt sich Dorothea auf ihren hochhackigen weißen Schuhen nach unten, späht im Licht einer schlecht beschirmten leistungsschwachen Birne in den Spiegel der Frisierkommode. Ihr zu enges rosafarbenes Kleid mit seinem kleinen Spitzenkragen rutscht nach oben, als sie sich bückt und noch ein wenig Puder auf ihre bereits tief beige getönte Nase aufträgt. Sie legt Lippenstift auf, kneift die Lippen fest aufeinander, steckt ihn zurück in ihre weiße Plastiktasche, die sie mit einem leichten Schnappen wieder schließt.

»In Ordnung«, sagte sie vergnügt wie ein junges Mädchen. »Ich bin bereit.«

Unten im Wohnzimmer setzt sie sich neben Terry aufs Sofa und nippt einen Sherry, mit ordentlich nebeneinandergestellten Beinen, zwischen den schnellen, kurzen, prüfenden Blicken, die sie Jo, Marcus und mir zuwirft, wandern ihre Augen immer wieder voller Bewunderung zu ihm.

Sie sieht aus wie eine Frau, die ständig eine Bestätigung braucht, die immer wissen muß, daß alles am richtigen Platz ist. Sie sieht aus wie eine Frau, die Partys mag, zu denen die Ehemänner zwar gemeinsam mit ihren Ehefrauen eintreffen, diese dann aber hastig in irgendeinem Zimmer zurücklassen, um zu den anderen Männern in einem anderen Zimmer zu stoßen. Sie sieht aus wie eine Frau, die Marcus als Jos »Freund« bezeichnet und sich fragt, wie lange sie wohl schon »zusammen gehen«, die erst nach Worten suchen muß, um diese Beziehung zufriedenstellend zu beschreiben, und gebraucht dabei unbeholfene und altmodische, vom Alter und Mißbrauch rostige Begriffe, an die sie sich nur schwer erinnern kann,

verschwommen und undeutlich und die aus einer Zeit vor ihrer Heirat stammen.
Und ich verstehe jetzt auch, warum Marcus hier ist und warum sich Jo ziemlich auffällig mit ihm beschäftigt.
»Noch ein Gläschen Wein, Marcus? . . . noch etwas Bombay-Mix, Marcus? . . . setz dich doch hierher, Marcus.«
Sie stellt sich hinter ihn, als er sich in einen Sessel beim Sofa gesetzt hat, und legt freundschaftlich ihre Hände auf seine Schultern, mit den Handflächen nach unten, um den Eindruck von einer alten und andauernden Beziehung zu unterstreichen, eine Beziehung, auf die man sich verlassen kann und die respektiert wird, die man nicht unterschätzen sollte, die wie eine alte, in die Ecke geschobene Hauspflanze eines Tages herrliche bunte Blumen hervorbringen könnte, nachdem sie so viele Jahre nur trübes, unscheinbares Blattwerk getragen hatte.
In diesem Augenblick klopft es zum zweitenmal an der Tür.

Sie stehen wie Fremde auf der Türschwelle, wie zwei Schauspieler, die wegen ihrer Ähnlichkeit mit den Charakteren ausgesucht wurden, welche sie gleich spielen werden.
Sie trägt ein elegantes schwarzes Kleid und eine teure, neue cremefarbene Jacke. Ihre alte Dauerwelle ist herausgewachsen. Ihr glänzendes dunkles Haar ist sehr kurz geschnitten und steht stachlig von ihrem Kopf weg.
Über ihrer Schulter hängt eine matt schimmernde, neue Lederhandtasche, gerade und flach und nicht ausgebeult.
Trotzdem gilt der erstaunte Aufschrei nicht Margaret.
»Großer Gott, Martin. Du hast ja einen Bart.«

»Das komischste daran ist«, hatte Paul einmal zu mir gesagt, als ich in seinen Armen lag, »daß Jo Bärte nicht ausstehen kann, sie geradezu haßt, meine ich, fast fanatisch. Wollte nicht mit mir sprechen. Hat buchstäblich nicht mit mir gesprochen, als ich mir einen wachsen ließ. Sie sagte, es sei ein Rückschritt. Der letzte erbärmliche Versuch des modernen Mannes, wieder zum Höhlenmenschen zu werden.«

Und da steht nun Martin mitten im Flur, mit einem Bart, mit dieser Absichtserklärung, die aus seinem Kinn sprießt, nicht mehr ihr Liebhaber zu sein, sondern der Ehemann von Margaret, Margaret, die er kennengelernt hatte, als sie ihr Referendariat machte und er auf der Werft arbeitete, für die Gewerkschaft, die Abendschule besuchte und seinen spärlichen, aber vielversprechenden Bartwuchs pflegte.
»Hallo, Rose«, sagt er und schiebt sich an mir vorbei durch die Tür und drückt auf geradezu überschwengliche Weise meinen Arm.
»Gefällt es dir? Das ist mein neues Macho-Ich.«
Martin sieht aus wie ein Mann, dem man eingeredet hat, er habe die dunklen Seiten der Seele durchschritten, ein zufriedener Mann, weil er schließlich seine eigene Rettung herbeigeführt hat. Martin sieht aus wie ein Mann, der entschieden hat, daß alles, was geschieht, zum besten geschieht, wie ein Mann, der beschlossen hat, wieder mit seiner Frau verheiratet zu sein.
Er wirkt mutig und tapfer, nicht nur durch den Bart, sondern auch durch seinen kühnen, festen Blick, der seine Schritte begleitet, als er das Wohnzimmer betritt,

dieses Starren, mit dem er verkündet, daß er mit seiner Frau gekommen ist, die er liebt und mit der er glücklich ist, und daß ja niemand wagen soll vorzutreten und etwas anderes zu behaupten.
»Marcus«, ruft er, und es klingt ganz bewußt onkelhaft und gut gelaunt. »Und was sagen die Wähler?«
»Wenig«, erwidert Marcus freundlich und wendet den Kopf von der Deckenlampe ab, die er gerade repariert. »Bis jetzt leider recht wenig«, fügt er hinzu und widmet sich wieder der Lampe.

Noch etwas hat sich an Margaret verändert.
Sie ignoriert Martin. Nein, es ist mehr. Sie scheint völlig von ihm losgelöst zu sein, und auch von allen anderen um sie herum, als lebte sie in einem jener durchsichtigen Gebilde für Menschen ohne Immunsystem, weil sie so, wie sie sind, in unserer Welt nicht leben können.
Sie sitzt jetzt an dem einen Ende des Sofas neben Dorothea und gibt sich gar nicht erst die Mühe, ihre lähmende Langeweile zu verbergen. Das ist es. Sie läßt sich nicht einmal dazu herab, sich zu bemühen, was bei ihr, der Frau des Parlamentsabgeordneten, offen gesagt, absolut schockierend wirkt.
Wie ich sehe, wird man sich an diesem Abend nicht darauf verlassen können, daß Margaret die Rolle von Martins Ehefrau spielen wird. Nicht an diesem Abend. Und vielleicht sogar an keinem anderen Abend.
Margaret wird nun nicht mehr über seine schlechten Witze lachen oder die nette Ehefrau spielen, um für ihn Wählerstimmen zu sammeln. Sie wird sich nun nicht mehr selbstlos für ihn in die Schußlinie stellen, für all die

Langweiler und Schwachköpfe, nicht mehr all die Freaks abwimmeln, die anrufen, nicht mehr all die Leserbriefe beantworten, sich um die Spinner und Beknackten kümmern.
Nein, Margaret hat mit all diesen Dingen nichts mehr zu tun.
Heute abend zeigt sie uns die Zukunft. Wie sie sein wird. Heute abend ist sie nur eine von vielen Gästen auf einer Dinnerparty, ein Gast wie jeder andere, frei von Verpflichtungen, wie ein Wehrdienstpflichtiger, der gezwungen ist, den Sold des Königs einzustreichen, während er die ganze Zeit an all die anderen Orte denkt, an denen er viel lieber wäre.
Und ich kann sie verstehen und sage von der Tür her: »Das Essen ist fertig«, voller Mitgefühl und auf die alberne überfreundliche Art, wie man sagt, daß man sich freue, hier zu sein, wenn man eigentlich ganz woanders sein möchte, zu Leuten, mit denen man lieber nicht zusammen wäre, teils widerwillig, teils erleichtert, und sich dabei denkt: Na gut, nun sind wir schon mal hier, wenigstens gibt es was zu essen. Wir werden die Zeit schon rumkriegen.

Sie schlendern durch den Türbogen ins Eßzimmer wie bei einem offiziellen Empfang, ohne miteinander etwas anfangen zu können, gelangweilt und nur aus Eigennutz zusammengeführt.
Die Prozession wird von Martin und Terry angeführt, die wie zwei betagte Staatsmänner daherschreiten, im dunklen Anzug, feierlich und in Floskeln redend.
Terry wirkt ein wenig verloren. Ein wenig unglücklich.

Er ist schulmeisterlich und teilnahmslos, ein Mann, der durch seine eigene feine Gesinnung für alle Zeiten dazu verdammt ist, mit einer Welt zurechtzukommen, die eigentlich nicht seine Welt ist.
»Selbstverständlich bewähren sich die Frauen heutzutage sehr gut im Unterrichten«, sagt er zu Martin und rückt seine silber-schwarze Brille zurecht.
Aber er hat seine Stimme bei seiner Vorliebe für lärmenden Sarkasmus bereits so verbraucht und abgenutzt, daß seine Worte gewollt und unaufrichtig klingen, deshalb versucht er es noch einmal.
»Und natürlich«, sagt er, »bewähren sie sich auch ganz hervorragend in der Partei.«
Martin schwankt, schon leicht angetrunken, neben ihm her. Er hat Jos Lobreden an Terry weitergegeben und kommt sich jetzt richtig gütig und väterlich vor und irgendwie so, als habe er Ordnung in die Welt gebracht. Aber mehr als alles andere fühlt er sich bedeutend und anerkannt für seine Meinung und sich selbst wieder näher.
»Das sollten sie auch«, sagt er mit derber, energischer Stimme. »Das wollen wir. Mehr weibliche Abgeordnete im Parlament. Sie haben dafür gearbeitet. Haben die Partei zusammengehalten. Zum Beispiel Jo. Wie ich schon sagte. Ohne sie hätten wir es nie geschafft.«
Hinter ihnen geht Margaret, ein paar Schritte zurückbleibend, wie eine Dolmetscherin, außerhalb des Rampenlichts, froh, ein Weilchen allein zu sein, aber nur einen Sprung von den Staatsoberhäuptern entfernt.
Und hinter ihnen Jo und Marcus, die Joker in diesem Haufen, die, nur mit sich beschäftigt, durch den Türbo-

gen kommen wie Liebende aus dem Liebestunnel am Ende des Landungsstegs, Jo noch immer überströmend vor Dankbarkeit für die reparierte Tischlampe.
»Vielen, vielen Dank, Marcus. Ich war ohne sie völlig aufgeschmissen.«
Ich hatte sie mal gefragt: »Soll ich die Lampe zur Reparatur bringen?« Aber sie hatte geantwortet. »Nicht nötig. Ich benutze sie sowieso nie.«

Wir haben die Melone hinter uns, das Gulasch ist schon ausgeteilt, als wir schließlich merken, daß Dorothea nicht da ist.
Aber im selben Augenblick kommt sie auch schon durch die Tür gestürmt, völlig außer Atem und etwas linkisch in ihrem Kleinmädchenkleid, während ihre hohen Absätze geräuschvoll über die Fliesen klappern.
»Ich war im Klo eingesperrt«, ruft sie, kichert in höchsten Tönen, während sich ihr Körper vor Vergnügen fast ausschüttet, und blickt in die Tischrunde.
Das eisige Schweigen läßt ihr Lächeln verblassen, und sie sinkt mit hochrotem Kopf auf ihren Stuhl.
Sie streicht sich über ihre Locken und verzieht schmollend den Mund, dann greift sie nach hinten, um die Bügel ihrer weißen Plastikhandtasche über die fein geschwungenen Knäufe an Jos eleganten hochlehnigen Eßzimmerstühlen zu streifen.
Ihr gegenüber sitzt die Gastgeberin, die sie mit offenem Mund anstarrt, als versuche sie, Dorothea an einem ihr angemessenen Platz auf der Evolutionsleiter einzustufen.
»Woran arbeitest du gerade, Marcus?« frage ich hastig wegen der peinlichen Stille.

»Nur an einer kleinen, unbedeutenden Erhebung«, sagt Marcus. »An einer Untersuchung über Ehebruch.«

Später wird sie ihn ein zweites Mal aus dem Haus werfen. »Gratuliere, Marcus«, sagt sie mit eiskalter Stimme, »mit deinen Themen zur Unterhaltung beim Essen brichst du wirklich alle Rekorde. So sorgfältig durchdacht. So harmonisch abgestimmt.«
Jetzt kaut sie geräuschvoll auf ihrem Gulasch und greift nach ihrem Glas, weil sie husten muß und ihr Gesicht rot angelaufen ist.
Ihr gegenüber stößt Martin, der bei Marcus' Worten ein Weinglas umgeworfen hat, einen Fluch aus, während der Wein wie Ebbe und Flut zwischen seinen gebackenen Kartoffeln und dem Salat zerrinnt.
Neben ihm lehnt Margaret sich in ihrem Stuhl zurück und lächelt kalt und schamlos, während Dorothea in ihrer Handtasche kramt, ein Kleenex herausnimmt und sich mit größter Konzentration die Nase putzt.
Und ich, ich beuge mich tief über meinen Teller, widerstehe der Versuchung, mein Gesicht mit beiden Händen zu bedecken, so daß es Terry überlassen bleibt – wem sonst als Terry? –, sich zu räuspern, seine Brille mit einem besonders kräftigen Stups zurechtzurücken und mit fast ruhiger Stimme, als würde er eine Erhebung über verbraucherfreundliche Eigenschaften konkurrierender Software-Programme auswerten, zu sagen: »Ach, wirklich? Irgendwelche interessanten Schlußfolgerungen?«

Marcus hat von alldem nichts mitbekommen, weil er voll und ganz damit beschäftigt ist, genau die richtige Menge

Butter und Pfeffer auf seiner gebackenen Kartoffel zu verteilen.
Gerade hebt er ein schlaffes Salatblatt hoch, ohne auch nur das geringste von dem allgemeinen Chaos um ihn herum zu bemerken.
»Ja, wirklich äußerst interssant. Vielleicht werden wir zu Zeugen einer kleinen moralischen Revolution.«
Er verschränkt die Hände und drückt sie sich unter die Nase, wie immer, wenn er drauf und dran ist, eine ausführliche Erklärung über eines seiner Gutachten loszulassen.
»Möchte noch jemand Salat?« ruft Jo fröhlich. »Halt Marcus bloß davon ab, über seine Umfragen zu berichten, Terry, sonst sitzen wir morgen früh noch hier.«
Ihre Stimme überschlägt sich fast vor Panik. Sie springt auf und wedelt wild mit den Armen und reicht den Salat und die gebackenen Kartoffeln herum, ohne sich darum zu kümmern, ob überhaupt jemand noch was haben will. Gleichzeitig bohrt sie unter dem Tisch ihren rechten Absatz in Marcus' linken Mokassin, aber ohne Erfolg.
»Jo findet meine Untersuchungen manchmal ein bißchen ermüdend«, gesteht er den Anwesenden am Tisch und lächelt unbarmherzig. »Aber ich glaube, Jo«, sagt er und dreht sich zu ihr um, »daß diese Sache sogar für dich interessant ist.«
Er räuspert sich und beugt sich etwas nach vorn, reibt sich die Hände unter der Nase und beginnt mit ernster Stimme.
»Wißt ihr, eigentlich haben wir die Untersuchung durchgeführt, weil die Werbeleute wissen wollten, ob das Thema Ehebruch noch immer ein Tabu ist. Sie sind mit

Vater und Mutter und den beiden Kindern so weit gegangen, wie sie nur konnten, und auf jeden Fall ist es ziemlich schwer, glückliche Familien glänzend und anspruchsvoll zu präsentieren. Sie mußten sich vergewissern, daß sie nicht gegen die öffentliche Moral verstießen, wenn sie mal auf eine etwas gewagtere Art für ein Produkt warben. Ihr wißt schon, indem zum Beispiel angedeutet wird, daß die Frau, die das neue Parfüm aufträgt, möglicherweise ein Verhältnis mit dem Mann hat, der das rassige neue Auto fährt.«

»Und? Haben sie gegen die öffentliche Moral verstoßen?« fragt Terry höflich und ist gezwungen, noch eine gebackene Kartoffel aus der Schüssel zu nehmen, die Jo ihm beharrlich unter die Nase hält.

»Kein bißchen. Das ist ziemlich ungewöhnlich. Die Ergebnisse haben gezeigt, daß die Mehrheit den Ehebruch im gewöhnlichen Sinne des Wortes nicht als etwas Falsches ansieht. Das heißt, sie trennen ganz deutlich zwischen ihm und anderen Vergehen. Zum Beispiel betrachten sie den Betrug an einer Ehefrau nicht in demselben Licht wie andere Arten des Betrugs, zum Beispiel Steuerhinterziehung.«

»Erzähl ruhig weiter, Marcus«, sagt Jo mit einem gefährlichen Lächeln, setzt sich wieder und stochert in ihrer gebackenen Kartoffel, als wäre sie plötzlich hoch radioaktiv.

»Da hast du es«, sagt er scherzend, »ich wußte gleich, daß es dich interessieren wird. Nein, die Leute meinen, Ehebruch sei keine Sünde wie andere Sünden. Er ist irgendwie verzeihbar.«

»Abgesehen von allem anderen«, fährt er fort und greift

mit den Händen nach Messer und Gabel, »scheinen mir diese Ergebnisse insbesondere für die Politiker von großem Interesse zu sein.«

Alle am Tisch, die Bescheid wissen, fühlen, daß die Würfel gefallen sind.
Martin zum Beispiel starrt trübsinnig in sein Glas neben dem unberührten Essen auf seinem Teller, während Margaret in ihrem Salat stochert.
Und so fällt es wieder Terry zu, dem Schicksal nachzuhelfen.
»Wie meinst du das?« fragt er und widmet sich ziemlich angestrengt der zweiten ausgetrockneten Kartoffel auf seinem Teller.
»Das ist doch wohl klar, oder? Das ewige Theater in den Zeitungen jedes Mal, wenn ein Kabinettsmitglied, ein Minister oder auch nur ein einfacher Abgeordneter beim Ehebruch ertappt wird. Tatsache ist, daß sich die Öffentlichkeit, wie unsere Ergebnisse zeigen, einen Teufel darum schert. Eine der gestellen Fragen lautete, ob die Befragten noch einmal einem Abgeordneten ihre Stimme geben würden, dessen Ehebruch öffentlich bekannt geworden war. Die Antwort war ein erstaunlich eindeutiges Ja. Es sieht also ganz danach aus, als lägen die Zeitungen völlig schief mit ihrer Meinung. Und schließlich, wenn man es richtig bedenkt, scheint es den Kennedys auch nicht groß geschadet zu haben, daß sich JFK, wie wir inzwischen ja alle längst wissen, kreuz und quer durch das Weiße Haus gebumst hat.«
»Laßt uns also die berühmten Männer preisen und ihre kleinen Sünden vergessen?«

»Genau, Rose. Und weißt du auch, warum es den Leuten ganz egal ist?«
»Ach bitte, Marcus, sag es uns doch.« Wieder ist es Jo, bereits resigniert.
»Weil es alle tun.«
»Wer ohne Sünde ist, der werfe . . .?«
»Wieder richtig, Rose. Weißt du, daß fünfundsiebzig Prozent aller verheirateten Männer, die wir befragt haben, zugaben, ehebrecherische Beziehungen zu unterhalten, und achtundsechzig Prozent der Frauen? Und jetzt kommt das Interessanteste an der ganzen Sache. Während die Zahl der Männer im Verlauf der vergangenen fünfzehn Jahre fast konstant geblieben ist, stieg die Zahl der Frauen kontinuierlich.«
»Jedenfalls, mein Lieber«, sagt er abschließend mit gönnerhaftem Ton und sieht Martin an, während eine Gabel mit Gulasch zitternd in der Luft hängt, »lautet die Botschaft: Egal, was du tust, die Leute werden dich trotzdem wählen.«

Erstaunlich eigentlich, wenn man es richtig bedachte, daß Marcus es wieder mit Witz versuchte. Zumindest waren seine Worte witzig gemeint.
Ich sehe es seinem Gesicht an, das unschuldig-ernsthafte Konzentration zeigt, und ich bin mir sicher, daß er an jenem Abend, als er seinen Heiratsantrag versuchte, mit dem gleichen Gesichtsausdruck auf den Bildschirm seines Computers geblickt hat. Wörter sind für ihn eine Art geistreiche soziale Nettigkeit, von der man in Büchern liest, die leicht und luftig durch den Raum schwebt und rund um den Tisch helles Gelächter erzeugt.

Aber unglücklicherweise trägt er seine geistreichen Bemerkungen mit jener besonderen Betonung vor, die für jeden Witz tödlich ist, wie es Leute tun, die darin nicht geübt sind, und obendrein macht ein angestrengtes Gesicht dabei ohnehin jeden Witz zunichte, so daß die Wörter schwer wie Blei in Martins Schoß fallen, wie geschaffen als Quelle für mögliche Mißverständnisse.
Denn Marcus ist völlig ahnungslos, wissen Sie. Jo hatte ihn an jenem Abend so schnell aus dem Haus befördert, daß er gar nicht dazu kam, die Frage »schwanger von wem?« zu stellen. Und so hatte er nie von Martin erfahren. Niemand hatte von Martin erfahren. Außer vielleicht Margaret.
Allerdings weiß Martin über Marcus Bescheid. Das ist das Problem. Früher hatte er sich durch seine Gegenwart geschmeichelt gefühlt, fühlte sich von diesem kleinen, stillschweigend vollzogenen Spielchen vorgetäuschter Eifersucht, das ihm Jo, wie er glaubte, vorspielte, geschmeichelt. Und so war er zu Marcus, wann immer er mit Jo auf Partys aufkreuzte, über alle Maßen freundlich und behandelte ihn mit leicht amüsierter Herablassung.
Aber das war früher. Die Liebe ist wie ein Pferderennen: Jetzt steht Martin draußen auf der Koppel.
Und die Worte von Marcus treffen ihn, als ob er mit Dreck beworfen würde.

Langsam erhebt er sich, das Gesicht vom Trinken gerötet, ein gequälter Mann, ein Mann, der weiß, daß seine Stunde geschlagen hat und man ihn, aller Wahrscheinlichkeit nach, für unerwünscht halten wird.
Seine Augen sind verschwommen und feucht von unver-

gossenen Tränen, Tränen, die hinter den Rändern seiner Wimpern zittern, eine Flut von Tränen, die von den undichten, vollgesogenen Sandsäcken einer pathetischen, aber wunderbaren Würde zurückgehalten wird, Tränen der Scham und Verzweiflung, Tränen um so mehr, weil sie nicht vergossen wurden, Tränen für ihn selbst und für Margaret und für Jo, Tränen für Danny und Janet und Micky, Tränen für eine Fahne auf einem Bett und für gestutzte Haare, Tränen für eine Handtasche und für die Hoffnung auf einen Bart, Tränen für ein Bild und eine verschlossene Badezimmertür, Tränen für echte Menschen. Tränen einer hoffnungslosen, ungebührlichen, ungenügenden Liebe.
Er zerdrückt eine Serviette in seiner vor Anstrengung weißen Faust, während er Marcus anstarrt, und als er zu sprechen beginnt, strömen die Wörter gebrochen und erstickt aus ihm hervor, als wären sie auf ein Rad des Leids geflochten, das in seiner Kehle steckt.
»Du Schwein«, sagt er.

Wenn Martin nüchtern wäre, würde er vielleicht sehen, daß Marcus erschrocken und verwirrt ist, ganz steif in seinem Sessel sitzt und nervös mit seiner Serviette spielt und hilflos mit jenem kurzsichtigen Blick um sich schaut wie einer, der von denen, die eigentlich hätten amüsiert sein sollen, verachtet wird. Aber das alles sieht Martin nicht nur, weil er betrunken ist, sondern auch, weil sein Blick von Erinnerungen getrübt ist, so daß er, wenn er Marcus anschaut, nur seinen eigenen Argwohn wahrnimmt.
»Du Schwein«, sagt er noch einmal und beugt sich drohend nach vorn.

»Setz dich hin, Martin, um Himmels willen, setz dich hin, und halt den Mund«, sagt Jo wütend und knallt ihre Serviette auf den Tisch.
Und dann passiert es. Margaret, die den ganzen Abend schweigend dagesessen und die Ereignisse um sich herum beobachtet hat, wie jemand, der in einer Vorstellung ist, an der er nicht teilhat, hebt den Kopf, stolz, wie vielleicht ein Stier seinen Kopf zu dem Matador erhebt, und ergreift das Wort.
Ihre Stimme zischt vor glühendem Haß, ihre Augen sind zwei weiße heiße Sonnen, die sich in Jo brennen.
»Wie kannst du es wagen, so mit meinem Mann zu reden?« sagt sie.

Einen Augenblick lang ist es völlig still. Kein Messerkratzen auf dem Teller und kein Greifen nach einem Glas. Um den Tisch versammelt, warten wir, wie zu einem Bild erstarrt, darauf, vom Vorführer mit einem Fingerdruck befreit zu werden.

»Verzeih mir«, sagt Jo zu Margaret.

Ihre Stimme ist tief und völlig frei von Ironie. Sie spricht, als wären sie allein im Zimmer, als wären die beiden Worte ein Code, vielschichtig, und als sagten sie vieles, was nun nicht mehr erklärt zu werden braucht. Um ihre Lippen liegt der Anflug eines Lächelns, ein Lächeln ganz ohne Boshaftigkeit oder Spott, eher ein Lächeln der Bewunderung, wie das Lächeln eines Jägers, der in seiner eigenen Falle steckt und voller Wonne über die Verschlagenheit seiner Beute nachdenkt.

»Bitte verzeih mir, Martin«, sagt sie und dreht sich lächelnd zu ihm, während er noch tiefer in seinen Sessel rutscht.
»Wirklich, Marcus, wie geschmacklos von dir. Möchte noch jemand Käse und Plätzchen?«

Später, im Schlafzimmer, als ich Margarets Jacke vom Bett nehme, kann ich nicht widerstehen und lege ihren kostbaren weichen Stoff um meine Schultern.
»Hübsch, nicht wahr?« sagt sie, als ihr Spiegelbild in dem hohen Spiegel der Schranktür hinter meinem erscheint. »Es war Martins Entschuldigung. Ich kaufe mir immer was Hübsches, wenn Martin Entschuldigungen vorbringt. Ich weiß, daß sie eine Weile halten müssen. Diesmal hatte ich Glück. Ich hab' sogar noch eine neue Handtasche bekommen.«
Ihre Stimme ist leise und klingt ironisch, aber ihre Augen funkeln vor Vergnügen.
»Warum bleibst du bei ihm?«
»Warum?«
Sie zieht das Wort in die Länge, läßt es zuerst ansteigen und dann zerbrechen und in sich zusammenfallen wie die zu Boden stürzenden glühenden Teile eines Feuerwerks, die jetzt überall um uns herum auf dem Schlafzimmerboden verstreut sind, grelle Funken von Bitterkeit, Enttäuschung und Zorn, aber auch weichere Streifen von Zuneigung, Mitleid und Verständnis.
»Weil ich glaube, daß er nicht schlechter ist als alle anderen. Nicht besser und nicht schlechter. Warum sollte ich in meinem Alter noch einmal losziehen und mir einen anderen suchen?«

Sie sagt es ohne Bedauern, wie eine Tatsache, als ginge es um ein Geschäft.

»Im übrigen gefällt er mir ganz gut«, sagt sie, »verglichen mit den meisten anderen.«

»Mir auch. Trotzdem . . .«

»Trotzdem, warum sollte ich es hinnehmen, nachdem ich doch weiß, daß er seit vier Jahren ein Verhältnis hat? Es sind doch vier Jahre, stimmt's? Na ja . . . schließlich sind da die Kinder.«

»Ich verstehe.«

»Nein, ich glaube nicht, daß du es verstehst. Ich glaube nicht, daß du es je wirklich verstehen kannst, weil du selbst keine Kinder hast, und ich meine das ohne jede Überheblichkeit. Es ist einfach eine Tatsache, daß du diese eine grundlegende Wahrheit nicht kennen kannst, die nur Frauen mit Kindern klar wird, daß es nämlich die Kinder sind, die in einer Ehe zählen, nicht die Männer.«

Sie nimmt behutsam die Jacke von meinen Schultern und legt sie sich selbst um.

»Männer«, sagt sie und hebt die helle neue Handtasche vom Bett. »Zuerst verlieben wir uns in sie, dann machen sie uns ein Kind, und wir entdecken die Wahrheit: daß sie immer nur ein Mittel zum Zweck waren.«

»Ich hab' mir immer gedacht«, sagt sie lachend, »wenn man je eine Möglichkeit entdeckte, Kinder ohne die Mithilfe von Männern zu bekommen, dann wäre es schon bald vorbei mit ihrem Geschlecht.«

16

Ich fühle mich wie eine Gefangene in einer kleinen Zelle, einer Zelle, von der ich jede Ecke kenne, so wie ich die Falten und Wölbungen an meinem Körper kenne. Er läßt mich allein hier, ich starre an die Wand, viele Stunden, viele Tage. Es gibt etwas zu essen, und ich esse es, schmecke nichts, nur mein Bauch sagt mir, daß ich genug habe. Und dann ist er plötzlich da, steht vor mir, geht auf und ab, amüsiert und boshaft, setzt sich hin, lehnt sich im Stuhl zurück und lächelt mich an, redet und raucht eine Zigarette. Tut so, als wäre ich nie allein gewesen.

»Wußtest du, daß fünfundsiebzig Prozent aller verheirateten Männer zugeben, ein Verhältnis gehabt zu haben, und achtundsechzig Prozent aller Frauen?«

»Wir lernen, Rose, wir lernen«, wie Jo einmal zu mir sagte. »Du bist so naiv zu glauben, Frauen seien anders als Männer. Du glaubst, wir seien irgendwie besser. Moralischer. Netter. Aber das stimmt nicht. Wir sind nur immer noch schwächer und nicht so verwegen und müssen noch eine Menge dazulernen. Aber wir werden es lernen, wie Männer zu sein, und wenn wir es geschafft haben, werden wir hundertmal besser sein, kräftiger, egoistischer, rücksichtsloser. Denn bei ihnen ist es angeboren und wird mit jeder Generation schwächer. Aber wir bringen es uns selbst bei und werden immer stärker.«

»Nein, das wußte ich nicht.«
»Und wußtest du, daß jede dritte Ehe mit einer Scheidung endet?«

Er drückt seine Zigarette aus. Das Lächeln wird nicht von seinem Gesicht verschwinden. Er wird nicht ergriffen sein. Er wird sich keine Blöße geben. Er wird sich nicht zu einer Szene hinreißen lassen.
»Dieser Quatsch steht nicht im Lehrplan, nicht wahr, Rose?« sagt er, ohne mich anzusehen, und drückt die Zigarette noch fester in den Aschenbecher.
»Kleiner Trost«, sage ich und lächle zurück.

Wissen Sie, ich würde jetzt einfach alles tun. Ich schäme mich deswegen nicht. Das habe ich alles längst aufgegeben. Ich weiß, daß es zu Ende geht. Aber ich will ihn. Ich will ihn bei mir haben. Deshalb habe ich ihn angerufen. Zu Hause.

»Entschuldigen Sie die Störung, aber ist Paul da? Hier ist Rose. Eine Studentin von ihm ... In Büchern legen sie immer auf, wenn die Ehefrau am Telefon ist.«
»Zum Glück leben wir nicht in Büchern, Rose.«
»Hör zu, ich brauche ein bißchen Luft. Mir ist nicht gut. Das kommt vom vielen Lernen. Das macht mich völlig fertig. Außerdem gibt es Probleme. Ich kann die Bücher, die ich brauche, nicht bekommen. Ich bin total in Panik. Ich muß mal ausspannen. Laß uns zusammen essen gehen. Im ›Admiral‹. Wir trinken einen guten Wein und sehen uns die Schiffe an. Bitte, Paul, bitte.«

Er sagte ja, um mich zu beruhigen. Ich wußte es. Ich konnte am anderen Ende der Leitung hören, wie sein Gehirn arbeitete. Das wird mir alles zuviel ... natürlich ist sie eine attraktive Frau ... es hat Spaß gemacht ... aber es hat nicht funktioniert ... ich hätte nie geglaubt, daß sie ein solcher Klammertyp ist ... schade ... ich werde mich vorsehen müssen ... nach den Prüfungen ... werde ich ganz vorsichtig Schluß machen ...

»Ich kann aber erst ziemlich spät kommen.«
»Macht nichts. Wir können ja auch zu Hause essen. Ich kaufe ein paar Sachen ein. Ein bißchen Wein. Wir können am Fenster sitzen. Auf den Fluß sehen. Macht ja nichts, wenn du nicht so lange bleiben kannst.«
Sehen Sie, ich würde alles tun.

»Du scheinst schockiert zu sein. Findest du das viel?«
»Natürlich, du nicht? Wenn jede dritte Ehe ein Fehlschlag ist, in einem Trümmerhaufen endet?«
»Um ehrlich zu sein, ich messe dieser Zahl keine große Bedeutung bei. Wenn es zwei von drei Ehen wären oder sogar jede, würde das auch keinen großen Unterschied machen.«
»Was willst du damit sagen? Was für einen Unterschied?«
»Hör zu, Rose, natürlich steigen die Zahlen immer weiter. Das ist doch ganz logisch. Die Erwartungen, die die Menschen an die Ehe haben, steigen doch auch, das liegt an der rasanten allgemeinen kulturellen Entwicklung. Bücher und Filme und Fernsehprogramme wollen uns einreden, man habe heutzutage ein Recht auf eine

glückliche Ehe, egal was mit glücklicher Ehe gemeint sein mag. Ich weiß nicht, ob das gut oder schlecht ist, aber so ist das nun mal. Wie auch immer, die Menschen werden sich trotz allem auch in Zukunft verheiraten.«
»Ja, natürlich, das ist ja gerade das Dumme, siehst du das denn nicht? Die Leute heiraten viel zu jung, mit ganz absurden, romantischen Vorstellungen, und dann, was noch dümmer ist, heiraten sie ein zweites Mal, und zwar mit denselben Erwartungen, und ein drittes Mal. Und dann heiraten sie auch noch ganz genau die gleiche Sorte Menschen, mit der sie schon beim ersten Mal kein Glück hatten.«
»Du willst uns also unsere romantischen Vorstellungen wegnehmen, Rose? Bestimmt sind sie das einzige, was uns am Leben erhält.«
Er beugt sich nach vorn, seine Hände halten das Weinglas. Er sieht mich mit diesem warmen, ernsten interessierten Blick an, von dem ich immer so gern geglaubt habe, er sei nur für mich da, auch wenn ich weiß, daß es genau so ist wie Sandras Lächeln und er mit seiner Gunst so freigebig umgeht, daß ich diesen Blick mit ungefähr der Hälfte aller Studentinnen der Stadt teile.
Trotzdem, in dem dämmrigen Licht, das uns umgibt, kommt er mir so schön vor, daß ich nicht mehr weiter weiß und den Faden verliere. »Nein . . . nicht direkt . . . aber . . .«
»Sieh mal, du sagst, jede dritte Ehe sei ein Fehlschlag, und das Wort Fehlschlag ist ungeheuer wichtig für dich. Und ich kann dir garantieren, daß sie in den Augen der Scheidungsgerichte tatsächlich ein Fehlschlag sind, aber was heißt das eigentlich? Betrifft das zwölf relativ zufriedene

Ehejahre oder zwanzig genauso wie zwei kurze, unglückliche Ehejahre? Und du erwähnst auch nicht die zwei von den drei Ehen, die erfolgreich sind und jedem Hoffnung machen, es immer wieder zu versuchen, denn für dich werden sie blaß und unbedeutend im Vergleich zu dem einen Fehlschlag von drei Ehen.«

Ich sehe ihn nicht an. Ich spüre einen dicken Kloß in meiner Kehle und möchte weinen. Ich wünschte, ich hätte dieses Thema nie angeschnitten. Ich sehe durch den Nebel nach draußen über das Wasser, zur Mündung des Flusses, dort, wo er breiter wird und ins Meer fließt, und ich sehe, wie der Streit begonnen hat und wie er enden wird.

»Sieh mal, Rose, du redest wie jemand, der noch nie verheiratet war. Du beurteilst uns alle ziemlich streng, du, die es niemals selbst versucht hat. Wenn du siehst, daß eine Ehe schiefgeht, dann glaubst du, daß die Menschen, die sie eingegangen sind, alles zu leicht genommen haben. Manche natürlich schon. Aber für die meisten bedeutet die Ehe romantische Hingabe, fast etwas Religiöses, so ernst und heilig ist sie ihnen, das Streben nach einem Ideal, das Ideal, das du mit deinem Leben verbinden kannst, das Ideal, mit jemand anderem zusammenzusein. Vielleicht ist es ja ein ganz unmögliches Ideal, vielleicht ist es absurd, vielleicht ist es nicht einmal wünschenswert, aber trotz allem ist und bleibt es ein Ideal, vielleicht das größte Ideal, das die Menschen kennen. Und selbst wenn unsere Ehe ein Mißerfolg wird, bleibt das Ideal bestehen. Vielleicht wird es dann sogar noch mächtiger, und vielleicht versuchen wir es gerade deshalb immer wieder von neuem.«

Ich würde es ihm jetzt sagen, wenn ich könnte, wenn meine Kehle es zuließe, wenn ich sicher wäre, daß ich meine Tränen zurückhalten könnte.
Ich würde ihm sagen, was ich sah und was ich nach Meinung seiner Schwester gesehen hatte.
Ich habe es alles gesehen, wissen Sie.

»Also gut. Ganz schnell einen Gutenachtkuß, weil Daddy zu tun hat. Und dann marsch ins Bett.«
Ich sah, wie er sich vom Schreibtisch wegdrehte und sie auf seine Knie hob, während er die Haare aus der feuchten kleinen Stirn strich, die sich gegen seine drückte.
»Und weißt du, was er gesagt hat, Daddy . . .?«
»Hab' ich nicht. Hab' ich nicht. Sie lügt.«
»Still jetzt. Das ist nicht nett von dir. Keinen Streit. Zeit, ins Bett zu gehen. Daddy hat eine Menge zu tun.«
Und dann sah ich, wie ich zu ihm ging, spürte meine Schuhe, wie sie auf den gebohnerten Dielen klapperten, fühlte das Gewicht ihres Körpers auf den Hüften und die wunderbar zutraulichen winzigen Finger, die sich an mich klammerten.
»Gute Nacht«, hörte ich ihn sagen. »Schlaf schön«, mit rührender Babystimme, während er sich wieder über seine Bücher beugte.

»Tut es dir nicht leid?« frage ich ihn, zum Fluß gewandt. »Tut es dir nicht leid, daß du keine Kinder hast?«
Aber er antwortet nicht. Schüttelt nur den Kopf. »Ach«, sagt er gedehnt und gleichgültig, trinkt sein Glas leer, verabschiedet sich ungehindert und, seltsamerweise, unwidersprochen, ein wenig später, spitzt die Lippen und

nickt zum Abschied mit dem Kopf, schließt vorsichtig die Tür und geht mit gleichmäßigen Schritten zu seinem Auto, steigt ein und schaltet das Licht an, das in einem Bogen über das Fenster fällt, während er davonfährt, den Schatten erfaßt, der dort sitzt, schweigend und still, ein warmes, menschliches Wesen, das sich unter seinem Zauberbann langsam in kalten, leblosen Stein verwandelt.

»Rose?«
»Jennifer?«

Ich erinnere mich nicht, wie die Nacht über dem Fluß verblaßte und das perlige Grau der Dämmerung diesem trüben Maimorgen wich, aber so muß es gewesen sein, denn ich bin ja noch hier, am Fenster, spreche ins Telefon, mit Jennifer.

»Alles in Ordnung mit dir, Rose?«
»Wie spät ist es?«
»Zehn Uhr. Was ist los?«
»Nichts. Ich hab' lange gearbeitet. Ich muß eingeschlafen sein. Über meinen Büchern.«
»Wie läuft es denn?«
»Nicht gut. Ich kann die Bücher, die ich dringend brauche, nicht bekommen. Warst du mal in der Bibliothek? Sie ist fast leer. Nur leere Flächen, wo früher Bücher standen. Ich muß heute in die Stadt fahren und sehen, ob ich sie dort kaufen kann.«
Aber ich merke, daß sie gar nicht zuhört, und so frage ich: »Und wie läuft's bei dir?«

»Ich bin müde«, sagt sie. »David und ich waren fast die ganze Nacht auf und haben geredet. Ich kann so nicht weitermachen, Rose.«
»Es tut mir so leid, Jennifer«, sagte ich, aber sie schnalzt ungeduldig mit der Zunge.
»Nein. Du verstehst mich nicht. Ich meine, es kann so nicht weitergehen mit Francie. Ich habe ihm gesagt, daß er ausziehen muß. Daß er Schluß machen muß. Er hat zugestimmt. Er weiß, daß ich recht habe. Er wird mit ihr reden, heute abend, wenn sie von der Arbeit kommt.«
»Wirklich, Rose«, sagt sie, »ich denke ebensoviel an sie wie an mich selbst.
»Übrigens, du bist die erste, die es erfährt. Wir wollen heiraten.«

Dann redet sie in einem fort, als fürchtete sie, ich könnte sie unterbrechen, könnte ihr diesen Augenblick verderben.
Sie spricht mit ihrer früheren, der weichen Stimme seufzend von der Vergangenheit, von der Zeit vor David. Aber die Stimme scheint jetzt nicht mehr ihr zu gehören, klingt wie nur angeeignet, so wie die böse Stiefmutter sich die Stimme von Schneewittchen aneignet, um deren süßeste Gefühle in widerliche, falsche und abscheuerregende Gefühle zu verwandeln.
»Wahrscheinlich findest du es komisch, daß wir heiraten wollen, Rose. Aber wir haben festgestellt, daß wir beide ziemlich altmodisch sind. Alte Romantiker, schätze ich. Wir glauben beide an die Ehe. Vielleicht ist das alles ein bißchen idealistisch, aber ich finde, wenn man jemanden wirklich liebt, muß man eine Verpflichtung eingehen.«

»Das verstehe ich, Jennifer.«
»Er ist so ungeheuer talentiert, Rose. Aber er braucht jemanden, der sich um ihn kümmert. Manchmal vergißt er sogar zu essen, wenn ihm niemand das Essen hinstellt.«
»Das geht mir genauso, Jennifer.«
»Ich würde mich gern um ihn kümmern, weißt du, Rose?«
»Das ist schön, Jennifer.«
»Ich bin so glücklich, Rose.«
»Ich freue mich für dich, Jennifer.«

Und jetzt will ich Ihnen von der Liebe erzählen. Liebe trennt die Schwachen von den Starken. Liebe ist ein großer Prüfstand. Liebe ist der Mount Everest ohne Sauerstoff, die Niagara-Fälle in der Tonne, und der Atlantische Ozean in einem offenen Boot. Liebe ist die Stierkampfarena und das Schlachtfeld, die Maschinenpistole und das Gesicht eines Hais. Liebe weckt Todesmut bei den einen und den Wunsch, sich bei Nacht und Nebel aus dem Staub zu machen, bei den anderen.
Deshalb habe ich jetzt Angst um dich, Francie.
Ich habe Angst um deine schlanken Beine in schwarzen Strümpfen unter deinem engen Rock, die auf der Suche nach meinen Büchern über die Wendeltreppe nach oben verschwinden. Ich habe Angst um deine kleinen, spitzen Zehen, deine kleinen Hände mit den scharfen Nägeln und um die Spitzen deines Fransenponys über den furchtsamen schwarzen Augenringen. Ich habe Angst um dich, du zierliches, zerbrechliches Streichhölzchen, das gleich angezündet wird.

Hör auf mich, Francie. Die Liebe spürt die Schwachen auf. Ich weiß es. Denn mich hat sie schon aufgespürt.
Ich habe geglaubt, Jennifer sei schwach. Aber ich habe mich von ihren sanften Augen täuschen lassen, von ihrem seidigen Haar vor dem Kamin. Ich habe auf ihrem samtbezogenen Sofa gesessen, habe von ihrem feinen alten Tischtuch die Speisen genommen. Deshalb habe ich Jennifer für so sanft und verletzlich und zerstörbar gehalten wie die Gegenstände ihrer Einrichtung. Aber ich habe mich geirrt. Gott steh dir bei, Francie. Jennifer hat nichts von alldem.
Jennifer ist stark, Francie. Jennifer ist zäh. Jennifer ist robust, sie wird es durchstehen. Du bist ein zartes, kleines Streichhölzchen, und Jennifer ist ein Baumstamm. Du bist ein Fädchen, und Jennifer ist ein Drahtseil.
O Francie, Francie, Francie. Unter deiner beißenden Schärfe, deinen Pfeilen, deinen Nadeln, deinen Spitzen bist du eine Schäfchenwolke, eine Daunenfeder, eine Schneeflocke.
Aber Jennifer ist nicht zerbrechlich, sie ist ein Feuerstein, Jennifer ist das Eisen der Axt, Jennifer ist zerbrochenes Glas und Schwert und Degen und Rasierklinge.

Hör auf mich, Francie.
Vor zwanzig Jahren, in einem Büro mit dunkelgrüner Tapete, von den Jahren verstaubt und düster, haben sie mir ein Buch gegeben, ein besonderes Buch, ein Buch, das mir gezeigt hat, wie ich auf der alten, hohen schwarzen Schreibmaschine die Wörter richtig tippen muß.
»Merkt euch«, sagte das Buch, »der Mann heiratet die Frau, und die Frau ist mit dem Mann verheiratet.«

Aber das war vor zwanzig Jahren. Die Zeiten haben sich geändert, Francie. Und Jennifer wird David heiraten.

Ich kann sie sehen, Francie, die Sachen für David, die besonderen Sachen, die aus einer Einkaufstasche ragen. Ich kann frischen Spargel und Lachsfilets und die Flasche Weißwein sehen. Aber zu spät, Francie, zu spät.
Denn ich bin eine weise Frau, Francie. Ich bin Kassandra. Ich sage das Schicksal voraus, ich sehe in die Zukunft. Und ich sehe grünen Spargel, der sich grau verfärbt hat, und hellrosa Lachs in der Dose und eine Flasche, die über den Tisch rollt und ihren letzten Tropfen Wein auf den Fußboden vergießt wie eine Träne. Und ich sehe David bei der Tür stehen, er sagt: »Ich muß mit dir reden, Francie.«

Geh nicht nach Hause, Francie, geh nicht nach Hause. Nimm deinen Spargel und deinen Lachs und deinen Wein, und geh zu Freunden. Geh zu deinen Freundinnen, Francie. Verkriech dich dort. Bitte um Asyl. Denn David will mit dir reden. Gott steh dir bei, Francie. David will mit dir reden.
David will sich vor dich hinsetzen, die Hände im Schoß, die sich öffnen und schließen, um dir seine Liebe und sein Verständnis zu zeigen.
Er möchte sagen: »Du weißt ja nicht, wie schwer das für mich ist und wie weh es tut, Francie«, und nachdem er von seinem eigenen Kummer überzeugt ist, möchte er ganz locker zur Vergangenheit übergehen und dich als Strandgut in der Gegenwart zurücklassen. Er möchte sagen: »Wir haben einander soviel bedeutet, Francie.«

Und dann möchte dir David aus der Vergangenheit heraus beruhigend zulächeln, während du noch hier in der Gegenwart vor ihm stehst mit todbleichem Gesicht und dir dein Einkaufsbeutel aus der Hand rutscht und langsam zu Boden gleitet.
Und dann möchte er dir von Jennifer erzählen, möchte dir erzählen, daß er Jennifer liebt, was vielleicht sogar stimmt, und daß Jennifer ihn liebt, was leider ohne jeden Zweifel der traurigen Wahrheit entspricht.
Und dann, wie ein Wesen aus einer anderen Welt, fähig, die Galaxis zu durchstreifen, oder wie ein Riese, der von einer Bergspitze zur nächsten hüpft, möchte er wie ein Wahnsinniger von der Vergangenheit in die Zukunft springen und dir sagen, daß er Jennifer heiraten will.

Glaub mir, Francie. Manchmal ist die Liebe so einfach. Manchmal kommt alles von selbst in Ordnung. Manchmal, wenn das Schicksal die Hand im Spiel hat, kommen beim Würfeln gleich zwei Sechser auf einmal heraus. Jennifer und David sind füreinander bestimmt, weißt du.

Schau, Jennifer kann Kuchen backen und Käseauflauf machen, die nicht in der Mitte zusammensacken. Jennifer wäscht Pullover so, daß sie dabei nicht einlaufen, sie näht Reißverschlüsse ein und macht Knopflöcher. Die Topfpflanzen wachsen für Jennifer. Die Katzen schnurren für sie. Die Kinder laufen ihr in die Arme. Sie kann um Türöffnungen herum tapezieren und Wände streichen, ohne die Farbe zu verkleckern, und, ehrlich gesagt, sie hat auch noch andere Vorzüge. Um die Dinge beim Namen zu nennen, Francie, Dichter werden schlecht bezahlt. Das alles macht Jennifer zur perfekten Ehefrau für David.

Sie wird für ihn die Druckfahnen lesen, seine Steuerklärungen fürs Finanzamt ausfüllen und für ihn die Fahrkarten kaufen, wenn er verreist. Sie wird für ihn den Koffer packen und zum Bahnhof bringen und die Kinder hochheben, damit sie ihm zum Abschied einen Kuß geben können.

Sie wird, wenn nötig, an seiner Seite auftreten, schön und elegant, so daß er von den anderen Männern beneidet wird, und wenn sie nicht benötigt wird, wird sie zu Hause bleiben und dort alles so für ihn einrichten, daß er sich wohl fühlt und geborgen in diesem geschmackvollen Zuhause, wenn er von seinen Vortragsreisen und seinen armseligen, kleinen Affären zurückkommt, wenn er heimkehrt und nach den vielen Fertiggerichten und den Unbequemlichkeiten der Reise die französische Küche und die guten Weine genießt.

Alles Dinge, von denen Jennifer weiß und die sie, so merkwürdig es klingen mag, nicht weiter tragisch nimmt.

Hör zu, Francie. Hör dir an, was das Orakel sagt. Das Orakel sagt: Die Liebe hat dich bereits aufgespürt, Francie. Und erst recht würde sie dich in zehn Jahren aufspüren, allein mit deinen zwei Kindern und einem Ehemann, der attraktiv und erfolgreich, aber niemals zu Hause ist. Denn Jennifer hat recht, weißt du.

Gestern abend sagte sie: »Wirklich, David. Du mußt es tun. Du mußt es hinter dich bringen. Am Ende wird es das beste sein für Francie.«

Und sie hat recht, Francie. Es ist das beste für dich. Und du kannst froh sein, daß es Jennifer ist. Jennifer, die stark

ist, viel stärker als du, denn du bist schwach, und die weiß, was sie wert ist, und die weiß, daß er immer zu ihr zurückkommen wird. Und das beste wäre, Francie, gar nicht erst nach Hause zu gehen.
Denn wenn du wieder nach Hause gehst, könnten seltsame Dinge passieren.
Ich sehe dich vor mir, Francie, wie aus einem Traum erwacht und all deiner Würde beraubt, mit gespreizten Beinen vor ihm am Boden, mit Tränen in den Augen, die wie schwarze Pfade auf deinem Gesicht stehen.
Ich sehe, wie du ihn anstarrst und nicht fähig bist, dich von seinem Gesicht zu trennen, als glaubtest du, ihn mit deinem Kummer festhalten zu können, an diesem Platz, in seinem Sessel, damit er nicht aufsteht und weggeht.
»Geh nicht fort, David«, höre ich dich sagen, während sich deine Augen und Lippen vor Kummer verändern.
»Verlaß mich nicht, David«, höre ich dich sagen, ohne dich der verschmierten Flecken auf deinem Gesicht, der Spucke, die dir aus den Mundwinkeln fließt, und der feuchten Nase zu schämen. Und ich sehe die schrecklich hilflose, hoffnungslose kleine Geste seiner Hand, die bedeutet: Was soll ich sagen, Francie?
Denn was soll er schon sagen, Francie, dieser Mann, der sonst so gut mit der Sprache umzugehen weiß, der immer nur die besten und schönsten Worte findet, nur nicht jetzt, wo er dir die einfache, unpoetische Wahrheit sagen muß, daß er nicht mehr dich, sondern Jennifer will?
Und was kannst du sagen, Francie, um seine Meinung zu ändern, während du dasitzt vor ihm, mit deinem Stolz, den du kaum noch hast. Was kannst du sagen, wer wird jetzt überhaupt etwas sagen?

Ich werde dir erzählen, was du sagen wirst, Francie. »Nicht heute abend, David«, wirst du sagen, oder: »Nur noch heute abend, David«, oder: »Auch wenn du morgen gehst, David«, oder irgend etwas ähnlich Banales, was dir durch den Kopf geht, während du ihn anstarrst, mit schwarz verschmiertem, fleckigem und völlig aufgelöstem Gesicht.

»Schau doch«, wirst du sagen, dich an deinen Einkaufsbeutel klammernd und deine Ware auf dem Boden ausbreitend wie ein Souvenirhändler seinen Plunder vor einem Touristen: »Ich habe Lachs und Spargel und einen guten Wein. Nicht heute abend, David, nicht heute abend.«

»Das hat doch alles keinen Sinn, Francie«, wird er sagen. »Es hat keinen Sinn«, und dieses »hat keinen Sinn« durchbohrt dich wie ein Pfeil, schlitzt dich auf und spuckt dich aus, während du vor seinen Füßen am Boden kriechst.

»Nein, David, nein«, wirst du sagen, und deine knochigen Knie rutschen über das Linoleum, und deine kleinen weißen Fäuste trommeln verzweifelt gegen seine Jeans. Und dann greifst du hinauf, Francie, du greifst hinauf, du berührst sein Gesicht, nervös und zärtlich, dieses Gesicht, das du zu kennen glaubtest und das jetzt, in diesem Augenblick, deine Fingerspitzen zum Erstarren bringt und sich in das Gesicht eines Fremden verwandelt.

Sieh her, Francie, sieh in meine Kristallkugel. Sieh dir das Gesicht an, Francie, und sag mir, woher du es kennst. Es hat auf dich herabgestarrt, Francie, unzählige Male, die Augen dicht vor deinen Augen, leer und ausdruckslos und ohne wahrzunehmen, erfüllt statt dessen von dem blinden Bemühen, von dem unpersönlichen Drängen, von der seltsamen Losgelöstheit sexuellen Verlangens.

Ich kenne eine Frau, Francie, die nach ihrem vierten Glas Whisky lachend eine Geschichte von dem Politikdozenten erzählte, in den sie sich als Studentin verliebt hatte, der sie liebenswürdig auf die Wange küßte und ihr sagte, daß es nicht so weitergehen könne wie bisher.
Ich kenne eine Frau, die sich für eine Woche ins Bett legte und weinte, aber am achten Tag aufstand, stärker und klüger, sich eine Fahrkarte nach Amerika kaufte und losging, um Lebewohl zu sagen, und in seinem Zimmer nur seine Studenten vorfand, Studentinnen, die sie anlächelten. »Er wird jeden Augenblick hier sein«, sagten sie, und sie lächelte zurück, sagte: »Macht nichts«, nahm die Kreide von dem kleinen Brett unter der Tafel und begann zu schreiben, verdeckte aber mit dem Rücken ihre Worte.
Und als sie fertig war, unterschrieb sie mit ihrem Namen, legte die Kreide wieder zurück aufs Brett, drehte sich um, lächelte wieder und ging aus dem Zimmer und überließ ihnen, was sie geschrieben hatte, zum Lesen.
Was sie geschrieben hatte und er wenig später vorfand, mit einem Stapel Papieren im Arm, charmant und über das ganze Gesicht strahlend, durch die Tür stürmend und sich einer schweigenden Klasse gegenübersehend, war folgendes:
»Mein Lieber, ich bin gekommen, um Dir Lebewohl zu sagen. Du hast einen herrlichen Körper und bist ein wunderbarer Liebhaber. Und wenn es Dir je gelingen sollte, zwischen Deinem Schwanz und Deinem Gehirn eine Verbindung herzustellen, könntest Du sensationell sein.«

Fremde, Francie, Fremde mit fremden Gesichtern. Fremde, die ihr fremdes Spiel nach ihren fremden Regeln spielen. Und die Ziellinie verlegen, Francie. Früher mußten wir schwach sein, um geliebt zu werden. Heute müssen wir stark sein.

Die Liebe ist verdammt hart, Francie. Die Liebe trennt die Schwachen von den Starken. Vielleicht wirst du eines Tages stark sein, Francie. So stark wie Jennifer. So stark wie Jo. Aber noch ist es nicht soweit. Noch bist du schwach, Francie. Genauso schwach wie ich.

Hör auf mich, Francie. Höre auf das, was ich dir sage. Geh nicht nach Hause, Francie. Geh nicht nach Hause.

17

Irgend etwas passiert mit mir. Ich habe keine Kraft mehr. Ich bin von einer verzehrenden Krankheit gezeichnet. Sie heißt Liebe.

Ich stehe morgens auf und fühle mich benommen und schwer von zu wenig Schlaf und beschließe, einen Spaziergang am Fluß zu machen. Aber keine fünfzig Meter von meiner Haustür entfernt bin ich schon ganz schlapp und kehre mit meiner Trübsal und meinem Elend, die meine Seele zerreißen und meine Beine lähmen, nach Hause zurück.

»Ich kann nicht schlafen, wissen Sie. Ich gehe abends zu Bett, weil mir die Augen vor Müdigkeit zufallen, aber sobald ich meinen Kopf aufs Kopfkissen lege, öffnen sie sich wieder, als würde mir jemand mit einer hellen Lampe ins Gesicht leuchten. Und arbeiten kann ich auch nicht. Ich nehme die Bücher in die Hand und lege sie wieder hin. Sie liegen überall in der Wohnung herum. Ganze Stöße davon. Klagen mich an. Bücher über Bücher. Idiotisch, nicht wahr? Und es sind nicht mal die richtigen Bücher. Aber die Bibliothek ist leer, und der Buchladen hatte nicht die richtigen für mich.«

»Aber du brauchst doch nicht noch mehr Bücher, Rose. Du hast schon genug.«

Er ist so ungeduldig. Er wollte mich nicht sehen. Ich habe an seine Tür geklopft, und er rief in scharfem Ton:

»Herein«, und als er sich umdrehte, sah ich einen Anflug von Ärger auf seinem Gesicht, als fühlte er sich belästigt, aber er versuchte es schnell zu verbergen.
Und jetzt ist er zerknirscht. Er rührt im Kaffee, Fertigkaffee im Becher. »Keine Milch, tut mir leid«, sagt er heiter. Sein Stift liegt auf einem Stoß Prüfungsmanuskripten auf einer Seite mit einer beherzten kindlichen Handschrift und auf einem kleinen Häkchen, das neben einer Zeile angebracht ist. Darauf steht: »Conrads Helden demonstrieren uns die tragischen Folgen eines strikten Festhaltens am Ideal.«
Auch er sieht müde aus. Seine eigene Müdigkeit hindert ihn daran, meine zu erkennen. Als er wieder in seinem Regiesessel sitzt, fährt er mit der Hand durch sein Haar und greift nach seinen Zigaretten.
Ich liebe ihn. Oh, wie ich ihn liebe.

»Das ist die älteste Entschuldigung der Welt. Haben wir alle schon erlebt. Du hast alle Bücher, die du brauchst, aber du willst sie einfach nicht hernehmen und mit der Arbeit beginnen. Daher redest du dir selbst ein, du bräuchtest unbedingt ein Buch, das du noch nicht hast, und schiebst die gräßliche Stunde hinaus, wo du anfangen müßtest.«
»Ich will ein einfaches Buch. Ein einfaches Buch ohne irgendeinen tollen Titel. Ein Buch, in dem alle Antworten stehen.«
»Ein solches Buch gibt es nicht, das weißt du ganz genau.«
Ich starre aus dem Fenster, weil ich ihn nicht ansehen will. Ich habe das Gefühl zu träumen, völlig losgelöst von allem, und meine Worte kommen mir unbeholfen und

ungenau vor, als paßten sie nicht zu den Gedanken in meinem Kopf. Draußen vor dem halboffenen Fenster tanzt ein Zweig im Wind, während ich hier drinnen sitze und ein unbeholfenes Wort nach dem anderen hervorbringe.

»Ich bin krank, Paul. Ich glaube, ich bin krank.«

»Du brauchst nur ein bißchen Schlaf. Leg dich heute abend zeitig mit einem heißen Whisky ins Bett.«

»Nein, es ist etwas Ernstes.« Ich schaue noch immer aus dem Fenster, betone jedes einzelne Wort, spreche ohne Gefühl, als spräche jemand ganz anderer.

»Irgend etwas geht in mir vor. Ich glaube, ich kippe gleich um. Ich brauche Hilfe. Ich kann nicht in die Prüfungen gehen.«

»Unsinn. Ich bin in meinem ganzen Leben noch niemandem begegnet, bei dem Umkippen so unwahrscheinlich war. Du bist achtunddreißig, eine Frau, die sich immer allein durchs Leben geschlagen hat. Du bist unabhängig, selbständig. Du leidest nur an Examensangst, das ist alles.«

»Das war einmal, Paul. Das war früher. Ich war unabhängig und selbständig. Aber so bin ich nicht mehr. Ich habe keine Kraft mehr. Ich habe sie verloren. Weggegeben. Durch meine Liebe für dich verloren. Ich habe mich in dich verliebt. Verstehst du denn nicht? Ich wollte es nicht. Es ist nicht meine Schuld. Es ist einfach passiert. Aber jetzt liebe ich dich, Paul, ich liebe dich.«

Besser so, auf diese Art. Besser, es ist aus und vorbei. Das ist besser als das Warten am Telefon. Besser als die Übelkeit, die nassen Handflächen und der keuchende

Atem vor Panik und der übertriebenen Hoffnung auf Liebe.

Völliges Schweigen. Die Welt um mich herum scheint verschwommen, nur der Zweig am Fenster ist deutlich und klar zu erkennen, wie er eine ungeöffnete Blüte über die Scheibe bewegt, ein langer, spöttischer Fingernagel. Er beugt sich nun nach vorn, senkt den Kopf und reibt die Hände zwischen den Knien aneinander wie jemand, der gleich aufgerufen wird, Beweise vorzubringen, und sich genau überlegt, was er sagen wird.

»Rose . . .« beginnt er langsam und nachdenklich, und seine Augen sind noch immer auf den Boden gerichtet, seine Stimme ist tonlos und matt vor sorgsam beherrschtem Mitleid.

Und dann ein Klopfen an der Tür, ein leichtes Klopfen, ein bescheidenes Klopfen, ein Klopfen, das nach all den Jahren noch immer anspruchslos und nicht fordernd ist. Und vor uns steht Monica.

»Monica, meine Frau – Monica, das ist Rose, eine meiner Studentinnen.«

Merkwürdig, daß ich keinen Schmerz spüre, nur dieses vage, verschwommene Gefühl, als würde die Welt um mich herum verblassen.

»Rose bereitet sich gerade auf die Prüfung vor. Sie tut sich so schwer. Es geht ihr nicht gut. Sie kann nicht schlafen.«

»Oh, das tut mir aber leid.«

Ungewöhnlich. Ich finde, sie ist auch ungewöhnlich. Ihre Augen sehen mich voller Mitgefühl an, ohne jedes Miß-

trauen. Ach, wie gut wir immer von Monica gesprochen haben.
»Ich habe mich bei meinen Prüfungen auch ganz schrecklich gefühlt. Ich habe Tabletten genommen, damit ich schlafen konnte, und Tabletten, um wieder aufzuwachen. Am Ende habe ich es gerade geschafft. Nach der letzten Prüfung zogen wir los, um zu feiern, und ich habe gerade zwei Bier geschafft, dann mußten sie mich nach Hause tragen. Weißt du noch, Paul?« fragt sie lachend. Seine Augen sind jetzt völlig ausdruckslos, und sein Gesicht drückt kühle Höflichkeit aus, aber ihr Lachen weckt alte Erinnerungen an die Lust am Leben, und trotz aller Entschlossenheit lächelt er.

»Ich kann es nicht erklären«, sagt er. »Ich bin nicht glücklich mit Monica.«

»Ich muß gehen. Ich muß in die Bibliothek.«
»Vergessen Sie die Bibliothek«, sagt er, jetzt nur mein Lehrer, mein Bewacher, voller Herzlichkeit und mit einem Augenzwinkern.
»Ich habe es Ihnen doch schon gesagt, Sie haben alle Bücher, die Sie benötigen. Entspannen Sie sich. Sie haben genug gearbeitet. Sie werden es schaffen. Und vergessen Sie nicht: ein oder zwei Whiskys vor dem Schlafengehen.«
»Ich wünsche Ihnen gute Besserung. Ich weiß, wie schrecklich das alles ist. Ich kann es Ihnen nachfühlen.« Monica hat etwas an sich, etwas Besonderes. Etwas, das mit ihren Augen und ihrem Mund geschieht. Eine Wärme, ein Glühen, eine Vergnüglichkeit. Und da sind

noch andere Linien eingegraben, alte Linien, Linien von vergangenen Nächten und Blicken in Spiegel und einsamen Wanderungen auf dem Teppich, die ein neues Glück in den Zügen ihres Gesichts stützen wie die nackter Pfeiler unter einem herrlich geschmückten Pavillon. Die Liebe trennt die Schwachen von den Starken, und Monica wirkt auf mich wie ein alter Kämpfer, der aufs Schlachtfeld zurückgekehrt ist. Sie lächelt mich an, als ich zur Tür gehe, vielleicht aus dem Bedürfnis heraus, eine alte Regel zu befolgen, nach der man mit Nachsicht und Güte in die Schlacht ziehen soll. Ich kenne diesen Aberglauben. Früher habe ich immer alten Damen über die Straße geholfen, damit die Götter auf Paul und mich herunterlächeln sollen.

»Vielen Dank. Es war nett, Sie kennenzulernen, Monica.«

»Und Sie auch, Rose. Sie auch.«

Als sie wenige Minuten später rauskommen, bleibt er stehen, verschließt die Tür und steckt den Schlüssel sorgfältig in die Tasche, bevor er sie mit freundlicher, geübter Hand zur Treppe führt.

Ich beobachte sie vom Treppenabsatz darüber, sehe wie sie zu ihm aufblickt und auf die hilfreiche Hand mit einem Lächeln gutdosierter Zuneigung reagiert.

Als sie die Treppe hinuntergehen, neigen sich ihre Körper ein wenig zueinander, wie aus Gewohnheit, wie Bäume oder Büsche, die über Jahre auf dieselbe Weise und von denselben Winden gebeugt, gewiegt und durchgeschüttelt worden sind.

»Ich kann es nicht erklären«, sagt er, »aber ich liebe meine Frau nicht.«

Und nun tastet der Schmerz sich durch die blasse Welt, die mich umgibt, wie der Bug eines Schiffs sich durch den Nebel über dem Fluß seinen Weg bahnt.
Ich sitze auf dem Stuhl vor seinem Zimmer, wo ich früher einmal in meinem einzigen guten Kostüm gesessen habe, mit dem einzigen Zeugnis, das ich besaß, in der Aktentasche neben mir, und darauf wartete, daß er meine Lükken ausfüllte, darauf wartete, für ihn das gleiche tun zu können.
Unabhängig, selbständig, in Liebesaffären nicht ungeübt.
Leidenschaftlich. Ungenutzt. Auf Liebe wartend.

»Rose.«
»Jo.«
»Ist alles in Ordnung?«
»Ja. Warum?«
»Was tust du hier? Vor Pauls Büro? Er ist nach Hause gegangen.«
Sie sieht mich neugierig an. Klappert besorgt mit den Augendeckeln, wie sie es immer tut, wenn jemand sie irritiert, den sie gern hat.
»Ich habe Paul und Monica getroffen. Er sagte, ich träfe dich vielleicht noch hier an, wenn ich mich beeilte. Ich bin gewählt. Ich bin auf der Liste. Absolut ungewöhnlich. Nach allem, was geschehen ist. Ich bin gerade nach Hause gekommen, und jetzt muß ich umkehren und gleich wieder zurückfahren.«

»Warum denn?«

»Rose, Rose«, sie knirscht amüsiert mit den Zähnen und setzt ein nachsichtiges Lächeln auf. »Hörst du denn keine Nachrichten? Wir haben Wahlen. Deshalb werde ich mindestens für die nächsten drei Wochen nicht hier sein. Ich mache mir nur Sorgen wegen des Hauses. Du weißt doch, daß in der Gegend soviel eingebrochen wird. Ich brauche jemanden, der das Haus hütet. Meinst du, du könntest das tun? Du könntest dort auch wunderbar arbeiten. Es ist schön ruhig. Und du hast das ganze Haus für dich. Ich weiß, wie beengt du in deiner winzigen Wohnung bist. Und du könntest mir die Post nachschikken. Ich wohne bei meiner Familie. Ich werde dir die Adresse geben.«

Sie stellt die ausgebeulte Aktentasche auf den Parkettboden und öffnet sie, ohne meine Antwort abzuwarten. Während sie nach einem Stift und einem Blatt Papier kramt, redet sie ohne Pause weiter.

»Ziemlich erstaunlich. Sie sagten, ich sei ihre beste Kandidatin. Terry sagte das. Dieser hinterhältige Kerl. Ich meine, er muß es gewußt haben. Himmel, ich werde niemals das Gesicht von Dorothea vergessen während dieser Szene mit Martin. Wer weiß, vielleicht hat sich Terry ja zu Herzen genommen, was Marcus gesagt hat. Daß es den Leuten egal ist, ob jemand Ehebruch begeht. Auf jeden Fall hat man nicht das geringste gemerkt. Terry ist mein Vertreter. Da staunst du, was? Und noch dazu ein verdammt guter. Und Dorothea kocht ständig Tee für mich. Natürlich hat mir der Name meines alten Herrn sehr geholfen. Und wenn ich meinen Wahlfeldzug antrete, wird er mir genauso helfen. Natürlich ist er nicht so wirksam wie eine schwangere Ehefrau«, sagt sie, klappt die Aktentasche zu und steht auf. »Aber schließlich kann man nicht alles haben.«

Sie betrachtete mich eindringlich, als sie mir das Blatt Papier und ihren großen, altmodischen Haustürschlüssel hinhält. »Ist auch wirklich alles in Ordnung mit dir?« fragt sie.

»Ja, völlig.«

»Hmmm«, sagt sie, zweifelnd und mißbilligend. »Na gut . . . ich werde dich nicht fragen, was los ist. Wir halten Verbindung. Ich werde dich anrufen. Übrigens, wie geht es mit den Prüfungen voran?«

»Nicht besonders. Ich kann die Bücher nicht auftreiben, die ich unbedingt brauche.«

»Ach, wirklich? Also, ich würde mir an deiner Stelle keine Sorgen machen. Du hast so viel getan, dir kann überhaupt nichts passieren. Übrigens«, sagte sie noch, schon im Fortgehen, »eigentlich soll es ja niemand wissen außer der Familie, aber schließlich gehörst du ja fast dazu.« Sie sieht mich mit einem ironischen Lächeln an. »Monica ist schwanger.«

Sie will mich nach Hause bringen.

»Wir fahren jetzt zu deiner Wohnung und holen deine Sachen«, sagt sie. »Damit du dich einrichten kannst.« Aber diesmal bleibe ich ausnahmsweise standhaft und sage mit Nachdruck nein, worauf sie überrascht ist. »Ich muß jetzt in die Bibliothek«, sagte ich zu ihr. »Ich werde heute abend einziehen.«

Ich trete von einem Fuß auf den anderen, will, daß sie endlich geht, und als sie schließlich die Treppe hinunter-

steigt und verschwunden ist, sinke ich wieder in meinen Sessel, lehne den Kopf nach hinten und schließe die Augen, während sich der Schmerz bis in die hintersten Ecken und Enden meines Körpers ausbreitet.
Als ich meine Augen ganz benommen wieder öffne, fällt mein Blick auf die maschinegeschriebene Nachricht an der gegenüberliegenden Tür.

Darauf steht, er sei da, und er ist auch da. Er sitzt am Ende des langen, mit Tinte bekleckstén Seminartischs mit dem Rücken zum Fenster, raucht eine Zigarette und liest ein Buch.
Er hatte die Störung nicht erwartet und hebt erstaunt den Kopf, als ich anklopfe und meinen Kopf durch die Tür stecke.
»Rose«, sagt er etwas gelangweilt.
»David«, sage ich mit einem strahlenden, einnehmenden Lächeln.
»Solltest du nicht büffeln?« sagt er und schiebt seine Brille zurecht, während er die Worte in liebevollem Spott auf der Zunge zergehen läßt.
David, der es für unter seiner Würde hielt, sein Studium mit einem akademischen Titel zu beenden, liebt es, über alle Aspekte des akademischen Lebens zu spotten.
»Höchstwahrscheinlich, aber sieh mal, David«, ich setze mich ihm gegenüber auf einen Stuhl und stelle meine Tasche ganz ordentlich, mit schulmädchenhafter Sorgfalt, auf den Boden. »In Wirklichkeit mache ich mir wegen der Prüfungen gar nicht so große Sorgen. Weißt du, meine Schreiberei ist das einzige, was wirklich wichtig für mich ist.«

»Ich bin froh, daß du das sagst, Rose. Es klingt sehr erfrischend. Ehrlich gesagt, meine Leute hier . . .« Er verzieht das Gesicht und läßt den Satz unvollendet.
»Und wie geht es mit dem Schreiben voran, Rose?« fragt er, lehnt sich in seinem Stuhl zurück und starrt mich mit Augen voller Selbstzufriedenheit an.
»Ehrlich gesagt, David«, sage ich und rücke meinen Stuhl ein wenig näher, »deshalb bin ich gekommen. Ich brauche jemanden, der meinen Roman liest. Jemanden, dem ich vertraue, dessen Meinung ich schätze. Jemanden«, sage ich und senke ernst den Kopf, »der selbst schreibt.« Ich werfe einen verschwörerischen Blick über meine Schulter und durch das leere Zimmer.
»Ich habe es natürlich schon einigen Leuten hier gezeigt, aber . . .«
»Akademikern«, sagt David knapp.
»Theoretikern«, erwidere ich.
Ich räuspere mich und hebe den Kopf, als müßte ich mich zusammennehmen, Mut fassen.
»Weißt du, ich bin jetzt an einem Punkt des Schreibens, wo ich Kritik brauche, wenn ich weiterschreiben soll. Aber ich brauche sie von jemandem, dessen Arbeit ich respektiere, von dem ich weiß, daß er versteht, was ich zu tun versuche, der die Herausforderungen und die Möglichkeiten versteht, jemand, der versteht, was . . . Erregung ist.«
Ich umklammere fieberhaft meine Hände. Er nickt, schweigt aber, hebt seine Zigarette an die Lippen, um seine Unergründlichkeit in Rauch zu hüllen.
Ich lege meine gefalteten Hände demütig auf die Knie.
»Wie alle anderen auch habe ich deine Arbeit immer

bewundert. Deine Poesie ist so völlig entblößt, so stark, so absolut, so . . .«

»Elementar?«

»O ja, elementar. Absolut elementar. Und dann natürlich, als Jennifer mir von deiner Idee erzählte, wie ein Roman sein sollte . . .«

»Gefällt sie dir?«

»Brillant.«

Er zieht ein letztes Mal an seiner Zigarette und drückt sie dann im Deckel seiner Tabakdose aus, die er zugleich als Aschenbecher benutzt.

Er lehnt sich zurück, sein Sessel quietscht laut in der Stille, legt nachdenklich und gebieterisch den Finger auf die Lippen, starrt mich an, ohne zu blinzeln.

Und dann, als habe er über mich nachgedacht und schließlich einen Entschluß gefaßt, greift er langsam auf den Boden der Tabakdose. Er vergräbt die Finger seiner rechten Hand in dem Kandiszuckerbraun, hält plötzlich mitten in der Bewegung inne und sieht mich mit theatralischem Blick an.

»Es wird Zeit, den Roman beim Schopf zu packen, Rose«, sagt er mit tiefer Stimme, die hohl durch den Raum klingt.

»David . . .« sage ich hilflos, meine Hände umklammern meine Knie und lassen sie wieder los, mein Satz geht in Bewunderung unter.

»Die Zeiten sind vorbei, in denen wir an diese Dinge rühren konnten und erwarten durften, ernst genommen zu werden«, sagt er und zieht die Hand aus der Dose, um das Taschenbuch, das er gelesen hatte, verächtlich in meine Richtung zu werfen.

Es schlittert über die Tischplatte, dreht sich mehrmals um sich selbst und landet schließlich mit der Titelseite nach oben in meinem Schoß.

»Übrigens hat er einen Roman über die Liebesaffäre geschrieben«, sagt er verschmitzt.

Dann steht er auf und geht vor dem Fenster auf und ab, bohrt mit der frischgedrehten Zigarette Löcher in die Luft, als hielte er einen Vortrag vor Publikum.
»Wir sind Kinder des Kinos. Wir können die Lücken jetzt selbst ausfüllen. Wir brauchen nicht mehr all diese langweiligen Erzählungen. Dieses ständige Aufstehen und Rausgehen und Türenschließen hinter uns. Das ist was für Menschen aus der Viktorianischen Zeit. Der moderne Leser braucht so was nicht. Er will es nicht. Er ist gebildet. Anpassungsfähig. Er will etwas zu tun haben. Er will selbst eine Art Verantwortung für die Handlung übernehmen. Er will nicht auf diese alberne Art mit dem Löffel gefüttert werden.«
Ich nicke und sage »ja« und »natürlich« und »absolut«, immer mit Pausen dazwischen, und am Ende ist er erschöpft und setzt sich mit dem Ausdruck der Erleichterung und Befriedigung in seinem Gesicht wieder hin.
»Auf jeden Fall, David«, sage ich, greife in meine Tasche, um mein Manuskript herauszuholen und es vor ihn auf den Tisch zu legen, »wäre ich dir sehr dankbar . . . wenn es dir nichts ausmacht.«
»Ich werde mich sofort daranmachen, Rose.«
»Keine Eile, David«, sage ich, stehe auf und hebe meine Tasche vom Fußboden. »Überhaupt keine Eile. Ich weiß,

daß du mit deiner eigenen Arbeit schon genug zu tun hast.«

»Hier ist dein Buch«, sage ich und schiebe es wieder über den Tisch in seine Richtung.

»Nimm es. Nimm es«, sagt er und macht eine abwehrende Handbewegung. »Ich habe genug davon gelesen. Lies es. Erzähl mir, was du davon hältst. Ehrlich, ich kann es einfach nicht glauben, daß es noch immer Leute gibt, die einen solchen Mist schreiben.«

»Naturalistischer Schrott«, sage ich knapp.

»Buchhändlerfutter«, erwidert er.

»Ich danke dir, David«, sage ich ruhig und wende mich ehrerbietig zur Tür. »Vielen Dank für alles.«

Mit gesenktem Kopf öffne ich die Tür, gehe halb hinaus und drehe mich, mit der Hand an der Türklinke, dann noch einmal um.

»Übrigens, David«, sage ich, wie in einem Nachgedanken, »du hast wohl nicht zufällig ein bißchen Stoff für mich?«

18

»Ich kann nicht schlafen«, sagte ich zu David, »und es ist das einzige, was mir hilft.«
Er sah einen Augenblick weg, trommelte mit den Fingern auf den Tisch. Dann griff er nach unten, hob seine abgewetzte weiße Leinentasche auf, die am Boden lag, stellte sie auf den Tisch und nahm einen Plastikbeutel heraus.
»Es ist guter Stoff«, sagte er und faltete ihn vorsichtig auseinander. »Nichts für empfindliche Gemüter.«
»Gib mir, soviel du hast.«

Natürlich machte er ein gutes Geschäft dabei. Aber ich lächelte trotzdem. »Nochmals vielen Dank, David«, sagte ich. »Grüß Jennifer von mir. Ach ja, und herzlichen Glückwunsch. Ehrlich, ich finde, ihr seid wie geschaffen füreinander.«

Ich habe schon lange nichts mehr geraucht. Ich glaube, das letzte Mal war's der Stoff, den mir Luis im Jeep vorm Bahnhof in die Hand gedrückt hatte.
»Es hilft gegen den Schmerz, Rose«, hatte er gesagt. Und das tat es auch.
Ich rauchte es allein in meinem Hotelzimmer. Und als es zu wirken begann, faßte ich Hoffnung, daß er mich anrufen würde, bis das Zimmer ganz leer wurde und nur noch vom Widerhall des stummen Telefons dröhnte und

ich plötzlich feststelle, daß es mir überhaupt nichts mehr ausmachte.
Also rief ich Luis auf der Hazienda an, um es ihm zu sagen, und als er den Hörer abnahm, hörte ich das Akkordeon und die Gitarren und mußte fast schreien, damit er mich verstand.
»Es ist alles in Ordnung, Luis«, schrie ich.
Und genauso war es mit Davids Stoff. Er war dunkel und klebrig und roch süßlich, und schon beim ersten Zug spürte ich, wie der Schmerz verschwand, dieser stechende Schmerz in meinem Kopf, der wie eine Explosion ausgebrochen war, als Jo mir erzählte, daß Monica schwanger sei.

»Aber ich dachte ...«
»Was dachtest du, Rose? Hast du etwa geglaubt, Paul und Monica würden nicht mehr zusammen schlafen? Aber ja, Paul und Monica schlafen zusammen, sie gehen auch gemeinsam in den Supermarkt und stellen gemeinsam eine Liste für die Weihnachtskarten auf, sie kaufen gemeinsam neue Autos, und manchmal fahren sie gemeinsam aufs Land, um große Häuser zu besichtigen, die sie sich nicht leisten können. Weil sie verheiratet sind, Rose. Weil sie Mann und Frau sind und weil Ehemänner und Ehefrauen diese Dinge eben gemeinsam tun, all diese Dinge, die noch lange fortbestehen, nachdem die vormals trennenden Dinge längst vergessen sind.«
Sie kam einen Schritt auf mich zu. In ihren Augen lag hartherzig-belustigte Zuneigung.
»Dieses ganze Getue«, sagte sie nachsichtig.
»Du standest niemals in der Gefahr, meinen lieben Bru-

der und seine Frau auseinanderzubringen. Ich habe versucht, es dir zu sagen, aber du wolltest nicht hören. Du wolltest unbedingt glauben, du seiest anders. Schließlich war er derjenige, der es nicht schaffte.« Sie verzog das Gesicht zu einem ironischen Lächeln. »Und wenn er es nicht geschafft hätte, was hättest du dann erwarten können?«

Natürlich hatte sie recht. Das sehe ich jetzt ein. Ich sehe jetzt alles ein. Wenn er es nicht geschafft hätte, was hätte ich dann erwarten können? Ich habe seinen Roman gelesen, wissen Sie. Nicht einmal, sondern viele Male, immer und immer wieder, ich habe ihn mit mir herumgetragen, überall, habe ihn die Treppe hinauf und mit ins Bett genommen, bin darüber eingeschlafen und morgens davon aufgewacht, weil er auf dem Kopfkissen lag und mein Gesicht kratzte. Ich habe ihn mit ins Badezimmer genommen, wenn ich in der alten Badewanne mit den Füßen, die wie Klauen aussahen, gebadet habe, mit in die Küche, um mir eine Handvoll schimmliger Nüsse in den Mund zu stopfen oder einen weichen Keks, um mir eine Tasse Tee einzuschenken und ihn Che Guevara vorzulesen.

»Er ist übrigens ein sehr guter Roman«, sagte er. Und das ist er wirklich. Er ist ein warmherziger Roman. Wie alle guten Romane. Er bringt mich zum Lachen. Und er macht auch, daß ich weinen möchte.
Ich kann verstehen, warum David ihn gehaßt hat. In dem Roman machen die Menschen die Türen auf und wieder zu. Sie besitzen darin den Anstand, von vorn zu beginnen

und dann, wie es sich gehört, weiterzumachen bis zum Ende, und lassen das Ende der Liebesaffäre hübsch ordentlich in demselben kleinen italienischen Restaurant stattfinden, in dem alles begonnen hatte.

Und da sitzen sie nun, an seinem letzten Abend, am selben Tisch, aber sie sind viel zu früh dran, müssen gemeinsam mit Büroangestellten essen und mit Leuten, die abends noch einkaufen waren, sind ein wenig unbeholfen wegen des fehlenden Ambientes, wie Schauspieler, die es nicht gewohnt sind, bei einer Matinee Tragödien zu spielen.

Es war mitten im Sommer, als ihre Liebesaffäre begann. Jetzt ist es Winter, und auf den Gehsteigen liegt eine dicke Schneedecke. Sie sieht auf ihre Uhr. Sie ist nervös. Sie sagt: »Ich konnte ihn nicht erreichen. Er wird sich Sorgen machen«, und vage, als wollte sie etwas erklären, fügt sie hinzu: »Bei dem Schnee.«

»Monica«, sagt er, »du hörst mir ja gar nicht zu. Ich bitte dich, ihn zu verlassen und zu mir zu kommen.«

Sie sieht ihn nicht an. Scheint ein wenig zu zittern. Läßt ihre Gabel fallen und verlangt die Essigsoße, so daß auch er ganz aufgeregt wird und befürchtet, er hätte besser nichts sagen sollen.

»Monica«, sagt er, »hör mir zu. Ich liebe dich, und ich glaube, daß du mich auch liebst.«

Sie hebt ihr Glas, schüttelt in teilnahmsloser Verwirrung den Kopf. »Ach, Liebe«, sagt sie, »Liebe . . .«

Und dann verwandelt sie sich in eine Monica, die er nicht wiedererkennt, eine Monica, die ihn mit Augen fixiert, welche ihn nicht zu kennen scheinen, die über sich selbst redet, als wäre auch sie eine Fremde.

»Vielleicht würde ich mit dir gehen«, sagt sie nachdenklich, als handelte es sich um einen Ausflug aufs Land oder um einen Stadtbummel.
»Vielleicht würde ich mit dir gehen, wenn du mir irgendwas anderes anzubieten hättest. Irgendwas Neues. Aber nur Liebe . . .«
Er fühlt die Erde erbeben und jeden Augenblick sich auftun, um ihn zu verschlucken. Er legt Messer und Gabel auf den Tisch.
»Monica«, sagt er, »das verstehe ich nicht.« Und das tut er wirklich nicht, denn seine Stimme drückt Erstaunen und Schmerz aus, sie klingt ganz hoch und dünn.
»Bedeutet es dir denn gar nichts, Monica? Was wir zusammen erlebt haben?« fragt er.
»Doch, schon. Aber erstaunlicherweise scheint es mir nicht genug zu bedeuten. Ich meine, es scheint keinen Unterschied zu machen.«
Sie ist jetzt ruhig, die Erregung und die Teilnahmslosigkeit sind verschwunden. Ihre Stimme klingt traurig, aber noch mehr schmerzt ihn, daß sie über das, was sie sagt, ganz friedlich gestimmt scheint.
»Ich wundere mich, daß es keinen Unterschied macht, aber so ist es nun mal, und ich weiß nicht warum. Vielleicht habe ich nur nicht genug Vertrauen, aber um ehrlich zu sein, ich sehe keinen Sinn darin, ihn zu verlassen. Vielleicht liegt es daran, daß ich im großen und ganzen eigentlich recht glücklich bin.«
Ihre Worte zerreißen dem jungen Mann das Herz. Es scheint ihm, als habe sie vielleicht auf dem Weg ins Restaurant über sich gegriffen und einen der Eiszapfen, die an den Dachrinnen hängen, abgebrochen und ihm

jetzt unter dem Tisch in den Bauch gestoßen. Mit schmerzverzerrter Miene blickt er an sich herunter, stellt erstaunt fest, daß auf seiner Serviette kein Tropfen Blut zu sehen ist, der sich mit den Bächen aus kristallklarem Eiswasser vermischt hätte.

»Monica«, sagt er, und seine Stirn runzelt sich in jungenhaftem Erstaunen, »wenn das tatsächlich so ist, wenn das deine Gefühle sind, was hast du dann in den vergangenen sechs Monaten in meinen Armen gesucht?«

Sie nimmt ihre Serviette vom Schoß und wirft sie aufs Tischtuch.

Er merkt sofort, daß er etwas Falsches gesagt hat, etwas ausgesprochen hat, was lieber ungesagt geblieben wäre. Aber er beschließt, es als einen Vorteil anzusehen und zu seinem Vorteil zu nutzen. Er beugt sich vor, über den Tisch, über die Kerze und die Gewürze und die staubigen Plastikblumen, um ihr zu beschreiben, wie sie bei der Liebe aussieht und sich anfühlt.

Er benutzt dabei die gröbsten Ausdrücke, ohne die Stimme zu heben oder zu senken, gleichmäßig und eindringlich, so daß die Unterhaltung der beiden Frauen am Nachbartisch durch die erschreckende Beharrlichkeit seiner Stimme nach und nach verstummt und sie sich an ihren Einkaufstüten zu schaffen machen, die zu ihren Füßen stehen, um noch ein wenig näherzurücken.

Je länger er redet, desto ungehobelter werden seine Wörter und Sätze, und desto kälter wird seine Stimme.

»Ich hab' dich gehabt, Monica«, sagt er am Ende, und seine Augen drücken versteckte Anspielungen aus, »und du hast in meinen Armen gewinselt wie ein Tier. Erzähl mir also nicht, daß du mich nicht liebst, Monica.«

Aber er kommt nicht an sie heran. Sie entzieht sich ihm, ist ausweichend, nicht faßbar, nimmt seinem Zorn die Schärfe und seiner Sprache die Obszönität.
»Ja«, sagt sie. »Wahrscheinlich liebe ich dich.«
Aber ihre Stimme ist kühl und losgelöst, als spräche sie von irgendeinem harmlosen Fehler an sich selbst, irgendeiner Unsinnigkeit, einer Schwäche, vielleicht für Schokolade oder Sahnetorte, gegen die sie sich nicht wehren könnte.
»Aber warum, Monica, warum?« fragt er und schlägt mit der flachen Hand auf den Tisch, daß sich die Köpfe nach ihnen umdrehen.
»Ich weiß nicht«, sagt sie, zuckt mit den Schultern und fährt mit einer Gabel über das Tischtuch. »Ich weiß es nicht. Wahrscheinlich weil das nicht genügt.«
Ihre Zerstreutheit, ihr umherirrender Blick, ihre unverständliche Rede machen ihn hilflos. Und so unternimmt er einen letzten blinden Vorstoß, um der Verwirrung der Sinne Herr zu werden, die sich seiner zu bemächtigen droht.
»Er liebt dich nicht, Monica«, behauptet er dreist. »Er hat andauernd Verhältnisse mit anderen Frauen. Das weißt du doch. Schon seit Beginn eurer Ehe.«
»Ja, er hatte Affären«, sagt sie. »Aber das bedeutet nicht, daß er mich nicht liebt.«
Ihre Stimme ist sehr ruhig und sehr bestimmt und hätte ihn eigentlich warnen müssen, wäre er nicht taub gegenüber jedem anderen Geräusch außer dem seiner eigenen Niederlage.
Und so hört er es nicht und wütet weiter.
»Und das wird immer so weitergehen. Und eines Tages

wird er dich dann wegen irgendeiner Studentin verlassen«, seine Stimme ist hart vor Zorn. »Eines Morgens wirst du aufwachen und feststellen, daß du alt und alleine bist.«
»Wohl kaum«, sagt sie nur ruhig.
»Wie kannst du nur so naiv sein, Monica?«
Sie sieht ihn an, diesen Jungen, den sie geliebt hat, mit dem sie aber, wie sie jetzt weiß, niemals hatte zusammenleben wollen.
»Treue«, sagt sie mit dem Lächeln einer alten Frau, »ist nicht alles in einer Ehe.«
»Das ist ja obszön.«
Und das ist es. Für ihn ist es das. Die wahre Obszönität, durch die jene, über die er sie ausgeschüttet hat, langweilig und harmlos und ziemlich lächerlich gemacht wird. Aber sie fährt ihn in scharfem Ton an.
»Nein! Das verstehst du nicht. Du kannst es nicht verstehen. Einen treuen Ehemann zu haben, ist dasselbe wie einen reichen Ehemann zu haben. Es wäre schön, aber man kann auch ohne dies auskommen.«
Jetzt lächelt sie wieder. Ihre Stimme ist sanft. Aber er läßt sich nicht beschwichtigen. Er spürt noch immer die Eiszapfen in seinem Bauch.
»Und wie machst du das, Monica?« fragt er und spitzt bedeutungsvoll die Lippen. »Wie schaffst du das mit Leuten wie mir, die dich bei Laune halten? Leute wie ich, Monica, die geglaubt haben, dir etwas zu bedeuten, und nun feststellen müssen, daß sie dir lediglich dabei geholfen haben, das zu schaffen.«
Er schüttet seine ganze Verbitterung über ihren gesenkten Kopf, aber sie scheint völlig ungerührt von dem

Sturm, betrachtet nur ihre Finger, die langsam und gelassen an der häßlichen kleinen Vase auf und nieder fahren.
»Ich sehe jetzt alles ganz klar, Monica«, sagt er. »Wie konnte ich nur so dumm sein?«
Er lacht fröhlich, spricht mit viel zu lauter Stimme, wie ein Besessener. Er kippt sich Wein aus der großen Karaffe, die er unbedingt hatte bestellen wollen, ins Glas.
»Ich bin benutzt worden, nicht wahr, Monica? Du hast mich genauso benutzt, wie er seine Liebhaberinnen benutzt hat. Und wir alle, sie und ich, dienen dazu, eure billige kleine Ehe zusammenzuhalten. Was haben wir euch eigentlich gegeben, Monica, ihm und dir? Lebenssaft, stimmt's? Den haben wir euch gegeben. Ihr seid beide Vampire, die ihren Liebhabern und Liebhaberinnen den Lebenssaft aussaugen, um ihn in eure tote kleine Ehe zu pumpen.«
Sie steht mit einem schnellen Ruck auf, schiebt ihren Stuhl geräuschvoll zurück und greift nach ihrer Handtasche, aber er ist schneller.
Er ist auch aufgestanden, ergreift über den Tisch hinweg ihre Hand und drückt sie nach unten, auf das Tischtuch, so fest, daß die Haut um ihren schlichten, dünnen Ehering herum davon weiß und blutlos wird.
»Ich sehe jetzt alles ganz klar, Monica«, wiederholt er, und seine Augen bohren sich in ihre. »Ich dachte, ich wäre was Besonderes, aber ich war nur Teil eines Systems. Es ist nicht zu fassen. Da hatte ich ernsthaft Gewissensbisse, deine Ehe zu zerstören, und dabei die ganze Zeit nur mitgeholfen, sie zusammenzuhalten.«
Er läßt ihre Hand los, sinkt langsam auf seinen Stuhl und ergreift mit starrem Blick sein Glas.

»Du verliebst dich in jemanden, die verheiratet ist, glaubst, die Geschichte ginge nur dich was an, sie und dich, glaubst, es sei deine Handlung und deine Angelegenheit, und du glaubst, alles im Griff zu haben. Aber dann macht die Handlung plötzlich einen Schlenker, und du stellst fest, daß die ganze Sache nie was mit dir zu tun hatte. Es war die Sache eines anderen, ihre und seine Angelegenheit, ihre gemeinsame Angelegenheit, die, lange bevor du den Schauplatz betreten hast, begonnen hat und erst nachdem du längst verschwunden bist, zu Ende sein wird; die Story, in der du nur ein Kapitel abgegeben hast.«

»Es ist komisch, Monica«, sagt er und sieht ihr jetzt in die Augen, während sie dasteht, ihren Mantel zuknöpft, sich den Schal um den Hals legt. »Ich hatte geglaubt, ich wäre der Held, die Hauptfigur, aber das war ich nicht, nicht wahr? Ich war nur ein ganz gewöhnlicher Mitspieler wie alle anderen, ich hatte nicht einmal eine Nebenrolle, sondern war nur eine von diesen Randfiguren, die ein- oder zweimal auftreten, um die Handlung voranzutreiben, eine von jenen Figuren, die so unwichtig sind, daß sie nicht einmal einen Namen verdienen.«

»Was bedeute ich dir, Monica?« fragt er mit einem verbitterten Lächeln um seine Mundwinkel.

»Ich bin ein Speerträger, nicht wahr? Eine Nebenrolle? Eine Übergangserscheinung?«

Und während er noch spricht, bemerkt er den Kellner. Er glaubt, es wäre derselbe, der ihm damals fröhlich zugewinkt hat, in jener ersten Nacht, als sie jedes Zeitgefühl verloren und geredet und geredet hatten, bis in den frühen Morgen hinein. Jetzt steht er verwirrt und unsi-

cher neben dem Tisch, in jeder Hand einen Teller mit dampfenden Nudeln.
Er sieht ihn an, lächelt, schüttelt den Kopf und lehnt sich in seinem Stuhl zurück und wendet den Blick, schmale Schlitze des Abscheus, wieder der Frau zu, streckt ihr über den Tisch hinweg galant den Arm entgegen, über die Gewürze, die Karaffe, die Kerze und die häßliche kleine Vase hinweg.
»Es ist angerichtet, Monica«, sagt er, und seine Stimme zerschneidet dabei die Luft zwischen ihnen. »Es ist angerichtet.«

Ja, er hat sie Monica genannt, und ich werde sie auch Monica nennen. Das soll ein besonderer Scherz sein zwischen ihm und mir, die wir einander nicht kennen und uns auch nie kennen werden, auch wenn wir in derselben Hilfstruppe gedient haben.
Ja, ich werde sie in meinem Buch Monica nennen, in dem Buch, das ich schreiben werde, wenn ich geschlafen und meine Kraft wiedergewonnen habe. Denn ich bin jetzt sehr müde, und man hat mir gesagt, ich solle schlafen. »Schlaf jetzt. Hör auf zu lesen«, hat man zu mir gesagt, und Dinge wie »Mach dir keine Sorgen«, und »So was kommt vor.« Und einmal, als sic glaubten, ich würde nicht zuhören, sagten sie: »Einen trifft es immer. Für sie ist es am schlimmsten. Für die älteren. Die neigen dazu, es zu übertreiben.«
Ich war gerade dabei, noch mal diese eine Szene zu lesen, wissen Sie, als ich im Flur ein Geräusch hörte, ein komisches Geräusch, eine Art Schaben und Kratzen.
Als ich hinausging, um nachzusehen, bemerkte ich, wie

sich der große schwarze Haustürschlüssel im Schloß bewegte.
Und als ich mich auf das kalte braune Linoleum kniete, fiel er plötzlich klirrend vor meine Füße auf den Boden.
»Es ist alles in Ordnung, Rose«, flüsterte eine Stimme durchs Schlüsselloch.
»Ich bin hier, Rose«, flüsterte sie durch den Messingbeschlag.
»Es wird dir nichts geschehen, Rose. Nicht, solange ich hier bin, Rose.«
»Ich danke dir, Luis«, sagte ich.

»Ich verstehe jetzt alles ganz genau, Luis.«
»Darüber bin ich froh, Rose.«
»Es war gar nicht meine Story, Luis.«
»Wenn du es sagst, Rose.«
»Ich war nur ein Kapitel, Luis.«
»Damit könntest du recht haben, Rose.«
»Nur eine Nebenrolle, Luis.«
»Ich verstehe, Rose.«
»Ich liebe ihn, Luis.«
»Es tut mir so leid, Rose.«

19

»Ich hoffe, ich habe dich nicht bloßgestellt.«
»Nein, ganz und gar nicht. Aus irgendeinem unerfindlichem Grund hast du mich immer Luis genannt.«

Er spricht den Namen aus, als würde er ihn zurechtklopfen, als würde er ihn in Stein meißeln. Er liegt kalt in seinem Mund, und unhandlich, und um seine Verlegenheit beim Aussprechen zu vertuschen, setzt er sein altes joviales, gewitztes Lächeln auf.
»Aber so sprichst du ihn nicht aus. Bei dir klingt er wie weiche Wolle. Nicht wie die Insel oder der Laden, nein. Er ist weicher, romantischer, mit viel mehr ›Oooo‹, wie in Looois.«
Ich lächle auch, aber nur ganz schwach, ein irritiertes Lächeln, das den Tarnmantel übertriebener Höflichkeit aufreißt.
»Und wer ist denn nun eigentlich dieser Looois?«
»Das ist eine lange Geschichte.«

Denn, sehen Sie, trotz allem hat sein Roman leider gelogen. Trotz allem, was er mir erzählt hat, hat er gelogen. Er hat, so wie alle Romane, gelogen, als er der Versuchung erlag, alles fein säuberlich abzurunden, und ich muß zugeben, David hatte in dieser Hinsicht recht. Nicht, daß ich kein Verständnis hätte für die blitzenden Augen und die schroffen Worte großer Augenblicke und die verkrampften Hände auf dem Tisch, deren Knöchel ganz weiß sind von dem erzwungenen und wütenden Abschied, ganz im Gegenteil. Dafür habe ich Verständnis. Das habe ich wirklich. Heute glauben wir nicht mehr an ein Happy-End und bemühen uns, so gut es geht, mit dem, was wir haben, auszukommen. Wir preisen die traurigen Enden, die uns nicht befriedigen und in uns den Wunsch nach einer herrlichen letzten Szene wecken, einer Szene mit offenem Ende, das zitternd über unseren Häuptern hängt, um gleich mit einem wunderbaren unwiderruflichen Knall am Ende des Dialogs herunterzufallen, wenn wir es dem Paar erlauben auseinanderzugehen, war voller Traurigkeit, aber wenigstens mit dem angenehmen Gefühl, nun sei alles gesagt, was zu sagen war.

Das Problem ist nur, daß das Leben, das ach so wunderbare Leben, ganz anders ist.

Das weiß ich, weil wir, Paul und ich, jetzt dasitzen, bei unserer sogenannten Abschiedsszene, und in gedämpftem und vernünftigem Ton Banalitäten und Belanglosigkeiten austauschen.

»Ich gratuliere dir zu deinem Prüfungsergebnis. Eine gute Zweikommaeins.«
»Wonach haben sie mich eigentlich beurteilt?«
»Nach deinem Jahresdurchschnitt. Und natürlich nach deinem Roman.«
»Ach ja, natürlich. Das hatte ich ganz vergessen. Mein Roman.«

Wissen Sie, die Prüfungen waren schon zur Hälfte vorbei, als sie mich fanden. Jennifer ging mit ihnen zu meiner Wohnung, als ich bei der ersten Prüfung nicht aufgetaucht war, aber natürlich war niemand da. Paul hätte ihnen vielleicht sagen können, wo sie mich hätten finden können, aber er war wegen einiger Recherchen für sein Conrad-Programm verreist.
Als er zurückkam, hatte ich schon den ganzen Stoff aufgeraucht und an die fünf Kilo abgenommen, weil ich nichts gegessen hatte. Statt dessen hatte ich immerhin die fehlenden Mahlzeiten und den kaum vorhandenen Schlaf durch siebenunddreißigmalige Lektüre des Romans ersetzt. Ich weiß es deshalb so genau, weil ich es immer statt der Schafe gezählt habe, wenn ich kurz vorm Einschlafen war, wie früher, als ich immer die Männer gezählt habe, mit denen ich schon im Bett gewesen war. Offenbar hatten sie schon eine ganze Weile versucht, hereinzukommen, als Paul schließlich den Schlüssel aus dem Schlüsseloch stieß. Zuerst drückten sie so lange auf die Klingel, bis ihm einfiel, daß sie kaputt war, und dann schlugen sie gegen die Tür. Nachdem sie mich schließlich überredet hatten, sie reinzulassen, brachten sie mich in die Universitätsklinik, wo sie mich ins Bett packten und mir strengsten Schlaf verordneten.
Ich nahm sie beim Wort und verschlief die ganzen darauffolgenden Prüfungen, wachte nur ab und zu in einer völlig weißen Welt auf, um etwas zu essen und dann gleich wieder zu schlafen: Ein paar Mal öffnete ich im Halbschlaf die Augen und sah auf dem niedrigen Stuhl neben dem Bett aus Eisen eine Gestalt, deren puritanischer kleiner Bart auf mich gerichtet war.

Beim letzten Mal sagte ich: »Ich bin froh, daß du hier bist. Ich wollte mit dir reden.«
Ich sagte: »Ich verstehe jetzt. Das Geheimnis, das du mit dir herumgetragen hast. Margaret hat es mir gezeigt. Kinder. Unser größter Schachzug. Die Art und Weise, wie wir euch überwältigen. Die Art und Weise, wie wir aus der Gebärmutter Kapital schlagen. Du hast es erkannt. Du hast versucht, es ihnen zu sagen. Diese schreckliche Wahrscheinlichkeit, daß Männer am Ende nur ein Mittel zum Zweck seien.«
»Priester und Prophet . . .« flüsterte ich, »Wächter der verschlossenen Tür . . .«
In diesem Augenblick beugte er sich vor, so daß sein Kopf dicht über dem Kissen war, und zischte:
»Was ist mit dem Stoff passiert, Rose?«
»Ach, David, du bist es«, sagte ich.
»Du hast ihnen doch nicht gesagt, von wem du den Stoff hast, Rose, oder?« fragte er und hielt sein Gesicht ganz dicht neben meins.
»Was für Stoff, David?« fragte ich verschlafen.
»Ist schon in Ordnung, Rose«, sagte er beschwichtigend und lehnte sich wieder zurück. »Das ist gut so. Ich habe deinen Roman mitgebracht. Ich finde ihn interessant. Eine ganze Menge guter Gedanken. Ich dachte mir, du würdest gern darüber reden.«
»Lieber ein anderes Mal, David«, sagte ich und machte die Augen wieder zu. »Ich muß jetzt schlafen.«

Bis heute weiß ich nicht, ob es tatsächlich passiert ist. Später habe ich versucht, bei Jennifer diskret Erkundigungen einzuziehen.

»Warst du schon mal hier?« fragte ich. »Mit David?«
»Mit David? Wie hätten wir reinkommen sollen? Es waren doch keine Besucher erlaubt.«
»Ach, laß nur«, sagte ich. »Das muß ich geträumt haben.«
Jennifer kam und brachte einen herrlichen Strauß rosa Rosen und einen Korb mit fremdartigen, teuren Früchten, den sie selbst zusammengestellt hatte.
Sie schrie vor Entsetzen auf, als sie mich in dem Leinensack der Klinik sah.
»Aber so was kannst du doch nicht anziehen«, sagte sie streng und ging zur Tür. »Du siehst ja aus wie Ophelia in der Wahnsinnsszene.«
Eine halbe Stunde später kam sie mit einem wunderschönen langen Nachthemd aus gestärkter weißer Baumwolle zurück.
»Jennifer ...« sagte ich in Panik und starrte auf das Preisschild, das an dem hochgeschlossenen Rüschenkragen baumelte.
»Vergiß es«, sagte sie brüsk. »Ein Geschenk. Um dich aufzuheitern.«
Nichts gegen Jennifer. Sie ist in Ordnung.

Jo schickte ebenfalls einen Blumenstrauß, was ich ihr hoch anrechnete, nicht nur, weil sie ja intensiv damit beschäftigt war, ihre Wahlkampagne durchzuführen, sondern auch, weil einen Tag nachdem sie mich abgeholt hatten, in ihrem Haus eingebrochen worden war.
Die Einbrecher, die sich einem zwanzig Jahre alten Radio, einem alten Schwarzweißfernseher und einem Dansette-Plattenspieler gegenübergestellt sahen, nahmen die russische Fahne und das Che-Guevara-Poster mit.

Sie entließen mich am Tag der Wahl, weil ich darauf bestand, wählen zu müssen, und weil Helen ihnen versicherte, daß sie sich um mich kümmern würde.
Und so konnte ich ins Wahlbüro gehen, hinter Martins Namen ein X setzen und somit zitternd die fiktive »Internationale Erklärung für die Rechte der Männer« unterschreiben, die bestätigt, daß die Untreue eines Mannes gegenüber seiner Ehefrau kein Anlaß ist, ihn aus einem öffentlichen Amt zu entlassen.
Und so konnten Helen und ich Jo neben dem Bürgermeister stehen sehen, ihre große Schleife wurde von dem breiten, albernen Grinsen, das auf ihrem feinen, intelligenten Gesicht völlig fehl am Platz war, geradezu überschattet, ihre schlanke, überraschend mädchenhafte Hand winkte ihren jubelnden Anhängern zu. Und all das tat sie, obgleich sie wußte, daß sie verloren hatte.
»Was für eine Frau, die sich freiwillig alldem aussetzt?« fragte Helen, und nachdem sie ihr Whiskyglas vor dem Fernseher an die Lippen gehoben hatte, schlang sie die Arme unter dem weißen Frotteebademantel um ihre Knie.

Wir sahen auf Martin, der ebenfalls eine Hand in die Luft streckte, aber in seinem Fall bedeutete es Sieg, Freude darüber, in diesen politisch schweren Zeiten seine Mehrheit ausgebaut zu haben.
Hinter ihm stand Margaret, die auch winkte, genauso wie ihre Tochter, die sie mit aufs Podium gebracht hatten, Janet, vierzehn Jahre und schon so groß, blond und sehr hübsch in ihren Jeans und dem T-Shirt, an dem eine rosa Plakette mit Leuchtfarbe von der Größe einer Un-

tertasse steckte mit den Worten: »Hinter jedem erfolgreichen Mann steht eine erschöpfte Frau.«

Vielleicht lag es an der Ansteckplakette. Auf jeden Fall ließ sich Helen in der Wahlnacht bis obenhin vollaufen. Es war alles schon fast vorbei, auch das Gebrüll, als sie den Ton leiser drehte und fragte: »Weißt du, wie viele Tage ich mir in den vergangenen sechs Jahren wegen Krankheit freigenommen habe?«
»Nein, das weiß ich nicht. Wie viele denn?«
»Na, schätz doch mal.«
Es war schon zwei Uhr, als wir schließlich dort angekommen waren. Sie hielt sich die Finger an den Kopf und wackelte hin und her, einen gehörnten Ehemann darstellend.
»Kein Wunder, daß er mich liebt«, sagte sie düster.

Später ging sie vor dem neuen Blumenfenster auf und ab und fragte: »Will ich wirklich mit diesem Mann verheiratet sein und gleichzeititg für ihn arbeiten?«
»Wahrscheinlich nicht«, sagte ich.
»Nein, wirklich nicht, verdammt noch mal«, rief sie und knallte ihr Glas auf das Regal, als habe sie gerade eine Entscheidung getroffen.
»Sandra weiß, daß er sie nicht verlassen wird, und sie ist glücklich«, sagte sie, nahm die Whiskyflasche und füllte ihr Glas.
»Und weißt du was? Ich weiß, er wird sie nicht verlassen, und plötzlich ist mir klargeworden, daß ich, glaube ich, auch glücklich bin.«
»Und er?«

»Er?« fragte sie und lächelte, während sie einen Schluck Whisky trank. »Ach ja, ›er‹. ›Er‹ wird sich wohl allein durchschlagen müssen.«

Am nächsten Morgen schickte sie Andy in die Schule, dann rief sie im Büro an und teilte ihnen kurz und bündig mit, daß sie nicht zur Arbeit käme.

Die Telefonistin in der Zentrale beging den Fehler, sie zu fragen, ob sie eine Nachricht oder Anweisung hinterlassen wolle, ob sie mit jemandem sprechen wolle, vielleicht mit Ray. Da erwiderte sie freundlich, aber mit eisiger Stimme, daß sie dies nicht beabsichtige, nicht den Wunsch habe, mit jemandem zu reden, außer vielleicht mit ihrem Kopfkissen, um mit ihm über die ganz besonders quälenden Folgen ihres Katzenjammers zu sprechen.

Am nächsten Tag summte sie fröhlich vor sich hin, während sie Andys Frühstück machte, und drückte besonders cool auf die Hupe, als sie zur Arbeit losfuhr.

Dort betrat sie offenbar sofort Rays Büro und warf ohne viel Umstände einen törichten Angestellten raus, der schon vor der Kaffeepause wegen einer Gehaltserhöhung vorgesprochen hatte.

Sie setzte sich auf den nun frei gewordenen Stuhl, schlug die Beine übereinander und eröffnete Ray, sie werde sich ab dem morgigen Tag zwei Monate Urlaub nehmen.

Sie legte ihm als Erklärung ihre Berechnungen dar, nach denen sie zu ihrer eigenen Überraschung in den vergangenen sechs Jahren nur zwei Tage krankgemacht habe. Sie erinnerte ihn außerdem an die starke Belastung, der sie im vergangenen Jahr ausgesetzt gewesen sei. Die

Trennung sei . . . schmerzhaft gewesen. Wie alles andere auch. Sie sah ihn fest an, wie er so dastand und sich mit auf den Tisch gestützten Händen über sie beugte, den Blick, anscheinend beschämt, nach unten gerichtet. Auf jeden Fall, sagte sie mit fester Stimme, sei sie jetzt sehr müde. Sie brauche Erholung. Und sie brauche auch Zeit, um wegen der Scheidung einen Rechtsanwalt aufzusuchen. Um das Haus zum Verkauf anzubieten. Sie habe es satt, all diese Dinge immer neben ihrer Arbeit zu erledigen. Und danach mache sie Urlaub. Mit Rose. Sie dachte an irgendwas Exotisches. Wo sie mal richtig ausspannen könne. Thailand vielleicht oder Bali. Vielleicht sogar die Philippinen.
»Rose war schon mal dort«, sagte sie.

Michael würde Andy ein paar Wochen zu sich nehmen, wenn sie weg war. Das würde ihm gefallen. Und natürlich fände Kathy Kinder entzückend. Michael könnte auch die Leute, die sich für das Haus interessierten, herumführen. Sie glaubten beide, daß es sich schnell verkaufen ließe. Schließlich sei die Anlage schon immer sehr gefragt gewesen. Nicht weit vom Stadtzentrum und doch im Grünen.
»So schrecklich dörflich«, sagte sie.

Sie legte die Hände auf ihr übergeschlagenes Knie und nahm eine Pose absoluter Unnachgiebigkeit ein. Sie sagte, natürlich sei ihr klar, daß es sich um einen ziemlich langen Urlaub handle, noch dazu so kurzfristig. Daß sich vielleicht Probleme ergäben. Aber ihr Gesundheitszustand sei so schlecht, daß sie diesen Urlaub brauche.

Daher bleibe ihr gar keine andere Wahl, sagte sie. Wenn nötig, würde sie eben kündigen müssen.
All diese Dinge sagte sie mit freundlich lächelnder Miene. Ihr gegenüber ließ Ray vorsichtig seine Füße in seinen teuren Schuhen auf dem Boden abrollen, hörte auf zu kauen, hielt endlich einmal den Mund und sagte nur: »Jawohl, gnädige Frau«, oder, um präziser zu sein: »Natürlich, Helen«, und: »Wie du meinst, Helen« und: »Erhol dich gut, Helen.«
Und durch den völlig unbekümmerten Gebrauch des Wortes »kündigen« hatte sie ihm eine solche Heidenangst eingejagt, wie er sie sonst nur für seinen heißgeliebten Rolls-Royce aufzubringen imstande war, daß er darauf bestand, den Urlaub, »auch den von Rose«, auf Geschäftskosten stattfinden zu lassen, als Belohnung für ihre harte Arbeit in den vergangenen Jahren. Dann drängte er ihr, in aller Herzlichkeit, zuerst eine erhebliche Gehaltserhöhung auf und schließlich einen noch erheblich luxuriöseren Firmenwagen als bisher.
»Verlaß mich nicht, Helen«, sagte er am Ende mit flehender Stimme.

Jennifer bestand die Prüfungen mit einer Eins, was niemanden wunderte, und zwei Wochen später heiratete sie. Helen kam zu ihrer Hochzeit, ich auch, aber Jo war gerade in Griechenland. Mit Marcus.
»Er hat darauf bestanden, alles zu zahlen«, sagte sie. »Deshalb habe ich mir gedacht, ich könnte genausogut ja sagen. Er sagt, dies sei seine Art, sich zu entschuldigen. Wirklich, so übel ist Marcus gar nicht, und ich brauche einfach ein paar Wochen, an denen ich nur am Strand

lieg und nichts tu. Himmel, bin ich müde. Ich muß jeden Tag an die zwanzig Kilometer zurückgelegt haben, um Stimmen zu sammeln. Und ich brauche Zeit zum Nachdenken. Sie wollen mich das nächste Mal wieder aufstellen. Ich spiele mit dem Gedanken, das Haus zu verkaufen. Wieder dorthin zurückzugehen. Wir müssen die Partei neu aufbauen. Die Risse kitten. Wir haben den Sitz einfach, ohne was dagegen zu tun, sausenlassen. Aber er hat es nur ganz knapp geschafft. Du hast das Ergebnis gesehen. Ein paar hundert Stimmen. Ein reiner Glücksfall. Das nächste Mal gewinnen wir ihn zurück. Du wirst schon sehen.«

Jennifer hat mich gebeten, für die Lokalzeitung einen Bericht über die Hochzeit zu schreiben.

»Schließlich bist du die Schriftstellerin, Rose«, sagte sie. Und so tat ich ihr den Gefallen und berichtete pflichtgemäß, daß Jennifer in der aus dem fünfzehnten Jahrhundert stammenden Kirche des Grenzdorfes, in dem sie aufgewachsen war, geheiratet hatte, ein wunderbares knöchellanges, schulterfreies Kleid aus cremefarbener Seide trug, an der Taille von einer Schärpe zusammengehalten, daß ihre Haare nach oben gebunden und unter einem großen, breitrandigen Hut versteckt waren, daß sie einen kleinen Strauß seltener Orchideen trug und von ihrer sechsjährigen Nichte Pandora begleitet wurde, die das gleiche Kleid trug wie sie und ebenfalls einen Blumenstrauß in den Händen und einen kleinen, breitrandigen Hut auf dem Kopf hatte.

Ich vergaß auch nicht zu berichten, daß es anschließend einen Empfang im Garten des Hauses der Braut gab, die

Blumen in der Kirche und in dem großen Zelt von der Tante der Braut gebunden waren (die in der Gegend wegen ihrer Blumengebinde Berühmtheit besaß), die Torte von ihrer Schwester gebacken war, einer professionellen Cordon-bleu-Lieferantin in London, daß auf dem Empfang ihre Freunde von der Universität zugegen waren, wo die Braut erst vor kurzem ihre Abschlußprüfung gemacht und ihren Ehemann, einen Dichter, kennengelernt hatte, der dort Dozent war.
Und für interessierte Leser vergaß ich natürlich auch nicht zu erwähnen, daß die Braut zu einem kurzen Flitterwochenurlaub in Paris in einem olivgrünen Hosenanzug im »Kampfstil« mit einer dazu passenden Bluse aus Crepe de Chine abgereist war.

Ich habe noch immer das Gefühl, ich hätte in jenem schrecklich theatralischen Augenblick vortreten sollen, als an die Anwesenden die Frage gerichtet wurde, ob irgend jemand irgendeinen triftigen Grund vorbringen könnte, warum David und Jennifer nicht im heiligen Bund der Ehe vereint sein sollten.
Vortreten? Warum? Für wen? Für Francie? Vielleicht. Aber um was zu sagen?
»Irgendeinen triftigen Grund?«
»Nein, nicht wirklich, aber . . .«

Auf dem Empfang tranken wir unseren Sekt, aßen unsere Sandwiches mit geräuchertem Lachs, unsere Erdbeeren mit Sahne und vertieften uns in hochgestochenen Gesprächen darüber, daß erst eine Hochzeit nötig sei, um uns wieder an die Bedeutung dieses Rituals in nichtreligiösen Gesellschaften zu erinnern, und um wieviel ärmer die Sprache ohne die Bibelbilder wäre.

Es war heiß an diesem Tag, Jennifer, David, Helen und ich hatten uns von den anderen Gästen entfernt und saßen auf einer niedrigen Steinmauer unter einer schattigen Buche.

Jennifer lehnte sich in ihrem cremefarbenen Seidengewand zurück und ließ ein wunderbar rasiertes, sonnengebräuntes Bein und einen perfekt gepflegten Zehennagel sehen, der aus ihren teuren offenen Pumps lugte.

Neben ihr David, in Hemdsärmeln, der in der Weste seines Anzugs vom Vormittag, die aufgeknöpft war und seine Hosenträger bloßlegte, sehr lawrencisch aussah und mit betonter Ungezwungenheit einen Joint rauchte.

Helen, die mit geschlossenen Augen und lang ausgestreckt auf dem Rasen lag, kaute auf einem getrockneten Grashalm.

»Ich hasse Hochzeiten«, sagte ich, schon ein wenig betrunken von zuviel Sekt. »So was zu tun. In der Öffentlichkeit. Nicht in den eigenen vier Wänden, sondern vor allen Leuten. Das ist doch absurd. Unanständig. Wilde Sitten. Absolut.«

»Was ist unanständig, Rose?« fragte Jennifer und kuschelte sich noch enger an Davids weiße Hemdbrust. »Du meinst den Teil mit dem Gehorsam?«

»Gehorsam? Nein. Gegen Gehorsam ist nichts einzuwenden. Ich würde Gehorsam üben, wenn ich jemanden fände, bei dem es sich lohnte, gehorsam zu sein. Das wäre eine hilfreiche Erleichterung. Nein, ich meine dieses ›allem anderen entsagen‹. Das ist doch der springende Punkt, nicht wahr? Ich meine, wenn wir mal den ganzen

Unfug über die Liebe und das Trösten beiseite lassen. Wenn wir nicht an die Sache mit dem ›hegen und pflegen‹ denken. Ich meine, es wird ihm schon noch gelingen, dich zu hegen und zu pflegen, auf seine Weise, selbst wenn er nebenher noch was anderes laufen hat. Nein. Das mit dem ›entsagen‹, das ist doch das Entscheidende. Die ›Ehre‹, das ist der Teil, der wirklich zählt.«
Einen Augenblick lang herrschte Schweigen. Außerhalb des kühlen, dunklen Schattens brannten der violettblaue Himmel und die gleißende Sonne gnadenlos auf den spröden, braunen, ausgetrockneten Garten.
Dann ergriff Helen, die noch immer mit geschlossenen Augen und dem Gras zwischen den Lippen dalag, das Wort.
»Ich bin mir nicht sicher, ob Treue so wichtig ist«, sagte sie. »Seht mich an. Ich bin noch immer mit der Frau befreundet, die meinen Mann verführt hat.«
»Mein Gott, du weißt es.« Ich richtete mich mit einem Ruck auf und verschüttete meinen Drink.
»Natürlich weiß ich es. Ich habe euch doch gesehen.«
»Mein Gott. In Wendys Haus?«
»Ich hatte große Hoffnungen in dich gesetzt, Rose«, sagte sie lachend. »Aber du hast mich ganz schön enttäuscht. Ich dachte, mit ein bißchen Glück würde er mich deinetwegen verlassen. Er war ganz verrückt nach dir. Aber unglücklicherweise stellte sich heraus, daß du klüger bist, als ich geglaubt hatte, und daß du mit ihm Schluß gemacht hast. Übrigens habe ich mich für ihn beleidigt gefühlt. Ehrlich, eigentlich weiß ich gar nicht, warum ich noch mit dir befreundet bin. Schließlich hast du meinen Mann ganz schön scheußlich behandelt.«

»Ah ja, mein Roman.«
»Ich wollte dich schon die ganze Zeit treffen. Um mit dir zu reden. Ich habe ihn gelesen. Ich war sehr beeindruckt. Als wir das letzte Mal darüber sprachen, hattest du Probleme mit dem Schluß . . .«

Er kam mich nicht besuchen, wissen Sie. Nicht in der Klinik. Nicht bei Helen. Er kam mich nicht besuchen, und er rief mich auch nicht an, und als ich dann endlich wieder nach Hause konnte, erwartete ich es gar nicht mehr.
Ich entwarf jetzt nicht mehr, wie noch in der Klinik, eine perfekte Trennung. Ich selbst, die viktorianische Heldin, der übel mitgespielt wurde, blaß und erregt, aber bildhübsch anzusehen in Jennifers Nachthemd im Sessel. Und er, auf der Fensterbank hockend, mit baumelnden Beinen, eine linkische, eckige Gestalt vor der weißen Wand, mit abgewandtem Blick, beschämt, die Finger spielen verlegen mit der Jalousie.
Ich stellte mir jetzt nicht mehr vor, wie ich ihn mit meinen Augen durchbohren würde, was ich ihm sagen würde mit scharfsinnigen, passenden, treffenden Worten, wie ich ihm nachsehen würde, wenn er ging, wortlos, wie er durch die Tür wankte, ein veränderter, ein gedemütigter Mann.

Ich hatte aufgehört, mir all diese Dinge vorzustellen, und das ist gut so, denn jetzt sitzt er hier vor mir, nippt an seinem Kaffee ohne Anzeichen von Besorgnis oder Unruhe, beißt in seinen Schokoladenkuchen und erzählt mir von Monica.

»Man sagte ihr, sie braucht Ruhe. Weil sie doch schon etwas älter ist für eine Mutter, weißt du. Deshalb hab' ich für sie ein paarmal die Woche nach dem Buchladen gesehen. Das war vielleicht eine Hektik, kann ich dir sagen, denn inzwischen haben wir ja schon damit begonnen, die Conrad-Sendung zu drehen. Und stell dir vor, sie reden bereits von der nächsten. Und dann wollen sie über Lawrence was Ähnliches machen. Natürlich habe ich versucht, es ihnen auszureden. Ich bin ganz deiner Meinung. Was genug ist, ist genug, jedenfalls für eine Weile, was Lawrence betrifft.«

Er war da, bediente gerade einen Kunden, ließ die Kasse klingeln und steckte das Buch in eine Tüte, als ich reinkam, um für unsere Ferien einen Reiseführer zu kaufen. Er war so absurd lustig und enthusiastisch. »Würdest du wohl für eine Weile auf den Laden aufpassen?« rief er Francie zu. »Rose ist hier. Eine Studentin von mir. Ich gehe mit ihr nach unten, einen Kaffee trinken.«
Sie drehte sich zu mir um und sah mich an, mit einem langen, leeren starrenden Blick, dann nickte sie wortlos und wandte sich wieder den Regalen zu.

Und da sitzt er nun, egoistisch bis auf die Knochen, versucht mir meinen Schluß kaputtzumachen, will Nettigkeiten und Freundlichkeiten mit mir austauschen, will, daß ich notdürftig und behelfsmäßig zurechtflicke, daß ich Kompromisse schließe und mich ordentlich aufführe und dieses zufällige, zweifelhafte, durch und durch schwache kleine Finale akzeptiere.
Aber das lasse ich nicht zu, ich werde nicht nachgeben.

Ich habe noch eine letzte Karte im Ärmel, die ich ausspielen kann. Es ist eine besondere Karte. Eine unerwartete Karte. Ein Trumpf, den ich jetzt hervorhole und aufgedeckt vor uns auf den Tisch lege.

»Ich hab mit einem neuen Roman begonnen, Paul. Er handelt von Ehebruch.«

Er war gerade dabei, ein paar abfällige Bemerkungen über seinen Produzenten zu machen, als ich ihn unterbrach, ihm mittendrin ins Wort fiel. Jetzt zieht er ganz langsam eine Zigarette aus der Packung und streckt den Arm aus, um einen Aschenbecher vom Büfett zu nehmen, den er vorsichtig auf den Tisch stellt.

»Ich komme gut voran«, sagte ich. »Geradezu rasend schnell.«

Er zündet sich die Zigarette an, starrt angestrengt auf die Flamme. Er schüttelt das Streichholz, es verlischt, und wirft es in den Aschenbecher. Als er schließlich den Mund aufmacht und zu sprechen beginnt, ist der unbeschwerte, höfliche, unterhaltende Ton in seiner Stimme völlig verschwunden. Jetzt klingt sie schroff und ist von unterdrücktem Zorn und Resignation erfüllt.

»Und natürlich komme ich auch darin vor?«

»Nein. Überhaupt nicht. Da gibt es zwar jemanden, der dir ein bißchen ähnelt. Aber ich hab ihn viel charmanter und klüger und attraktiver gemacht, als du es bist, und, ach ja, im Bett ist er ebenfalls viel besser als du. Du brauchst dir also keine Sorgen zu machen. Niemand wird dich erkennen.«

Er nimmt einen langen Zug aus seiner Zigarette und bläst

den Rauch aus, der einen kleinen, zarten Ring bildet und sich über seinem Kopf sofort wieder auflöst.
»Ich weiß nie, wann du Spaß machst, Rose«, sagt er mit eisiger Stimme.
»Ich mache immer Spaß«, sage ich lächelnd. »Nur daß meine Späße alle ernst gemeint sind.«

»Faires Spiel«, sage ich. »Die Integrität des Schriftstellers und so. Auf Trigorin«, sage ich und erhebe die Tasse mit dem Rest des frisch aufgebrühten Kaffees wie zu einem Trinkspruch.
»Auf Trigorin.«

20

Niemand starrt dich an, wenn du in England in einem Zug sitzt und weinst. Sie legen dir keine Bonbons auf den Schoß. Nein. Sie stecken den Kopf in ihre Zeitungen oder schütteln demonstrativ die Seiten aus und räuspern sich, womit sie sagen wollen: »Na, komm schon, komm. Genug jetzt. Wisch dir die Tränen ab, dann werde ich so tun, als hättest du nie geweint.«

Eines Tages mieteten wir uns ein Auto, Helen und ich, und fuhren hinaus auf die Hazienda, nur um festzustellen, daß alles still und verlassen und zugesperrt war. Aber die Hintertür war aufgebrochen und stand offen, ächzte leise im Wind, als schämte sie sich über die Art des Verbrechens und über die Beweise der Gewalttat, die rostenden Dosen und die leeren Schachteln und den Kot der Tiere, der durch irgendeinen boshaften Zufall in kleinen feierlichen Haufen an der gleichen Stelle lag, an der ich damals zwischen den schneeweißen Kopfkissenbezügen auf dem dunklen Holzbett aufgeschrien hatte. Und dann berührte meine nackte Zehe in der Sandale draußen vor dem Schlafzimmer in dem holzverschalten Gang etwas Leichtes und Kaltes und schob es klirrend über die Steine. Es wurde von dem Lichtstreifen erfaßt, der am Ende des Gangs durch die Tür fiel: eine leere Patronenhülse aus einem Gewehr.

Eines Nachts weckte ich ihn auf, flüsterte in sein Ohr und berührte ihn an der Schulter. »Wach auf, Luis, wach auf. Ich möchte schwimmen gehen.«

Er wachte langsam auf, rieb sich mit der Hand den Schlaf aus den Augen.

»Ich möchte schwimmen gehen, Luis«, sagte ich noch einmal, und er stand auf und ließ das Gewehr klirrend auf die Fliesen fallen.

Er ging zur Tür und pfiff leise, aber ich hielt ihn auf, rief ihn durch die Dunkelheit zurück.

»Keine Wachen, Luis. Nur du und ich.«

Im Jeep, neben ihm sitzend, legte ich sein Gewehr quer über meine Knie, erforschte den Abzug mit den Fingern. Als ich ins Wasser lief und seine kristallklare Stille zerbrach, rief ich: »Komm, Luis«, aber er schüttelte nur den Kopf, lächelte, legte sich in den Sand, rauchte und stützte den Kopf in die Armbeuge.

Der Sand war so weiß wie Seide, wie ungebräunte Haut im Mondlicht, als ich mich, noch naß vom Schwimmen, in meinem bunten Sarong neben ihn setzte. Das Meer war so dunkel und still und unergründlich wie seine Augen, und der leise Wind, der sich über uns erhob und in den Spitzen der Kokusbäume raschelte, schien wie ich darauf zu warten, daß er etwas sagte.

»Es waren schon andere hier vor dir, Rose«, sagte er schließlich heiser, während er an seinem Joint zog.

»Und es werden andere kommen nach dir, wenn du fort bist.«

Wir wanderten umher und trafen eine einsame, alte Frau, die am Wasserfall Wäsche wusch und sie auf einem

Stein ausschlug. Sie hob das Gesicht und sah uns an, sie kicherte und lächelte durch schwarze, abgebrochene Zähne.
Ich wollte sie fragen, was auf der Hazienda geschehen war, aber sie lächelte nur und kicherte vor sich hin. Ich versuchte es noch einmal in einer Bar in der nächsten Stadt, aber der Besitzer zuckte nur die Achseln, verzog das Gesicht, schüttelte den Kopf und brachte uns noch ein Bier, bevor wir unverrichteterdinge wieder wegfuhren.
Wir gingen an den Strand und legten uns auf den leeren Sandstreifen, es wurde immer heißer, wir wurden immer müder und wollten nicht gehen; der Nachmittag schritt immer weiter fort, so daß wir spät ins Hotel zurückkamen, wo uns das Telegramm erwartete.
Ich lag lang ausgestreckt und müde auf dem Bett, als langsam die Tür aufging und sie mit dem weißen Stück Papier in der Hand hereinkam.
Ich lachte und wollte sagen: »Was gibt's Neues im Aufsichtsrat?«, denn als man uns am Empfang gesagt hatte, daß ein Telegramm gekommen war, wußte ich, daß es nur von Ray sein konnte, der Helen bat, nach Hause zu kommen. Aber dann bemerkte ich, wie merkwürdig sie sich durchs Zimmer bewegte, und die Worte erstarben mir auf den Lippen.
Sie bewegte sich langsam und seltsam in dem düsteren Licht, ihr Körper, von der Sonne gebräunt und dunkel, sah in den Shorts und dem winzigen Oberteil knochig aus, so daß sie mich für einen Augenblick an Francie erinnerte.
Ihr Gesicht war dunkel und leer, als sie sich nachdenklich

und vorsichtig aufs Bett setzte, als wäre alles Leben aus ihrem Herzen gewichen und sie selbst die einfache Handlung des Sitzens nicht mehr zustande brächte.

Als sie sich hinsetzte, zerknüllte sie das Stück Papier hinter ihrem Rücken, stieß es mit einem kurzen, schnellen Ruck von sich weg, aber es rollte immer wieder über die Bettdecke zu ihr zurück, bis ich es ihr behutsam aus der Hand nahm und las, was darauf stand.

»Sandra im Krankenhaus. Krebs. Komm nach Hause. Bitte. Ray.«

Ich starrte auf die Worte und auf Helens Namen und auf den Namen des Hotels, als bemühte ich mich, sie alle auf eine andere Weise zusammenzufügen, um eine andere Nachricht zu formulieren, eine mit einer anderen Bedeutung, oder eine Nachricht, die für jemand anderen bestimmt wäre. Ich starrte noch immer auf das Blatt Papier, als die Bettfedern quietschten und ich spürte, wie das Bett unter mir nachgab.

Ich blickte auf und sah, wie sie den Kopf unter einem Holzkreuz zwischen dem dunklen Schrank und dem Fenster an die weiße Wand lehnte.

Dann fing sie an, langsam, aber vorsätzlich mit ihrem Kopf gegen die Wand zu hämmern, und bei jeder Bewegung spie sie ein scharfes, böses »Scheiße« aus.

Für einen Moment beobachtete ich sie und war von dem erlösenden Rhythmus der Bewegung hypnotisiert, dann sprang ich auf, riß sie von der Wand fort und hielt sie einen Augenblick lang fest, während die weiße Farbe auf ihrer Stirn mit ihren Tränen auf meine Schulter tropfte, bis ihr Körper in meinen Armen plötzlich erstarrte, sich wie eine Säule aufrichtete und einen Sturm aus Scham,

Widerwillen und Selbstverachtung erzeugte, der bald in sich zusammenstürzte und uns beide begrub.
»O nein, nein, nein, nein«, schrie sie.

Nein, sie legen dir in England keine Bonbons in den Schoß, wenn du in einem Zug sitzt und weinst. Sie richten sich auf, knicken zusammen und legen die Blenden über ihre Augen und haben Angst, daß du dich umdrehst und ihnen erzählst, um wen du weinst.

Sie befreite sich aus meinen Armen, bat mit einer kleinen Verbeugung des Kopfes und einem traurigen Lächeln, das immer dünner und länger und am Ende zu einer harten, unnahbaren Linie wurde, um Entschuldigung. Dieses Lächeln blieb auch, als sie die Formalitäten erledigte, die Flüge umbuchte, die Hotelreservierung rückgängig machte, mit Ray telefonierte. So blieb es, bis sie für einen Augenblick den Kopf drehte und zu der düsteren Ostküste sah, die sich hinter dem Wagenfenster nach Norden aufrollte, und nachdem sie lange mit leerem Blick hinausgestarrt hatte, lehnte sie den Kopf gegen den Sitz zurück und schloß die Augen, schließlich fingen ihre Lippen zu zittern an, zuerst nur ganz wenig, verzerrten sich dann in wilder Verzweiflung, und sie brach in Tränen aus, weinte ganz still und leise und ohne Scham.

Sie werden Sandra untersuchen und vorbereiten und in eines jener wunderbaren Gewänder stecken, die alles verbergen und so tun, als wäre nichts geschehen. Und wenn sie ihr goldenes Halskettchen nicht mehr tragen

darf, das macht ja nichts. Es war immer Sandras Lächeln, von dem sich die Menschen angezogen fühlten.
Sie sagen, daß mit Sandra wieder alles in Ordnung kommen wird, wissen Sie. Sie sagen, sie hätten es rechtzeitig erkannt. Sie sagen, die Operation würde zu hundert Prozent erfolgreich verlaufen und ein erneutes Auftreten unterbinden, alles Unvorhergesehene . . .
Trotzdem hat Helen Angst. Die dünne, harte Linie ihrer Lippen, die ihre Angst festgehalten hat, ist zusammengefallen, so daß sie nun entflieht und in dicken Kristalltropfen unter den geschlossenen Augenlidern hervorquillt. Sie hat Angst vor dieser Sache, diesem Krebs, und deshalb wächst die Angst in ihr wie eine Krebsgeschwulst, frißt sich langsam und heimtückisch in ihr fest, um sie zu verschlingen.
Sie hat Angst, wissen Sie, die Wahrheit über diese Sache, die Krebs heißt, zu kennen, eine einfache Wahrheit, die, wie sie glaubt, alle Frauen tagtäglich erfahren, eine einfache Wahrheit, die, wie sie glaubt, den Forschern in den Labors verborgen bleibt.
Sie glaubt zu wissen, auf welche Weise Krebs bei Frauen wie Sandra beginnt. Sie glaubt, er beginnt mit einer leichten nagenden Unzufriedenheit und wächst mit dem Kummer, bahnt sich vom Herzen einen Weg durch den ganzen Körper und hinterläßt auf dem Röntgenbild unschuldige dunkle Schatten.
Sie hat Angst, daß diese Sache, dieser Krebs, von Traurigkeit und Enttäuschung herrührt, von Verrat und verlorener Liebe. Sie ist abergläubisch, mit einer alten Furcht, einer weiblichen Furcht, einer Furcht, die ihr sagt, daß sie an ein altes Frauenmärchen glauben soll, in dem

es heißt, daß die Krankheit ein Samen ist, der vom Wind getragen wird, der sich über die ganze Welt verbreitet und unglückliche Herzen sucht, um sich darin einzunisten, der Einsamkeit und Enttäuschung und verlorene Selbstachtung sucht, die seine Nahrung sind.
Und jetzt fürchtet sie ihre Schuldgefühle. Sie fürchtet ihr Verbrechen. Aber am meisten fürchtet sie die Strafe. Sie fürchtet den kleinen verdunkelten Raum, den weißbekittelten Arm, der sie hereinführt und das Licht einschaltet, und Klammern, die sie festhalten, und ein lautes, entschiedenes Gerassel, das Foto, der Beweis, ihr Gesicht, das ihr aus den unscharfen weißen Knochen schön und erhaben entgegenblickt.

Und was mich betrifft, so mag ich jenen alten Witz jetzt nicht hören, jenen Witz, den sich Männer in zu engen Smokingjacken unter rauchigem Gelächter erzählen. Und deshalb werde ich meinen Witz jetzt auch nicht erzählen, die Geschichte von meinem Romeo, die ich immer erzähle, um meine Frauen zum Lachen zu bringen.
Wenn Sie einen Witz hören wollen, dann werde ich Ihnen einen Witz erzählen. Ich werde Ihnen was zu lachen geben, irgendwas Komisches, Verrücktes, einen kleinen Scherz, einen Spaß, eine lustige Idee.
Ich werde Ihnen Sandra geben, Sandra, die liebe Sandra, die strahlende Amazone, die gefangene Königin, die sich nackt von ihrem Bett erhebt, ihre feinen, langen, säulenartigen Beine auf den Boden bringt, um aufzustehen, die sanfte Rundung ihres Bauches zu einem feurig-goldenen Haarbüschel zusammenlaufend, den Kopf zurückgeworfen, zerzaust und gestreift vom Licht, das ihr weiches,

feuchtes Gesicht umspielt, die auf Sie zukommt mit diesem Lächeln, diesem großen, ehrlichen und herzlichen Lächeln über der einen vollen, schönen, sanft wippenden Brust.

»Grüße an Monica«, sagte ich beim Abschied zu ihm und griff nach meiner Handtasche.
Es war eine billige, unfreundliche, überflüssige Bemerkung.
»Ach ja, Monica«, sagte er, und seine Stimme klang noch immer kühl und unfreundlich.
»Übrigens hat Monica heute von dir gesprochen«, sagte er.
»Ach, wirklich? Wie nett. Beim Frühstück, ja? Was sagte sie denn?«
»Sie hat sich nach dir erkundigt. Ich habe ihr erzählt, daß du während der Prüfungen krank warst. Sie sagte, das täte ihr leid. Sie sagte, sie hätte an dich gedacht. Das war alles. Sie sagte, sie hätte an dich gedacht.«
Und dann sagte er noch etwas zu mir, er sagte es, weil wir in unserer innersten Seele noch immer Tiere sind und uns umdrehen und zuschnappen und alle anknurren, von denen wir glauben, daß sie sich umgedreht und nach uns geschnappt und uns angeknurrt hätten. »Dieser Roman, er handelt wohl vom Leid der Frauen?«
Seine Stimme war kalt und ironisch, aber auch gereizt, weil er spürte, daß es ihm nicht gelungen war, die Worte so leicht und unbeteiligt hervorzubringen, wie er es vorgehabt hatte, eine geistreiche Spitze zum Abschied.
Ich sah ihn an, und mir fiel nichts mehr ein. Ich wußte nicht, was ich darauf antworten sollte, wie ich dieser

kranken und gemeinen Bemerkung begegnen sollte. Und während ich ihn noch anstarrte, spürte ich, wie wir uns immer weiter voneinander entfernten, und ich sah die große Kluft, die sich zwischen uns aufgetan hatte, zwischen Mann und Frau, so erschreckend hoffnungslos und groß und tief, sah die zerbrochenen Träume, die diese Kluft nicht überbrücken konnten und die nun zerschellt und geborsten auf ihrem steinigen Grund lagen. Und ich war erstaunt, aber nicht etwa, weil jemand wie er und ich eine Liebesbeziehung gehabt hatten, sondern nur, weil von uns erwartet wurde, gemeinsam auf ein und demselben Planeten zu leben.
Und weil mir nichts einfiel, was ich hätte sagen können, was sich rasch und treffend über den Kaffeetisch schieben ließ, und weil ich über das, was ich gesehen hatte, ein wenig erschrocken war, schob ich meinen Stuhl schön ordentlich unter den Tisch, legte sorgfältig den Riemen meiner Tasche über die Schulter und lächelte zur Versöhnung.

»Ja«, sagte ich, »vom Leid der Frauen.«

Knaur

Starke Seiten für Frauen

(3124)

(3108)

(3298)

(3299)

(3300)

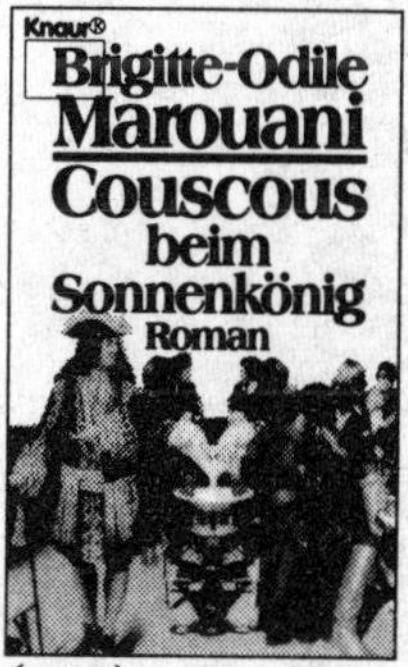

(3239)

Knaur

Benoîte Groult

Foto: Isolde Ohlbaum

(8020)

(8063)

(8064)

(2997)

(3113)

Carol Clewlow

Alice und Jim

352 Seiten, gebunden, mit Schutzumschlag und Vorsatz

Jim Crane, Lohnschreiber an einem berüchtigten Sonntagsblatt und nach zwei Abmahnungen auf der Abschußliste, erhält seine letzte Chance. Es muß ihm gelingen, Alice Potter zu einem Interview über ihren Ex-Mann zu bewegen, der zwischenzeitlich zu beachtlichem Seifen-Oper-Ruhm aufgestiegen ist. Nur Alice kennt die intimen Details aus seinem Leben. Sie lebt als Romanschriftstellerin abgeschieden in einem efeuumrankten Haus in Tanglewood. Nach ihrer Scheidung hat sie sich dem Feminismus verschrieben, was ihr den Ruf einer Lesbe eingetragen hat. Was sich vorerst als schmieriger Job darstellt, gerät allmählich zu einer leisen Annäherung zwischen Alice und Jim. So sehr Alice sich auch innerlich sträubt: Der hartnäckige Belagerer gewinnt ihr Interesse und allmählich ihre Zuneigung. Und so erzählt sie ihm, was er wissen will, aber seine Existenzangst ist längst einer Liebe gewichen, der sich beide nicht mehr entziehen wollen. Mit Witz, Spürsinn und viel Ironie läßt sie Alice und Jim in ein Netz von Vergangenheit und Gegenwart geraten.

So weiß man am Ende alles von zwei Menschen, die fern vom Kommerz unantastbar bleiben in ihrer Liebe. Eine hinreißende, spannende und vor allem eine Liebesgeschichte.